失去社工爸爸的365天

社工媽媽給丈夫的信

enlighten & fish 亮光文化

信

後記｜一年之後

2023 年 7 月 9 日

2022 年 6 月 7 日晚上
我親眼看著社工爸爸阿昌呼出最後一口氣
這是我人生第一次親眼見到一個人死去
而那個竟然就是我最愛的丈夫
因著淋巴癌 他永遠地離開了我
那種痛苦
筆墨或一切言語都難以形容
阿昌死後的第二天
我便開始寫下我想寫的
也寫信給他 除了寫
我想不到更好的方法 去讓我裡面的痛苦走出來
性格一直都健談和外向的我
竟然變得很怕見人
到現在 我也不知道為什麼
總知 當時我不想見到任何人
只是不斷哭 不斷哭
雙眼每天也是腫了的狀態

我寫給阿昌的信
有時會在「社工爸媽自家教手記」Facebook 專頁分享
我持續地收到網友們的私訊
他們是來自不同地方的香港人
同樣面對失去親人的痛苦
有不少網友私訊我 說他們每天追看我的分享
令我最深刻的其中一位網友
她說她的伴侶已離開十幾年
一直都不知道自己的內在情緒
也不懂表達
直到她看我寫給阿昌的信
她說終於知道自己過去十幾年的情緒
也終於能夠抒發出來
另一位網友私訊我
說她們兩母女一同追看我的信
女兒已經讀中學
幾年前爸爸離開了
當她們看我寫給阿昌的信
感到有人同行
還有很多其他網友的分享
未能在這裡一一詳述
因著不同網友在私訊跟我的分享
在某一天 我決定了
要將我寫給阿昌的信變成一本書
給有需要看的人看
每一封信
我都是一邊哭一邊寫
盼望我的眼淚
我的痛苦
成為療癒他人的藥方
……
2023 年 6 月 7 日
阿昌死了一年
我不想再寫信給他了
再寫下去
就已經不是讓痛苦走出來
而是令我繼續徘徊在抑鬱的邊界
但有時我仍會在 Facebook

分享感受
這一年 陪著我的是眼淚
可以做好每天要做的事
已是超額完成
每天可以起床 刷牙洗臉
照顧好天仔
盡責地 用心地把工作完成
賺夠錢養媽活兒
繼續幫助別人 貢獻社會
不浪費餘下的生命
已是我盡了一切的能力
做可以做的所有
不能再做得更好了
我真的真的 盡了我所有的力量
//The sun is alone too but still shines. //

社工媽媽
阿敏

社工爸媽自家教手記

socialworkershomeschool

YouTube

@SocialworkersHomeschool

▲ 天仔在爸爸仍做化療時畫的

感謝

感謝「社工爸媽自家教手記」所有 followers 的愛和支持，我由 2016 年 7 月 29 日開始這個 Facebook 專頁，分享有關 Homeschool 經驗、對教育的看法和學校前線工作的體會；後來社工爸爸患病、離世；天仔由 Homeschool 改為入讀鄉師自然學校、升讀主流中學；我開始獨力擔起這頭家，轉行從事保險工作等等等等……感謝所有網友，在我們不同的巨變當中，你們一直陪伴著我們一家，你們每一個留言、每一個私訊，都溫暖著我們；阿昌在病中曾說：「網友們簡直像家人和朋友一樣」，網上世界也可以充滿愛！

感謝我的中學老師：聖公會陳融中學陳惠明老師 Mrs Chan，在阿昌死後，你多次陪伴著我，看著我哭，有你的明白，你的深度聆聽，帶給我很大的幫助，有次我一直哭了幾小時，你就靜靜地用你充滿理解的眼神看著我，為我痛心，讓我放心哭、放心說。

感謝網友 Peggy Wan，從阿昌生病到死了，你都常常錄音為我們家禱告，許多個晚上，無論在醫院、在回家路上、在家，我都聽著你不斷更新的禱告錄音，你更常常在重要時刻陪伴我們，記得 2021 年 12 月 31 日除夕夜，阿昌那時完成自體幹細胞移植，身體虛弱，踏入零時零分的時候我獨自一人，卻收到你溫暖的錄音，錄音裡面你正為我們禱告，背後傳來煙花的爆炸聲，你笑得好開心，我聽到也笑了；也感謝你，阿昌死後，那一次你親身陪伴我和天仔即日來回泰國處理急事，還有陪伴我照腸胃鏡，你無條件的付出和愛，我永遠記得。

感謝 Manden 和菁，你們給我的所有支持，感謝你們在阿昌死後的生日和天仔的生日，帶天仔去玩具反斗城揀禮物，陪伴我們，請我們吃大餐，為我們在憂傷中帶來一點的歡樂，感謝你們視我如家人一樣的愛。

感謝一班朋友，在阿昌死後的一個月，願意來我們家參加天仔的生日會，為我們死氣沉沉的家帶來生氣，也讓天仔非常快樂；感謝你們沒介意我們家死了人，有勇氣願意來到作客。感謝天仔的朋友們：柏柏、小路、小寶、朗生、朗靖；感謝媽媽們 Gloria、Wing、Mandy。

感謝路德會舊同事阮姑娘，在阿昌死了之後，雖然你遠在英國，每次我有需要時，總會極快回覆我，你完全能夠明白我失去了阿昌沒人商量的徬徨，知道我需要意見，每次你都給我很及時、很有幫助的支援和提醒。

感謝社工朋友豬昕，願意幫忙做天仔的生命導師，也在不同階段給我不同意見，有問必答。

感謝給我出版上意見的網友朋友：幸偉雄、Shing Chu、Karen；特別感謝何漢聲，在我探索出版的不同階段都給我意見。

感謝網友 Gloria，常常在屯門陪我吃早餐、行公園，感謝你和孩子陪伴我和天仔，過第一個沒有阿昌的聖誕節、在天仔生日時陪伴我們去海洋公園和 staycation；感謝你在阿昌離世前一星期在教會浸禮，讓阿昌能夠在網上見證，感謝你說阿昌的生命影響你去認識這個信仰，為在醫院垂死邊緣的他帶來無比的安慰和感恩。

感謝鄉師自然學校老師海龜對天仔的關心和支援；感謝校務處職員貓頭鷹的盡責。

感謝英國保誠，幫助我在哀傷中慢慢走出來，讓我能夠擁有一份自己很喜歡，發揮到理想、才能和性格特質的工作，這工作我做得很開心，同時可以養家，亦讓我能夠在彈性工作時間和自由下，有非常充分的時間陪伴天仔過渡失去父親的痛苦，陪著他成長。

感謝亮光文化有限公司幫忙，幫忙處理這本書的出版，感謝 Xaddy。

太多人需要感謝，未能一一寫下來，如全都寫下來，可以是另一本書；多謝中學老師曹太；多謝舊同事陳珍、Nico；多謝信任我的網友，將保險事宜託付給我：阿勤、瑩瑩、謦雅、Christine、Wendy、美恩、Hayman、Cass、Karen、Jenny、Alice、Rachel、Kathy……

感謝我自己，我每天都盡力做好自己所有的個人責任和社會責任，貢獻自己，雖然我不能再快樂，也不能像從前般活著，但我沒有浪費自己的生命。

2022 年 6 月 8 日　雨

沒有阿昌的第一天

昌：
很害怕留在家中
因為現在的家是沒有了你的家
我不能夠接受你離開了我
一整天只是不停地哭
我仍然無限 loop 住後悔
沒有更早將你從瑪麗醫院救出來
而今天開始　我再也不會收到你的 WhatsApp
內心好痛苦
心被抽在半空的感覺
想起以後再也不會有機會見到你
完全不能接受
哀傷輔導說親人離世大約需要半年或以上去過渡
每個人都不同
盼望我和天仔可以不斷向前行
慢慢地而又快速地適應沒有了你的日子
……
前日你的狀況算是穩定　亦開始了減類固醇
實在想不到
昨天早上收到你說早晨的訊息
原來是你最後一次對我說的早晨
早上 8 時去到醫院
你向我說呼吸很辛苦
醫生向我解說你的時間到了
從頸部及喉嚨的位置可見血管明顯地呈現
亦即腫瘤壓著血管導致呼吸困難
除了即時打大劑量類固醇之外　同時打高劑量的嗎啡
你當時雖然辛苦　但意識非常清醒
你說不想經歷窒息而死的痛苦
所以即時決定打最高劑量嗎啡
很快　就轉到單人病房
我之前知有這間房
但不知道原來是給就快死的人用
你戴著氧氣罩
當時　我仍然期待神蹟
仍然期待穩定後
繼續在 6 月 10 日打第二次免疫治療藥
最後　我們就是在這間病房與你告別
難以形容我內心的痛楚
有段時間你將手放在心臟位置
表示很辛苦
而且全身痛
幸好有嗎啡的幫助
在私院即時運送藥物的速度亦非常快
大約 10-15 分鐘
如果在公院
經驗是需要 3 小時以上
你這種辛苦的程度　要再等幾小時的話
我不敢想像
……
很快　你就很舒服地睡了
睡前你很吃力地向我說：「對不起（我覺得你的意思是讓我受苦），我愛你。」
我跟你說：「我能夠陪伴你，照顧你是我的福氣，我都愛你。」
你很清醒地聽我們跟你說的話
亦在打藥前跟我們揮手說：「遲啲見，Good night ！」
我的心很痛
較早前你狀態良好時我們已商量相關的身後事
你不想辦喪禮

因你覺得浪費金錢又無聊
我問你可否辦追思會
你說如果我想 可以
你鬼馬地說：「反正我又不在場（笑）」
到最後 看著你呼了最後一口氣
我們在你身邊唱詩歌 禱告
說最後的話
因為有個說法是人斷氣後
大約兩小時耳朵仍能聽到
之前我答應你如果有一日斷氣後
我會與天仔在旁邊唱詩歌 說話
禱告兩小時
讓你不孤單
而你自己在打嗎啡前
也戴了一邊耳機聽詩歌
到了真的要說最後的再見
我哭到換氣也感困難
原來人在最傷痛時的哭聲
真的會很大
感恩天仔也哭了很多
他屬於較少哭的樂天孩子
我擔心他能否表達情緒
見到他哭了很多我也放心
我不斷跟他說：「不用怕，還有媽媽陪在你的身邊。」
我們都知道
這一刻是最後一次見你
最後 次道別
我跟你說：「你先去天堂旅行，我和天仔隨後很快來，因為聖經說千年如一日，一日如千年，可能你到埗後，翌日我已經來了。」
我也跟你說：「如果你見到主耶穌，問問祂可否讓你再回到地上陪伴我和天仔多一會。」

最後要給護士清潔時
我抱著你的身體大哭了
幸好是單人房 所以我沒有騷擾到其他病人休息
……
回家已是 11 點半
我們洗澡後一同看了一會電視
聊了一會 放鬆一下
凌晨一時多我們都睡覺
天仔醒了兩次叫媽媽
平時他睡得很好的
這晚你離開 真的是難受
而我在 3 點就不能再睡
起來了
看看大家在 Facebook 給我的留言
……
今天的任務是到醫院埋單和領取文件申請死亡證
由於留在家中很難受
所以我提議一起去吃一餐好的
我們三個都覺得對心情有幫助
只是 我一邊吃 一邊哭
每當說起你 隨時就哭
天仔說他心情已好多了
但我仍然不斷引導他要經過傷心的階段
才會更穩妥地步入越來越適應及快樂的步驟
媽媽和天仔陪我到醫院
當我見到你的名字在
證實死亡的文件上
我又再哭著跟媽媽說：「我好想只是發了一場噩夢，好想睡醒了又再見到阿昌。」

完成了之後
我們又趕到「恩典人生 殯葬堅持的終身事業」
（facebook.com/samangyurikano）
負責人 Samson 的孩子九年前
因癌症回天家了
之後他就開始了這個工作
他本身只是一位素未謀面的網友
為你處理一切身後事
令我非常感動又感恩
在商討過程中
讓我清楚明白相關流程
他們夫婦因經歷過相同的傷痛
讓我感受被明白
商討過程中我也是不停地哭
他們與我們手拖手一同禱告
感恩基本上我什麼都不需操心
可以放心交給他們
感謝神的預備
感謝 Samson 和太太
為主耶穌去服侍我們
……
晚上回家洗澡後
我又在客廳大哭
現在回家對我來說真的很難受
一個沒有了你的家

我到底可以怎樣去適應？
為什麼醫治神蹟
沒有發生在你身上？
為什麼祂要這樣對待我們的家庭？
為什麼你要這麼年輕便回天家？
為什麼我們的夢想不能實現？
為什麼好人要死得早？
很多的為什麼
我沒有答案
聖經有一句說話是：「不可忘記祂的恩惠」
又的確感恩
你最後是在養和醫院回到天堂
過去兩星期我能夠每天陪伴著你
你媽媽和一些朋友也可每晚陪床
天仔和婆婆也常常來醫院陪伴著

前面真的會一天比一天好嗎？
我和天仔答應了你
傷心過後會好好生活
好好照顧自己
會努力
今天我在想
每天都寫吧
直到有一日
我和天仔重回正軌

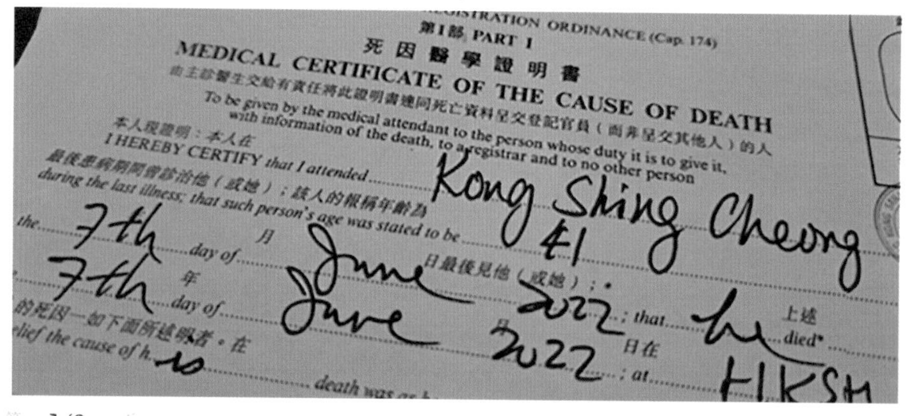
...ISTRATION ORDINANCE (Cap. 174)
第1部 PART I
死因醫學證明書
MEDICAL CERTIFICATE OF THE CAUSE OF DEATH
由主診醫生交給有責任將此證明書連同死亡資料呈交登記官員（而非呈交其他人）的人
To be given by the medical attendant to the person whose duty it is to give it, with information of the death, to a registrar and to no other person
本人現證明：本人在
I HEREBY CERTIFY that I attended Kong Shing Cheong
最後患病期間曾診治他（或她）；該人的報稱年齡為
during the last illness; that such person's age was stated to be 41
the 7th 月 day of June 日最後見他（或她）：
7th 年 day of June 2022 ; that he 上述 died
的死因一如下面所述明者。在
...elief the cause of his ... 2022 日在 ; at HKSH
death was as ...

2022 年 6 月 9 日　雨

第 2 天

沒有阿昌的第二天 下半生怎樣過

感恩天仔一覺睡到天光
相信是情緒有好轉
我能夠一覺睡到凌晨 4 點已是很好
起床坐在客廳沙發哭了很久
看著沒有阿昌的家
那種傷痛　那種難受　那種很想他回來的感覺
非常艱難
我下半生到底能夠怎樣過……
感恩媽媽一向早起　她在我身旁陪伴我　一起哭
媽媽跟我說很遺憾
自己在阿昌生前不夠珍惜他
我亦覺得自己同樣是不夠珍惜他
如果我知道他 41 歲就會離開我
我一定會更珍惜他　更愛護他　更少要求他
一定會作出非常多的改變
好想生命有 take 2
越想越多
就覺得自己過去在與他相處中
實在做了很多錯事　很多不足
過去這段日子我不時向阿昌
說對不起
向他分享回想自己作為妻子做得不夠好
他每次都會很溫柔的看著我微笑
跟我說：「你已做得好好，我人生中最幸福的事就是娶到你。」
回想起來 阿昌真的好愛錫我
……
留在家中　感覺非常辛苦
所以我提議一起到九龍飲茶
未來一星期都希望多與天仔和媽媽到處去逛　到處去吃
也買買一些需要買
但一直沒時間買的物品
例如天仔的襪子全都已經破洞
今天終於有時間買給他了
我發現阿昌的電子錶仍有一些八達通餘款
所以今天我全都用他的電子錶埋單
突然有一種他仍在我身邊的感覺
但同時又想到
其實他已不會再回來了
一邊嘟八達通　一邊哭……
……
我是電子產品白痴　所有有關電子產品的使用我都不懂
過往全都是阿昌幫我處理的
幸好天仔對電子產品很在行
教我使用阿昌的電子錶
他說：
「媽媽我會代替爸爸去幫你㗎」
我聽到很溫暖　多謝他
但同時很擔心令他有壓力
我很認真跟他說：「媽媽好多謝你咁愛我呀，不過你要記住，你係我寶貝仔，你唔係爸爸，只有爸爸係我老公，你唔需要代替爸爸照顧我，我哋互相支持，好好愛大家，一齊努力，咁就可以喇！」
天仔表示明白
未來我會持續多跟他說這類話
以免他要擔當不應由他擔當的責任
影響他的成長
……
去到茶樓門口等位時
又再哭了
因為這間茶樓是我們一家三口間中都會來的

而這個商場
是我和阿昌第一次約會的地方
到處都充滿我與他的回憶
媽媽和天仔都很理解我這種隨時哭的狀態
媽媽很明白
但我總擔心會給天仔壓力
所以會持續關心他的感受
引導他知道這是一個哀傷的過程
也鼓勵他想哭就哭
怕他要刻意快樂　刻意逗我開心
我問他 1-10 分
對爸爸的掛念、傷心、難過、不捨等等的感受有幾多分
他說大約 3 分
或許他真是適應得比我快
他說爸爸平日要上班　也較少見
爸爸留在醫院的日子多
也是較少見面
適應上較為容易
天仔也說得有道理
我是最難過的一個
因為我過去 19 年有什麼都會與阿昌分享
每天都會聊天　傳訊息
現在我看著他沒有上線的 WhatsApp
每天都不能再見到他
是一種地獄的感覺
感恩有媽媽和天仔無時無刻的陪伴
他們亦很接納我隨時隨地哭
睡前我問天仔我這樣常常哭他會否擔心
他說有 6 分擔心
（以他樂天的性格來說 6 分已是相當擔心）
我想引導他明白這是一個過程
雖然我自己也不知道何時完結
但很想給他盼望
知道有天我們會回復正常生活
快樂地繼續生活

今天飲茶後天仔說想看電影
我突然又大哭
擁抱著他說
以前媽媽常常與爸爸看電影
我現在不敢去戲院
因為想起與爸爸看電影的回憶
我很難過
跟他說到我預備好再與他一同看電影
天仔表示明白
很想與天仔好好去玩
今天是我們第一次一同去冒險樂園
本身想讓他散心
當他邀請我一同射籃球　玩氣墊球
我也有機會投入在玩耍當中
但腦海裡不斷想著阿昌
也會想著以後都再沒有他陪伴我們這樣一起玩耍了
天仔和爸爸都很喜歡食雪糕
今天也和婆婆一起去這間父子很喜歡的雪糕店
吃了四款口味 天仔十分滿足
我跟他說如果爸爸在天堂見到他吃得這樣滿足
爸爸一定會很開心
而我又哭起來
因為阿昌不會再與天仔一同食雪糕了
但我心裡很希望阿昌在天上真的見到天仔正吃得這麼開心……
玩完吃完要回家了
回家路上我很不想回家
很不想面對沒有阿昌的家
感恩有媽媽和天仔
感恩天仔常常充滿活力

很容易快樂
我覺得有好了一點
看著阿昌在全屋的物品
心不斷被抽在半空
我把他一些藥物掉了
希望每天一點一點地
把他的物品清理
將他用剩的營養奶
把不再需要的輪椅、
沖涼櫈放在癌友群組
看看有沒有病友需要
阿昌很喜歡幫助人
他一定很開心我儘快將物資送給有需要的病友
有網友貼了阿昌生病前在 YouTube 分享的影片
是關於煮年糕、Pancake 等
我 click 入去看了幾秒
發現自己原來很難面對
很快便關了
也發現自己很怕見到阿昌的相片
但今天我很努力地找到了一張
適合的相片在火化那天用
回看阿昌在瑪麗醫院時給我的訊息
我真的很後悔很後悔
沒更早救他出來
亦發現我當時未能夠從他的訊息中
充分理解嚴重性
如果……
如果……
很多的如果……
如果阿昌不需住瑪麗醫院 25 天
弄至身心衰殘
如果再給我一次機會
如果……
阿昌
你可以回來嗎？
我好掛念你
我好辛苦
如果有得揀
我寧願你有小三離開我
我也不願意你死去
阿昌
你仍聽到我嗎？
你仍見到天仔嗎？
我愛你

主耶穌
你可以讓阿昌
像拉撒路那樣復活嗎？

2022 年 6 月 10 日　雨

第 3 天

沒有阿昌的第三天
一生最艱難的日子

昌：
我的老公
我生命中的最愛

三日沒見了，你好嗎？
這世界上真的有天堂嗎？
如果真的有
你在天堂有見到我和天仔嗎？
聽到我說話嗎？見到我哭嗎？
今天我哭的次數有減少了
但你了解我
還是哭很多
今早我竟然可睡到 6 時啊
昨晚只是斷斷續續醒了四、五次
但很快就可以再睡　不需要半夜起床坐著哭
你在天堂有為我禱告嗎？
今天我們去了香港藝術館呀
之前你一直說有時間去逛逛
結果還是沒機會
不過你不用覺得可惜　沒什麼特別
我想你不會感興趣
我們去了一間
你未去過的餐廳吃水煮魚
去一間沒有與你到過的食店
原來我感覺會好一點
因為我們在這裡沒有回憶
我一邊吃一邊哭
跟媽媽說：「這水煮魚的味道和食物組合阿昌一定會很喜歡」
我們很舒適地慢慢吃
與媽媽聊東聊西
當然大部分的話題還是關於你
媽媽說
她今天的情緒比昨天明顯平靜了
我們三個今天有出現過笑聲
是不是會越來越好的？
你可告訴我嗎？
天仔午餐後去商場廁所
出來跟我說以前曾經與你去這個廁所
當時發生了一些趣事
我問他是什麼趣事
他說自己被自動沖廁嚇了一跳
爸爸當時見到哈哈笑
我問他去這個廁所想起爸爸會否掛念爸爸
他說會
我問他有沒有悲傷
他說有
我便抱抱他
陪他去吃你知道他很喜歡的那款來自日本的雪糕
邊吃邊笑得很快樂
你知道天仔不複雜　很容易就快樂
我相信他會慢慢過渡對你的掛念
天仔問我你有沒有寫遺書
我說沒有
感恩我們在你返天家前每天都見面
你要對我們說的
或是我們要對你說的
全都說了
向他解釋所以不需要遺書
……
雖然我不能接受你已回到天堂
你也沒有得到神蹟醫治

但感恩好多愛錫你、
愛錫我們的香港人
所以最後兩星期我們可以在養和醫院每天見面
你回天堂前
我們可以圍在你的床邊陪伴、禱告、為你唱詩歌
以前你帶學生去 camp 兩日我都覺得好長
因為我很需要每天都見到你
與你聊天 有你陪伴
現在下半生都不能再見到你
你教我怎樣過好呢？
平時我遇到什麼大小事都問你意見
現在你叫我問誰好呢？
神差派了一位弟兄 Samson 和他太太來為你安排一切
義務幫手 幫你辦死亡證 與我們一同去養和接你去火化
打點一切
主耶穌有告訴你嗎？
他已幫你整好相片了
我揀了你在台灣旅行時的相片
你笑得好開心呀
其實我是否應該多想一點你的缺點
少想一點你對我的愛、你的好
我會好過一點嗎？
你可否問一問旁邊的主耶穌
讓你像拉撒路一樣復活
現代也有聽過復活的神蹟
雖然極少
但你可否叫祂讓你回來呢？
還是天堂太正喇
你也不想回來了
……

今天回家路上
我又再一次要鼓起勇氣
每天回家都要勇氣
因為家中不再有你
每天早上起床也要鼓起勇氣
因為起床再也不會見到你的存在
……
在 IG 見到你不同的學生留言
你在天堂仍可睇到 IG 嗎？
仍可睇到我寫的文字嗎？
你在學生身上所做的
讓我感到光榮和感動 ~

24paulchu
R.I.P 感謝你在我困苦嘅時候帶領我 好好安息 🙏

man.chan.michael
感謝阿昌你教導、陪伴使我們長大成為一個正直誠實的人，無法忘記和你一起的時光，願你在天國得到安息 😢

_kly.m514
多謝你喺我最迷惘 最痛苦嘅時候都一直支持我 即使中學畢咗業 我有咩事都會嚟搵你 依賴你 亦都因為咁 我先會喺你身上獲得自己支撐落去嘅勇氣同力量 我只係想同你講一句 依家你離開咗我 我都會有力量再行到落去 我哋遲啲再一齊打 wargame 啦

freeman0216
多謝當年你幫電腦學會舉辦 LOL 比賽，令我哋中學回憶更加美好 🙏

0918smallfat_val
謝謝 🙏 我而家有啲成就啦
唔使擔心啦

Chicken Leg:
我係中學嗰陣
跟住阿昌打 wargame 嘅學生之一
我唔知應唔應該呢個時期嚟打攪你，但係喺得知嗰個消息之後嘅呢兩日，我每晚都會諗起阿昌，然後喺度喊。
阿昌佢對我嚟講除咗係個帶我打 game 嘅社工之外，仲係我一個好重要嘅朋友，一個好好嘅人生導師，一個除咗屋企人外，最依賴嘅對象。Even 上一次搵佢，我都係搵佢陪我一齊去見心理醫生睇 PTSD

所以我今次聯絡你，其實係因為我知道阿昌唔希望你幫佢搞葬禮。但係我想問你會唔會為佢搞番個追思會呀？我好想可以有個機會，可以同阿昌正式講番句再見。希望如果你會搞嘅話，可以畀我同一眾以前跟阿昌打 game 嘅師兄弟過嚟同佢講句再見。
另外想講多句，啱啱睇到你今日個 post，見到天仔咁生性咁叻仔，我真係好開心。希望佢可以代埋阿昌嗰份，一路陪住你。我亦都相信阿昌會喺天家默默咁守護住你地一家㗎！

……
今日我見到你的電話
有 WhatsApp 訊息
我幫你覆了他們
這幾天我收到好多留言好多私訊
好多好多人關心和支持我們
你會否稍為放心了一點？

有位太太留言：
「好多謝您在如此痛苦的時刻，
仍分享心中感受給大家
多謝您告訴我，
如何更懂珍惜身邊人，今日開始，
我會用您文字給予的力量，
去再用力及包容我的先生。
謝謝您讓我有了 take2 的動力。」

原來我們的分享祝福著不同的網友
你一定會好欣慰
昌 我愛你
你要叫主耶穌畀力量我面對明天呀
好難呀
人生從未試過咁難呀

第4天

沒有阿昌的第四天
無窮無盡的遺憾

昌：
第4日了
你知道嗎
仍然非常艱難
我很掛念你
掛到我個心難受極了
主耶穌可以給我們一個巨大的神蹟
讓你復活嗎？
這樣的想法令我覺得自己好痴線
天仔和媽媽都累了需要在家休息
所以今天我們沒有到處遊玩　留在家中
他們留在家中沒有不好的感覺
只有我會感到辛苦
看到你的拖鞋也會哭
在街上會哭
在房中會哭
總之隨時隨地就會哭
今天我把你的咖啡和過期零食掉了
有一些舊衣服也掉了
較新的衣服執拾好將會捐去環保店
天仔喜歡的則留起　過多兩年應該穿得上了
我也為你準備了衣服鞋襪等
星期一去養和醫院接你去火化場時穿上
原來你返天堂前陸續訂了新衫新褲新鞋新襪新皮帶
我今天才有時間拆開這些包裹
剛好是一套
讓你最後穿上
我想你應該是以為自己會康復出院
所以訂了這些
想不到是在火化時穿上
……
天仔說自己回復了八成
為什麼我的進度差那麼遠
雖然我今天又再比昨天哭少了
但為什麼我仍是十成十地掛念你
不能接受你已離開了我
媽媽知道我不想在這些日子
長留在家中
所以早上和傍晚都陪我落街逛逛
去超市買日用品時
見到衛生巾也令我想起你
想起你以前有好幾次
不介意幫我買回家
記得有一次你回來跟我分享
當你幫我找尋
我想要的衛生巾牌子時
你說旁邊有好幾位阿姨用怪異的眼光望著你
我聽到時大笑起來
你也笑了
你是體貼太太的好丈夫
願意為我做任何你做到的事
甚至你最後的日子
每秒都辛苦地呼吸
不到最後腫瘤壓著心口不能呼吸
你都一直為了我和天仔堅持
你願意為我做任何事
假如要我選擇你要繼續這麼痛苦地活下去
還是在天堂
沒有疾病沒有眼淚地享福
當然是後者
但是

我仍然不斷無限 loop 不應該在 4 月尾讓你入瑪麗醫院
而且 5 月 10 日開始你不能進食而得不到好的照顧
我早就應該救你出來
到 23 號才醒覺幫你轉院的緊急性
我後知後覺 極度愚蠢
間接令你提早離開
如果我一早救你出來
就不會令你的身心到了不可逆轉的地步
你應該可以撐到昨天打第二針免疫治療
媽媽叫我不要這樣折磨自己
因為還有很多如果、早知
很多網友都說我已做到最好
我頭腦上明白他們所說的
內心卻仍是不斷在後悔的痛苦中
我嘗試向天空向你說了幾句話
也嘗試向你的相片說了幾句話
會立即哭起來
我不確定是否繼續要這樣做
但再沒有機會跟你說話
內心又空又苦
阿昌 我很難適應
未來我真的可以適應得到嗎？
……
今天我們出去食早餐
侍應態度差極了
媽媽說好離譜
我竟然很有幽默感地說：「佢似死老公多過我似死老公，哈哈哈。」
讚我吧！
我竟然學到你的幽默感啊
不過之後跟天仔解說星期一去養和醫院接你的程序時
在餐廳又哭了
為了讓天仔在適應你離開的日子過得好一點
我買了他想要的比加超卡牌遊戲
說是爸爸和媽媽一起送的
他就說多謝爸爸媽媽和主耶穌
在陪他玩的過程他說：「媽媽，以前是爸爸陪我玩這類遊戲的，現在由你來陪我了。」
我跟他說：「是的，我會代爸爸陪伴你玩，我會努力學習。」
他很頑皮地跟我說：「恭喜你的智能提升了！哈哈！」
因為在他心目中
你永遠頭腦比我聰明得多
今天我也想起了很多你在工作上所受的苦
所有委屈
所有不公平
甚至常被拿來出氣的黑暗日子
想起你確診癌症前一星期突然致電給我說要即日辭職
我支持你
知道你一定是去到最痛苦的一刻
才會這樣突然即日辭職
誰知辭職後一星期就患癌
我們所有的計劃和夢想便畫上了句號
……
好多的遺憾
我之前已常常勸你轉工
好後悔自己沒有更強烈的鼓勵你辭職
很多病友和資訊都說
癌症其中一個最大因素是情緒和壓力

如果你及早離開這個工作環境
可能你不會患癌
我當日為什麼不花更大的氣力鼓勵
你辭職呢？
我知道因為你要養家
因為我們常常因業主的決定要搬家
如果你沒結婚沒孩子
沒有經濟負擔
你就會有更大的自由
可能很早就會辭職
可能你就不會被壓力壓到患癌
……
我懷疑自己是否能夠繼續信耶穌
自從你離開我很難禱告
只能講句：主耶穌祢幫我　我走不
下去了
媽媽不斷為我禱告
也有很多網友私訊我
他們都是失去了丈夫／妻子／雙親
／兄弟姊妹
他們都將自己的經歷跟我分享想鼓
勵我幫我加油
天父
祢是真的話
可否今晚讓我在夢裡看見天堂的阿
昌？

老公，
我愛你。

阿敏

沒有阿昌的第五天
下雨和包裹

昌：
明天我們會來養和醫院
接你到火化場
你可否問多次主耶穌一次
求祂讓你復活？
今早 5am 我就被雷聲大雨聲吵醒
第一時間想起你在天堂會否知道地上的天氣情況
你知道我從小到大
都害怕下雨和打雷
這些天氣總會令我情緒受影響
心情會低落
連結一些童年的陰影
這些天氣令我感到孤寂
我曾好幾次告訴你
自從我生命有了你
這些天氣對我的影響就變得越來越少
下雨打雷有你在我身邊
我就感到溫暖安心
之後天仔出世
有你兩個
令我對下雨天再沒負面情緒
自從你離開後　就一直下雨
令我更感孤單
感恩有天仔和媽媽在我身邊
每天一起撐起雨傘
如果沒有他們的陪伴我難以想像如何面對將來
……

雨天更不想留在家中
與媽媽出外吃早餐
途中仍是不斷講及關於你的事
走路當中哭
在餐廳一邊吃又一邊哭
不過今天我又比昨天哭少了
雙眼沒過去幾天那麼腫
我知道你一向最喜歡看見
我和天仔開心
你喜歡看我們的笑容
好後悔過去的我常常悲觀憂慮
帶給你的笑容不夠多
感恩不夠多
樂觀不夠多
很想有第二次的機會去做你的妻子
我有信心 一定會做得更好
可惜不知道為什麼
主耶穌不給我第二次的機會……
早上落狗屎
吃完早餐後竟然出太陽
是的
我忘了
其實雨後是會有陽光
但我的人生沒有了你
仍能有陽光嗎？
……
天氣好轉
陪天仔參加籃球訓練
上星期日他參加訓練
婆婆傳給我訓練的影片
我記得當時在你身邊立即給你看
想不到是你
最後一次看到天仔打籃球
之前你說過身體好轉想到現場看他打籃球

誰知沒機會了
如果真的有天堂的話
我希望你可以從天上看到
媽媽很堅定跟我說一定有天堂
因為她看過一本書
是關於一個孩子瀕死到了天堂的經歷
我也看過這本書　也看過相關的電影、見證
大概　天堂真的存在
……
下午小路小寶來了我們家玩
自從你 12 月自體幹細胞移植後
都沒有邀請過朋友來我們家
擔心你會受感染
現在你已離開
加上沒有了你的家很空虛
天仔也需要朋友陪伴
所以由今天開始
我們會多邀請朋友們上來一同玩耍、吃飯
……
收到包裹
原來是你為天仔訂的一件新運動衫
收到時你已返天堂
但尺碼太小天仔穿不下
我邀請小寶試穿　穿在她身上好漂亮
我問她如果不介意就當作是昌叔叔送的禮物
她欣然接受
我相信你也會很開心
小路小寶來到令我們家很有生氣
天仔非常開心
當他們回家後
我又再感到孤寂
晚上我炒了蝦仁蛋給天仔做晚餐
我就仍然沒有胃口
只吃了兩口　吃了水果
老公　我瘦了 10 磅啊
原來掛念你
會令我這個很喜歡吃的人
變得不再想吃
你不用擔心
其實咪幾好
減吓肥不知幾正啦
雖則你從來都愛我的全部
從沒介意過我是肥人
但瘦一點總是好事
……
睡前天仔說想起明天要跟你作最後的道別
他感到很難過
見他難過我好心痛
但同時他能用言語表達又令我感到放心
我抱著他說：「媽媽也很難過，我很想明天有神蹟爸爸復活，但我知道極無可能；媽媽會與你一起面對，我們一起慢慢回復。」
雖然你離開後我很難禱告
但見到天仔的難過樣子
除了禱告求主耶穌幫助我們
我沒什麼可以做
感恩禱告過程中他已睡著
有很多網友跟我分享他們失去親人的經歷
大部分都花很多時間寫了很多給我
他們都是希望支持我　鼓勵我
原來真的很多很多人失去了親人
當中不少像我失去年輕的伴侶……

老公
明天見了
我愛你
晚安

沒有阿昌的第六天
火化 永別

自從阿昌離開的那天　一直都下雨
而且有時下得很大
今早起來竟然見到太陽
心裡感恩去醫院接阿昌的日子突然出太陽
雖然極無可能　但裡面仍有一絲盼望復活的神蹟會出現
去到醫院　大約二十位親友陸續來到大堂集合
埋單找殮房的費用後
我拖著天仔去領取阿昌的遺體
媽媽先幫我確認阿昌的樣子
因事前我們商量如果阿昌的樣子變了很多
我和天仔就不看　避免帶來創傷陰影
亦保留阿昌最美好的一面在我們的回憶裡
媽媽看完之後說非常好　完全沒變
加上醫院職員說我是負責簽文件的家人必須要入去認領
於是我鼓起勇氣入去
我入去看到阿昌的樣子是以前睡覺最舒服的樣子
已很久沒見過他如此舒服的樣子了
而且頸部的所有腫瘤都消失了
終於　消失了
很久沒見過他這樣正常的頸部
特別是他最後兩星期　每一秒都是辛苦
連睡覺都是辛苦的樣子
所以我再見到他的一刻　我感到很大的平安
對他的掛念一湧而上
已經一星期沒見沒聯絡　是我認識他以來最長的時間
完成後我步出門口大哭起來　那一刻有崩潰的感覺
就好像再一次要面對他的死亡……
養和醫院不批准負責團隊幫阿昌換衣服鞋襪
多謝負責人 Samson 向醫院極力爭取
我見 Samson 好緊張
感恩有這位弟兄的付出
他們整個團隊不收費
說想為阿昌做這件事　是一個為主耶穌的服侍
整個過程我什麼都不需要煩惱　只需交給他們
……
親友坐 Samson 安排的旅遊巴到火化場
感恩阿昌幾位已長大的學生幫忙帶領親友到旅遊巴位置
我們其他親人坐團隊的車
天仔不想坐靈車想我陪在身邊　為了避免留下陰影
所以靈車由昌的親人負責陪伴昌的身體到火化場
……
感謝德俊（陳德俊牧師）
他是我們婚禮的主婚人
2003 年我和阿昌正禱告考慮是否要開始拍拖時
他是給予意見　鼓勵我們走在一起的牧者

之後有段時間亦守望我們的拍拖關係
想不到
阿昌的最後一程 也是由德俊主禮
感謝德俊
為我們分享了 10 分鐘的訊息
每字每句都是智慧和真理
人生什麼也帶不走
而死亡實在是每人最終都需面對的結局
只是有人比較早 有人比較遲
有時我會想像阿昌去了公幹 或先移民
又或者是去了一個很長的旅行
感覺會舒服一點
當然 如果現實是這樣我們仍會電話聯絡
但有時太痛苦的時候
是惟有這樣去想像
得以虛假地緩和那種毀滅式的痛苦
……
去到按掣真的與阿昌身體永別的時候
我靜了一會
多謝團隊叫我準備好才按掣 沒有催促
我手按著很美麗的棺木 看著鮮花
感受裡面的狀況
去到這一刻 我仍然期盼阿昌在裡面敲打
出現復活神蹟
可惜 神蹟再次沒有發生
我和天仔向阿昌的身體作了最後的道別
按了掣
哭了一會
就離開了
……

吃過飯後
天仔跟我說：「媽媽，我們每天都做開心的事，慢慢開心番啦。」
我：「好呀，但要傷心的時間就傷心，要哭的時候就要哭呀。」
天仔提議去尖沙咀
玩冒險樂園
行行海旁
回家前吃天仔最愛的漢堡包薯條
天仔很愉快地回家
從前他不太留意節日
但他竟然跟我說：「媽媽，原來 6 月 19 日是父親節。」
我們將會過第一個沒有阿昌的父親節
今天很累
天仔說他也很累
「媽媽，最近我很累。」
我：「因為爸爸返天家你睡得不好嗎？」
天仔：「不是，我一覺睡天光但很累，不知道為什麼睡得好也累。」
我：「可能是因為爸爸離開了，我們的情緒、情感、心靈都很哀傷，很難過，所以很累，我們慢慢會回復的。」
講就咁講
其實我也未知前面會怎樣
有朋友在火化後問我有什麼打算
我也不知道
自從天仔 1 歲我就辭了全職工作
以兼職幫補家計去陪伴天仔成長
Homeschool
阿昌負責家中主要收入
現在失去他不但失去他的陪伴
也失去了重要的收入來源
重返全職工作嗎？
我不想

繼續兼職？
不夠生活
轉行做保險？
真的適合我嗎？
想繼續專注陪伴天仔成長？
我好想
特別他已失去了爸爸
連媽媽都全職工作沒時間陪伴
對他來說真的太艱難
想自由工作？
好想！
想繼續活得有意義？
想！
想繼續幫人？
想！但不想在無意義的制度中！
想活得精彩？
好想！
由於阿昌返天家後
我就失去禱告的力量
只能簡單說：「主耶穌如果你是真的，幫我，幫天仔，幫我們一家。」

所有代禱者
如果你未像我一樣失去對祂的信心
你是仍然相信的話
為我和天仔禱告吧

第8天

沒有阿昌的第八天
逸東軒

想起阿昌當天離開前　仍清醒及未有劇痛的下午
他難說話所以用口型及極輕的聲量對我說：
「對不起　我愛你」
感覺很難受　同時很珍惜他對我所說的一切
眼淚不受控地流出來
……
我和天仔、媽媽繼續外出吃好東西、逛逛街
其實我們都很累　但我仍然很害怕留在家中
感恩媽媽和天仔都很願意陪伴我
今日去了逸東軒
前年我的生日　阿昌帶我和天仔到這裡來慶祝
當時拍了一段片：https://www.youtube.com/watch?v=ENPliTgz-tc&t=43s
今天　如自己所料
路上哭　去到一邊吃也一邊哭
不過我哭著向媽媽和天仔說感謝阿昌
是他帶我們來這裡
太多事情要感謝他
今天我哭的次數又再少了
網友們都鼓勵我想哭就哭　別催逼自己停止哭泣
我請大家放心　我沒有
無論我在街上、車裡、食店、家裡，任何地方　想哭就哭
完全不會顧及四圍的陌生人
我沒催逼自己停止哭泣
但我希望自己越哭越少　因為這樣代表我慢慢好起來
多謝網友們好愛錫我
他們一個又一個地私訊我　每個都花了很多時間打字
將他們失去親人的經歷與我分享
鼓勵我　為我打氣
還有很多網友的支持說話
特別是告訴我　阿昌和我的分享如何幫助了他們
無論我能否企番起身　我都感激你們！
……
今天我問媽媽：「是否真的會過？」
媽媽堅定地說：「女，一定會的。」
火化那天　看著牧師講道
同時看著阿昌掛在牆上的相片　看著棺木
感覺仍然是一場夢
很想睡醒了　阿昌就在我身邊
我跟他說做了一個可怕的噩夢　夢裡面你死了……
可惜　真實的是現在
……
感謝娛壹記者朋友幫忙剪片在追思會播放
這幾天不斷在手機、電腦找尋
看到我拍下阿昌講睡前故事與天仔的互動
看到一些我忘記了的影片和相片
看到他工作時帶活動的片段

心裡難受得難以形容
亦後悔從前不夠珍惜　對他不夠好
想著想著　自責又再纏繞著
想著想著　又再怪責自己
讓阿昌在瑪麗醫院得不到適當的照顧而身心急速變差
痛苦了 25 天
最後死得更快……
想著想著
有時又會想
如果真的有天堂　而天堂又好得無比的話
其實對阿昌是一件好事
只是　留下來的我和天仔就慘極了
我跟天仔說笑：「好彩死嗰個係爸爸，如果死嗰個係我，就換了爸爸好慘，而你就更難適應。」
天仔說：「係呀，如果死嗰個係你，我諗我一定患抑鬱症。」
我哈哈笑問他：「抑鬱症即係會點呀？」
天仔：「咪即係抑鬱囉。」
阿昌不再回來所帶來的痛苦
不斷後悔　不斷如果　不斷早知　所帶來的煎熬
不能改變的事實
有時惟有儘量與天仔用幽默的說笑方式
令我們叫做好受一丁點

2022 年 6 月 16 日　陰

第 9 天

沒有阿昌的第九天 瑪麗醫院的地獄經歷

透過電訊公司知道阿昌的手機合約到 11 月
我每天都帶著他的手機在背包
本身是為了有時可用他的 WhatsApp
聯絡他的學生、街坊、同事
也可給天仔有時搜尋資料使用
不浪費已有數據
後來我發現
原來當我帶著他的手機在身　有一種他還在陪著我的感覺
……
今天回看阿昌在瑪麗醫院的日子給我的訊息
很難受很難受
我實在輕看了他當時情況的危急程度
有些網友留言以為與私院最大的分別是服務質素
但阿昌這個情況並非單單服務質素
5 月 10 日阿昌開始因腫瘤不能吃
5 月 15 日開始不能喝
每天的巡房醫生是非常年輕、並欠人性的醫生
跟他的溝通　我們所說的一切只會跌入黑洞
阿昌多次提出擔心自己跌了 20 磅
不能吃幾天後已開始手軟腳軟
這位醫生不斷回覆沒問題的
對他不能吃不能喝的狀況沒有任何支援
後來我打電話到病房與這位醫生溝通多次
他對我的回應也是差不多　表示沒問題
後來阿昌要求吊鹽水　這位醫生才開始給他吊鹽水
而營養液也是阿昌和我要求好多次才吊
這位醫生表示營養液傷肝　想保住阿昌的肝打免疫治療藥
我當時問有沒有較為不傷肝的營養液
他說有
我問為何不用
他說他們的「習慣」是先用傷肝那一種
到驗血報告顯示肝指數有問題
才會換較為不傷肝的那一種營養液
這個答案對我來說荒謬到我不能接受
我以為自己理解錯
原來
不是考慮病人的狀況　而是以他們的「習慣」為優先
阿昌過程中受了幾多的苦　可想而知
還有一個荒謬的原因
這位醫生說較為不傷肝的營養液星期六日藥房不能提供
這也是先用較為傷肝那種營養液的原因
阿昌的胸口有盒仔打藥
但他卻被針到滿手大約二十個針孔
這是他在養和醫院治療了一年從沒

有過的
聽聞是因為有些護士不習慣用盒仔
直接打手最方便
後來轉到養和醫院
他的手有些針孔會出水
阿昌說那些孔是有個別護士大力用
針在裡面挖 找尋血管
……
到 5 月 20 日打免疫治療的時候
阿昌的身心已經非常虛弱
我記得他有個訊息是這樣說：「點
解香港人要病得咁賤？我病好一定
要為基層病人爭取權益，將在瑪麗
醫院經歷分享出去。」
可惜 阿昌已經再沒有這個機會
……
我永遠不能忘記
5 月 23 日我接他到養和醫院時
阿昌那種很驚慌很害怕的神情
是我一生都沒見過他這樣的狀況
我的心痛到裂開
見到他那雙瘦到像厭食症的腳
他的盤骨四周已完全沒有肉
當他上到病房
見到熟悉的護士主任
主任一向好愛錫我們
阿昌後來跟我說
他很自然握住她的手哭了出來
護士主任也哭了
他向醫護展示自己只剩下骨頭的雙
腳說：「這是虐待！」
我很愚蠢
沒能力去具體理解阿昌有多痛苦
有多瘦 有多嚴重
有時我會想 我是否有份累死了阿
昌呢？

我重看他 5 月每一天的訊息
回想當時我的反應
我未能及時理解他的嚴峻情況
我早就應該救他出來
不會讓他被漠視不能吃不能喝多天
的情況
只要我醒少少
或許 他今天仍然有足夠體力打 6
月 10 日的第二針
或 7 月 1 的第三針
或許 他仍然有機會
他仍然活著
……
瑪麗醫院腫瘤科高水準是有名的
曾醫好不少病人
也有不少病友去年已開始私訊我在
這裡被醫好
說主診醫生是他們的再生父母
我們在那裡也有遇到好好的醫生
可惜 社工爸爸阿昌住院的 25 天裡
遇到每天巡房跟進他的不是好醫生
如果遇到的是門診跟進開阿昌的好
醫生
很可能會是另一個故事
順帶一提
阿昌曾跟我說：
瑪麗醫院腫瘤科最高級的那位醫生
很有普京的感覺
……
醫者父母心
病人遇到了好醫生是福氣
遇不到是香港的日常
以上是我錐心之痛的真實經歷
是我的遺憾
是阿昌跟我所分享的內容
是我今天看到

他 iPad 與醫生的對話
（他因腫瘤不能說話所以在 iPad 打字與醫生溝通）
一切都是真實的經驗
是我現在所面對的困苦
是我人生最艱難的歷史
……
今天媽媽說我的狀態有進步
哭少了 胃口有進展
但她知道我內心仍然很痛苦
我的上右腹隱隱痛了一個月
同學說我可能是肝鬱
下星期會去照腹部超聲波
希望一切安好
否則天仔和媽媽就不知怎辦了
看完我寫了部分的經歷
（其實還有很多
我沒心力寫出來了）

相信你會明白到
為什麼我不斷在自責之中

如果沒有天仔
可能我會選擇跟阿昌到那好得無比的樂園

仍然不放棄為我禱告的你
請為我禱告吧

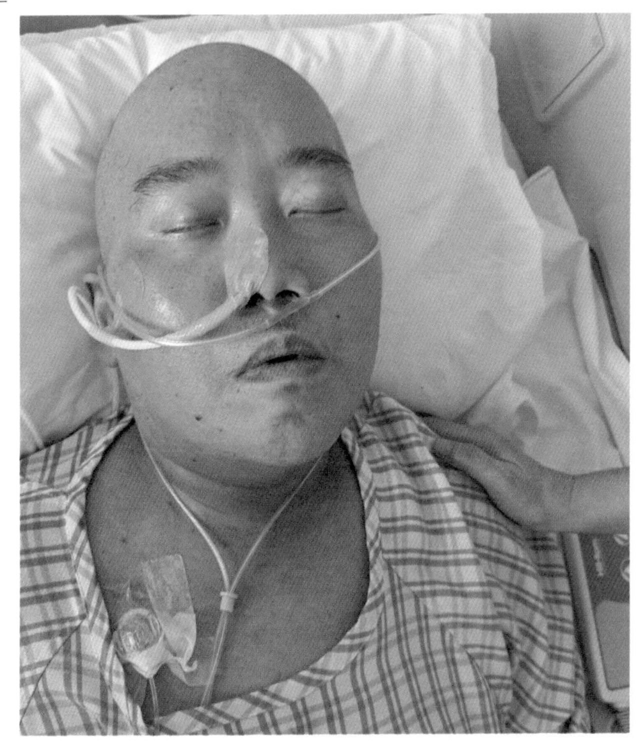

2022 年 6 月 17 日　陰

第 10 天

沒有阿昌的第十天
漫長的十天

昌：
我今天看看月曆
原來你離開我們只是十天
感覺像過了很久很久
日子難捱　時間變得很長
日子快樂　時間變得很快
……
今天想起你去年 4 月 25 日突然致電我說要即日辭職
離開工作了十二年的地方
當時我聽到你的聲音
感受到你已被中心主任常把你當作出氣袋
以及消極的工作氛圍迫到快要痴線
我沒問什麼　立即支持你的決定
我相信無論幾窮　都仍然可以有選擇
想不到 4 月 28 日你覺得頸部腫脹
以為普通發炎
5 月 2 日就確診淋巴癌 4 期
今天再一次想起的時候　我感到充滿遺憾
工作了十二年
最後幾年你越來越不快樂　我好多次勸你辭職
但你擔心收入受到影響　為了養家便繼續捱下去
偏偏在你終於忍無可忍辭職一星期後便患癌
我不斷反覆去想
如果你再早半年　甚至一年辭職
脫離了那個令你痛苦萬分的中心
可能你不會患癌
好多資訊和病友都說壓力和不快樂對患癌有很多的影響
慶幸你的學生、街坊、學校的老師、同事等
都帶給你很多的快樂
你說返工最有意義就是與服務對象在一起
盡你能力去幫助他們能使你很快樂
一直你與他們的關係充滿了感情
你享受跟他們在一起
你從來沒當他們是服務對象
你視他們每位都是寶貴的　獨特的
今天收到你一些學生和街坊拍的影片
我一邊聽一邊流淚　好感動　好珍惜
聽到他們分享關於與你的回憶和感謝
每一字都聽出他們與你的感情
你不是一個只為出糧的社工
我以你為榮
你本想辭職後實現夢想
你想考車牌
你想帶我和天仔嘗試走出香港
旅居三個月遊歷
你想學習訓練狗仔
你想學木工
你想學水電
……
阿昌　好多的遺憾
天仔聽到我與媽媽這樣分享時
插嘴說：「媽媽，我們不要再回頭看了，我們向前看，我們學習，我們看看未來可做什麼。」

我跟天仔說：「是的，但媽媽很困難，希望我能做得到。」
很多的瀕死見證說天堂如何美好
如果天堂那麼美好
你根本不會再記掛未完成的夢想
你現在應該是全情投入在天堂的生活
半杯水的道理
雖然我們只有十九年的時光
但我們的感情和相處的質素
已經遠遠超過十九年
我要練習這樣的思維
否則再下去會容易抑鬱
影響天仔和媽媽
你懂我的
理所當然
我有不斷怪責祂和命運
為何不讓你實現夢想後才返天堂
為何不讓你陪在我身邊多十幾二十年
最少都再多兩年
讓你有機會
去完成你那些小夢想

2022年6月18日　雨

第11天

沒有阿昌的第十一天 不可跟你說晚安

昌：
十一天了
我累得很
只是沒有你十一天都已經那麼累
將來的日子到我死之前都再沒有你
日子怎麼過好呢
今日天仔去華德福學校參與起屋
我和媽媽到附近一間咖啡店吃了一個午餐
以前都是你幫手看看附近有什麼好吃的
都是你看地圖帶我去的
今天我第一次自己上 openrice
自己看地圖
帶著媽媽成功去到未去過的咖啡店
我很開心原來自己都可以做到
但你知道有多難嗎？
過去所有大小事情我都倚賴你照顧
現在什麼都要靠自己
真的好難呀老公
……
去到咖啡店 我覺得你會喜歡這裡的食物和環境
我總是不斷地想著你
想著你再也不會回來了
到底怎樣才可以沒那麼難受呢？
以前我遇到不開心便會跟你分享
現在沒有你我怎麼辦呢？
現在所有關於天仔的事
沒有你跟我商量了
我今日跟天仔說：「現在關於你的事我沒有了爸爸一同商量，你要幫忙一起做決定了。」
接天仔放學坐巴士時他挨在我的肩膀睡了
讓我想起過去無數次他挨著你睡了的畫面
又想起有時你上班我帶他參加活動後他挨著我睡
我會拍照傳給你看看
你總說他睡著很可愛……
想起這些畫面真的很難受
而我今天也沒有拍他的睡相了
因為我已沒有你可以分享
不過
今天有個好消息給你
我恢復早午晚定時會肚餓
自從你返天堂後我全日都不會有肚餓的感覺
但今天我回復正常
早午晚餐都有吃
不知道你在天堂會否看到我所寫的呢？
……
有位網友也是 11 歲時爸爸離開了
她分享說當時最關注的就是媽媽
晚上睡前我跟天仔分享網友的說話
他回應我：「原來每個小朋友都是差不多。」
然後就把被子蓋住頭想哭
他很擔心我
我問他 1-10 分有幾分擔心
他說去到 10 分
因不斷看見我持續哭
看見我掛念著你
反而他說對你的掛念和悲傷已慢慢降到 1-2 分

我請他再給我多一點時間悲傷
也鼓勵他需要悲傷就悲傷
需要哭就哭
但他似乎不太需要哭
他需要玩
每當我帶他周圍玩
我看見他有明顯的情緒好轉
而對他來說
最希望的是見到我心情好轉
想起有教育工作者說人生頭十年最需要父母陪伴
錯過了便追不回來
阿昌
你真的剛好陪伴了天仔十年

以前我常跟天仔說
他應該是世界上其中一個最幸福的小孩子
但你現在已離開了我們
天仔現在沒有你
我們變了單親家庭
我仍然可以說他是幸福的小孩子嗎？
在天堂的你會怎說呢？
早唞喇 阿昌
以前每晚我們都必向彼此說的晚安
原來有一天會變成遙不可及
永遠失去了的幸福

2022 年 6 月 19 日　雨

第 12 天

\# 沒有阿昌的第十二天
一位網友給我的訊息

沒有阿昌的第一個父親節
好難捱
但沒想像中那麼難捱
阿昌對天仔其中一個期望是要保持運動
籃球是我和阿昌
年輕時很喜歡的運動
感恩在附近有一個適合天仔的籃球訓練班
讓我們在父親節中有嘢可以做吓
繼續收到很多很多網友的千字文
感謝大家的愛
素未謀面但很多人為我掛心
我好珍惜
收到其中一位網友的訊息
經她同意　我想在這裡跟大家分享：
「敏敏你好
知道你現在一定是難過 😨
擔心你
不知道你自己一個　可以處理得到嗎？
有沒有找 counselling?
看你留言
或許你已叻叻地走過了 denial
在 anger/bargaining 的 stage ？
亦看你說『否則會抑鬱』
我怕你不願意跌落
depression 階段
然後走過去 acceptance
讓整個家庭未來的路更健康精彩
以你和昌的感情
我想像不到你可以『唔過 depress 那個 phase』
亦不知道不讓自己 depress 是否對你好
天仔懂得鼓勵你　是好事
代表或者你真的不用擔心他
可以找個專業的人
讓你盡情聆聽自己內心的需要
說出所有負面的話
做盡所有不負責任的事
讓你在上年因為要照顧昌而不能盡情釋放的負能量
有充足時間同對的人去放出來
說出來
說夠了
說得自己也悶了
身體自然會跟你說可以 move on
伯母和天仔也比較樂觀
亦沒有你和昌的經歷
他們愛你
亦『願意』明白
但不一定『能夠』明白這個過程
長短
程度
不一定是你所能控制的
以你們感情
和你的性格
以我一個旁人看來
抑鬱一段長時間亦是『理所當然』的
我擔心大家善意的提醒和期望
會造成你不必要的壓力呀
亦怕你沒有專業的人去聆聽你
不容易覺得被明白

不是人人也自動明白天生比較負面
的人要正念有多難……
我想以你以往提及你性格
那應該是非常難讓負面想法離開自
己吧 😵
現在住所穩定
天仔伯母又健康可以照顧自己
可能是最好時間
找個 counselling
把自己裡面需要放首位 💪
無論如何
祝福你
最後大家內心知道
無論多不喜歡多不明白天父的安排
就像耶穌被釘前禱告一樣
有天時候來到
亦要向天父表示信心
絕對的順服
就是昌這信心順服
你可以放心昌在天堂永生了！
或許你要一年
兩年
三十年才做到
但為了和昌在天堂重聚
知道有天你一定會做到的！
現在太累先休息
天父會明白的 💪
如果我說的讓你太難過或不舒服
告訴我
我把這 delete 🙏」

感謝你！

第13天

2022年6月20日　時晴時陰時雨

沒有阿昌的第十三天
迪士尼樂園

昌：
今天我們玩得很開心
你在天堂會看到我們嗎？
聖經說天堂沒有眼淚
不再有死亡　也不再有悲哀、哭號、疼痛
如果是這樣　你應該不會再掛心我和天仔
正在盡情享受天堂的一切
你返天堂之後　天仔有天說想去迪士尼
我跟他說現在沒有爸爸賺錢
媽媽又未有工作方向
所以迪士尼這些非必須的事情就暫時不去了
到媽媽有穩定收入再考慮吧　他亦很明白事理沒再要求去
……
誰知兩天後收到一位陌生網友的訊息
她在迪士尼工作　問我們想不想去迪士尼
她可以用員工名額帶我們免費入場
我們今天帶著感恩的心去玩了
開門玩到關門
有新的煙花　好美麗
想起以往我們
曾一起去迪士尼的片段
記得我們結婚的禮物嗎？
是你牧養過的一班年青人
夾錢請我們去迪士尼酒店連門票
那是我們第一次去迪士尼
好快樂的回憶啊
之後有了天仔　帶他去玩
又有一次你帶中心會員去
我幫手做義工帶車上遊戲
天仔也有幫忙問 IQ 題
好快樂好有意義的一天！
迪士尼裡面有我們的回憶
一邊玩一邊想起了　我會難過
同時又感恩有這麼貼心、有愛的網友
去之前我掙扎會否一整天也難過地想念你
但感恩我們享受在當中
有些時候我能夠暫時不去想你
例如畫城堡的時候
有些時候想起你又哭起來
感恩天仔玩得非常盡興
連婆婆都玩得好開心
說 Iron Man 好刺激
昌
我仍然難以想像你以後都不會回來了
今天想起你返天家當日仍然有跟我說早晨
想起你開始呼吸困難
想起你落藥前跟我們每一個揮手說「遲啲見 Goodnight」的一刻
想起你失去意識
想起你斷氣變冰冷
……

最近我常聽余德淳的分享
他的太太 2008 年也是癌症返天家
你在天堂有碰見她嗎？
余德淳的分享對我很有幫助
今天在 YouTube 聽他「無人陪我終老」的講座
其中他提到有一名句
就是當上帝拿走一個基督徒重要的人／事
祂會在不遠的將來為他預備更有質素的人生
我覺得這是自我安慰的說話
但又不無道理
好多朋友網友愛錫我們
不過 如果可以的話
我寧願所有祝福都不要
所有的愛都不要
只要你回來我身邊
但我沒有選擇權
以前我會害怕自己有天會死亡
但如今 如果有一天死亡臨到我
我會很快樂很期待
因為我可以再見到你 擁抱你
希望這世界真的有天堂
昌
你真的不會再回來了嗎？

2022 年 6 月 21 日　晴

第 14 天

沒有阿昌的第十四天 擁抱你的衣服像擁抱你

昌：
只是兩星期？
自從你返天堂之後
我未試過一個人
很害怕留在家中之外
也很害怕一個人
天仔或媽媽一直陪著我
感恩他們不怕留在家中
也不怕獨自一人
只有我怕
……
今天很大的突破
洗衣機又壞了
師傅上來的時間比預期遲
所以我惟有獨自一人去接天仔
媽媽留在家中等維修師傅
相比留在家中　我外出會較為好一點
而且天仔過去一年常常說想我陪他接送他參加活動
因我去醫院陪你的日子很多
應該有超過 150 天
……
踏出家門跟媽媽說拜拜時
我發現自己竟然需要勇氣
心裡的感覺還是不行
立即戴耳筒聽余德淳的講座
感恩　感覺好很多
他分享很多失去家人的故事
包括他自己
怎樣去面對
有時講得好好笑
我有笑
其中很有道理的是：快樂是要改變觀念
對我來說
你回來　我才可以再次快樂
失去你　我永遠都難以再由心而發地快樂
但按照余德淳所講
需要做的是改變快樂的觀念
例如失去了你　我也可以從其他方面找到快樂
從其他人　其他事　做些什麼等等
繼續找出令自己快樂的方法
也要相信神讓你返天堂　讓我留下來
是好的
這些想法難度高到不合理　但不無道理
另外他說出了重點中的重點
人必有一死
如果自己命短　就可以不需面對伴侶死去
如果自己命長　始終還是要面對
……
晚飯後　我突然將你大部分衣物整理
有些保留給天仔長大後穿著　順道懷念你
有些交給環保二手店回收再轉賣給有需要的人

每一件衣服
我都會記起你穿著時的樣子或情境
突然我攬著你的衣服
想起你說過如果日後我掛念你
我可以攬著你的衣服當你擁抱著我
我當時回應你不需要
因為你會康復陪伴我好多年
……

今晚攬著你的衣服 聞聞你的氣味
溫暖又難受
想不到真的是有這樣的一天
你告訴我吧
這個噩夢可以醒嗎？

2022年6月22日　晴

第 15 天

沒有阿昌的第十五天
一個人去剪頭髮的勇氣

昌：

今日送天仔參加活動後
我和媽媽一起吃早餐　到超市買食物
好難過　心好噏
上年你辭職後我倒數你最後上班的日子
當時很期待有段日子我們可以送天仔參加活動後
兩個拍拖一同吃早餐、行山、逛超市買日用品
誰知 last day 都還未到　你就已確診淋巴癌
而且腫瘤在幾日內已大得好快
從此　和你一起健健康康吃早餐、逛超市
這些簡單的幸福都失去了
有時我會想　就算你患癌　如果是慢性癌就好好多
可惜你的腫瘤大得又急又快
真係好難搞呀
不過　傻啦　去想這些真係好多餘
……
媽媽提議我趁天仔參加活動
去剪頭髮
因為想剪很久了　亂過一堆草
媽媽送我到髮型屋門口
沒想過幾十歲人都要媽媽送到去門口
因為我現在很怕自己一個
媽媽都擔心　問我是否需要她留下陪我
但我不想媽媽太累　想她回家休息
要留在髮型屋剪頭髮　我竟然都需要勇氣
……
想起以前剪髮途中　又或者剪完　總會影幅相給你看看
你總會問問我：舒服嗎？
又或者說：新髮型好看啊！
但今天　一切沒有了　就只是剪頭髮
……
剪頭髮後我去接天仔
途中感覺非常孤單
後腰位置在中午開始痛
接天仔後越來越痛
回家後要躺在床上一段時間
可能是有腎石
如果以前你在　我第一時間會告訴你我不舒服
……
躺了兩小時有好一點了
星期五會去照超聲波
希望我能陪伴天仔到成年獨立
我才返天堂跟你會合吧！
……
天仔發生了一些學習上的事我也想跟你商量
但現在都沒有你了
所以我與媽媽和天仔商量
還好我們能夠一同總結作一些決定

……
你在天堂玩得開心嗎？
今日看到了一個故事
有一個年輕人因意外盲了
他很頹廢
朋友鼓勵他錄音記下自己仍能做的事情
隔了一段時間朋友再見他
發現他狀態好了很多
原來這個盲了的年輕人真的嘗試想想自己還能做什麼
他寫了 1000 項 並說有生之年都要好好做這 1000 件事
我沒盲眼 理論上我能做的事可能比他更多
但我發現 想做的事之前全都做了
例如讀了華德福教師課程、讀了香薰治療師課程、
幫助別人、陪天仔成長 10 歲前 Homeschool
……
至於未做的又想做的 全部都是計劃與你一起做的
現在不會再想做了
……
明天又是新的一天
希望我可以想到更多沒有你我都可以做到
而我又想做的事
老公 Good Night 喇
其實 我幾時先可以停止再哭呢？

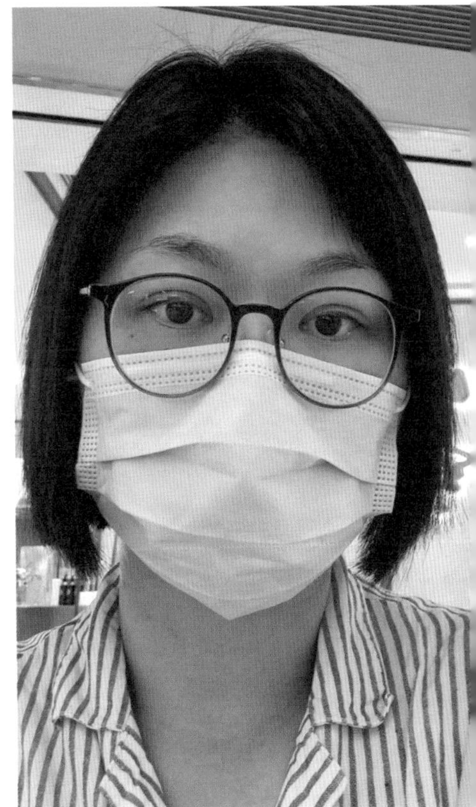

2022年6月23日　晴

第 16 天

沒有阿昌的第十六天
太陽終於出來

感恩晚上能夠睡覺 沒有失眠
就算半夜扎醒幾次
都可以很快入睡
我知道有些代禱者仍然沒有放棄我
他們有些特別是為
我能正常睡覺禱告
睡覺除了對我有益之外
一個更大的好處是不會想著阿昌
感謝你們的愛
感謝你們沒因阿昌死了而放棄禱告
這件事
……
每早醒來都需要勇氣
因為每天的開始
都要再一次接受
阿昌不會再回來的事實
有時仍然覺得像發噩夢一樣
阿昌永遠地離開了我
像夢一樣模糊但真實
……
今天見到久違了的太陽
自從阿昌由瑪麗醫院轉到養和醫院
天就一直下雨
直到他死了 火化
一直不是下雨 就是陰天
雨下個不停
終於等到有陽光
讓我想起阿昌離開前足足有一個半
月都是在病床
沒有機會接觸陽光和新鮮空氣
內心難過的時候
想起阿昌在天堂
比地上的陽光更美麗
……
難得好天氣
洗了被袋、洗了床單
晚上入被袋時
被袋有一陣陽光的味道散發出來
想起以前阿昌常常說
很喜歡這種陽光的味道
……
入了自己和天仔的被袋
好吃力啊
以前阿昌在的時候
永遠都是他幫手入被袋
入被袋對我來說有點辛苦
但阿昌卻非常輕鬆
笑說自己是「入被袋專員」
就算阿昌上班
我也會等他下班幫我入被袋
多麼幸福的時光
很掛念
……
今天收到記者朋友剪的影片
雖然那些相片和影片是我給她的
但我打開影片前還是需要鼓起很大
的勇氣
影片播 一直哭
感謝去年 10 月這位記者朋友邀請
阿昌拍片作一些分享

今天再次看到
那天阿昌仍是非常正常的聲音
誰想到翌日
他就因腫瘤突然脹大迫著聲帶
而失聲
自此就再沒有回復原來的聲音
感謝這位記者朋友
邀請了阿昌拍這段片
最後一次用正常的聲音
分享他的想法和感受

2022 年 6 月 24 日　晴

第 17 天

沒有阿昌的第十七天 加入保險業好嗎

昌：
我把你剩下的營養奶
全都送了給病友
輪椅送給了一位太太
她的丈夫中風十五年了
希望這輪椅可以帶祝福給他們
推輪椅去給她的時候　我很感觸
因為上次推著輪椅的時候　就是推著你
當時你仍有康復的機會
……
有位網友問我當日幫你轉院的經驗
我在電話詳細跟她分享
希望我們的經驗可以幫到她和媽媽
希望她能夠在媽媽最後的日子好好陪伴左右
……
還記得有天我們在醫院時談到
你康復後我們一同轉行做保險嗎？
因為你的病　讓我們深深經歷了有足夠保險的重要性
無論是住院保險、危疾保險，還是儲蓄保險

今天 Milk 帶我們見了
一位保險界人士
聽聽他的意見
聽完之後　我今天決定會考保險牌
可能會嘗試做保險工作
天仔已經失去你
如果這時候連我都全職每天十多小時上班
對他來說真是太難了
所以我正在努力找尋可繼續陪他成長的空間
找尋有彈性的工作
有收入但可以繼續陪伴在他身邊
我知道你一定會想我多陪伴天仔
我會努力的
……
今天我多謝 Milk
我說她真是不幸　你的保單不是她簽
但幫忙跟進我們這些孤兒單
卻令她過去一年工作量大增
她說：傻啦
說我們祝福了她很多
……
我請她吃 Pepper Lunch 午餐
多謝她為我們奔波了一年
如果我真的落實做保險
我打算加入 Milk 的團隊
你說好嗎？

2022 年 6 月 25 日　晴

沒有阿昌的第十八天
暫別會場地與你的小學同學

昌：
今天認識了你的小學同學
感覺非常溫暖
他們真的好好好好好好人
感謝 Judy 同學幫忙借教會場地讓
我們做你的暫別會
感謝張同學和李同學幫忙處理所有
音響、直播等等
感謝何漢聲幫忙召集這些同學幫忙
好感動　好感恩
何漢聲分享了一些與你在小學時期
的回憶
我從未聽過
令我感到好溫暖
似乎你在小學過得很快樂
……
協和小學場地好完美　我好喜歡
相信你也會好喜歡
感謝教會　感謝牧師　感謝學校
在疫情期間也願意借出禮堂讓我們
一大班陌生人使用
感謝 Judy 同學幫忙安排
……
何漢聲跟我說以前會討厭社工
後來知道你做了社工
又熱心幫助有需要的人
改變了他對社工的看法
他說就算你死了
也會繼續為人帶來改變　好感動
自從你死後我是第一次聽到這樣的
說話
令我很被安慰
對我來說　你死了　我一切也失去了
但原來何漢聲從這個角度看
當然　對我來說很困難
因為聖經說夫妻二人成為一體是真
的
你死了　從靈魂深處我感受到
我死了一半
你死了　我失去了一半的靈魂
你死了　我失去了一半的人生
無論你對其他人的影響力仍在與否
我確確實實已失去了你
每天再也不會見到你
沒有你的陪伴
沒有你的幫助
沒有你的同行
沒有你的愛錫
沒有你的擁抱
沒有你的呵護
一雙腿只剩下一條
一拐一拐的走下去

2022 年 6 月 26 日　晴

沒有阿昌的第十九天
你最後一件速遞

昌：
今天將你的衣物和物品執拾了差不多八成
留給天仔幾年後可穿你的衫褲都不少
天仔不適合的我會找救世軍回收
要掉的也始終需要掉了
你的背包太舊不能回收
當我掉到後樓梯時
我跟你的背包說：昌，拜拜喇！
很難過
……
有些你的 Wargame 衣物
我用你的手機發放在你和學生的 Wargame 群組
問他們想不想留念
雞脾想要　他說之後打 Wargame 時穿上
就好像與你一起繼續打 Wargame
我看到他的訊息便哭了出來
雞脾今日千里迢迢來到我們家樓下取你的衣物
原來他剛畢業開始工作了　大個仔喇
他說之後如果需要有人陪天仔玩
他和同學們可以幫忙
而且可以親自帶我們去生態遊
有什麼幫忙都可以講
好感動啊
這些學生是你的果子　我好珍惜
見到雞脾這個青年人
還有火化那天你其他幾個學生
好乖　好善良　好有禮貌　好真心
我感到安慰　為你感到安慰
你教佢哋教得好好呀
……
之後我回家繼續執拾
又見到你一些彈夾和 BB 彈
但雞脾已回家
我說再約一天取
也想邀請他們來我們家吃飯
想聽更多他們過去與你相處的回憶
昌　多謝你呀
你在地上時將自己貢獻給青年人
……
下午竟然有速遞員上來送件
我們感到很奇怪
因為最近沒有訂什麼
收件人寫著：江承昌
原來是你死前訂的最後一份件
最後一份件
我們小心珍惜地拆開
原來你在東京迪士尼訂了一些餅乾
我猜你是送給天仔的
不知道是否天仔下個月的生日禮物
但都讓他快快樂樂地開了來吃
……
我們今季第一次游水
原本打算讓我們三人鬆一鬆
想不到也是不好受
在泳池不斷回想起往日我們一家三口快樂地玩水的時光

看著游泳旁邊的長櫈
就想起你很喜歡曬太陽
天仔的樣子也有點怪怪的
我問他是否想起以前跟你一起玩水
的事
他說不是
有時我也不確定他真的不是
還是不想我擔心
你的暫別會完成了之後
我會找可信的輔導員見見天仔
你說好嗎？
……
當我路經健身室
又會想起你生病前很喜歡做健身
甚至做化療初期你都有時會去健身
有時候我仍然需要提醒自己
你永遠不會再回來
有時白天我又會幻想你只是去了上
班
但不去想放工時間
只停留在白天時段
你離去後
是我一生人最黑暗的時期
黑夜真的會過去
黎明真的會來到嗎？

2022 年 6 月 27 日　晴

沒有阿昌的第二十天
壽司郎

昌：
患癌後醫生吩咐你不能吃生的食物
包括壽司
你常常都說康復後想去壽司郎
還說常排長龍　要趁開門前去到排隊
想不到最後　你還是未能去吃
但天堂那麼美好
壽司已算不得什麼吧
今天我帶天仔和媽媽去
你去不到　就由我們去吃吧
果然會大排長龍
幸好有你之前的提示　我們在開門前早十五分鐘到達
入到去　回憶就湧現
整個店舖的環境喚醒了我
原來是我們在日本和台灣曾吃的店
很掛念你
真的好味又抵食
天仔開心到不得了
我心裡不斷在想著
如果你沒有死
如果你 12 月移植後就完全康復沒有復發
我們會有多幸福
……

吃壽司途中我們聊到結婚和死亡
我問天仔想幾時回到天堂
他說自己仍然有很多事情未做　暫不想回去
不過他問我　人不生孩子是否比較好
我反問為什麼
他說因為孩子始終要面對父母死去
這是痛苦的
我跟他說　他也有道理
感恩天仔能夠表達這些內心的想法
……
吃完壽司　帶天仔去冒險樂園
好大的一間冒險樂園
透過玩耍　對天仔的情緒很有幫助
回程時在路上我跟天仔說：「今天去未吃過的壽司店，去未去過的冒險樂園，好像去了旅行一樣啊。」
天仔：「好像爸爸在身邊啊。」
我：「但爸爸在天堂，事實上已不在我們身邊了。」
天仔：「那爸爸在我們心裡。」
我：「我認為說爸爸留在我們的回憶中最貼切。不過可能你慢慢長大要不時看看爸爸跟你的影片和相片。」
天仔：「為什麼？」
我：「因為你現在年紀還小，可能會慢慢對爸爸的印象模糊，會忘記。」
天仔：「其實忘記沒那麼痛苦。」
我：「是的，我也覺得如果能夠忘記爸爸會沒那麼痛苦。」
昌　感恩
你知道天仔不是那種坐低慢慢講情緒講感受的孩子

他需要的就是玩
玩玩下 情緒到 話題到
那就能分享內心的重點
……
昌 你常說很喜歡見到我和天仔笑
我們快樂你就開心
今天去吃壽司郎不是因為我要完成你的心願
而是我自己想去吃吃你的推介
我相信你絕對不會想我完成你未完成的夢想
因為你是你 我是我
你過去亦是一個沒遺憾 常向前望的人
你常常鼓勵我向前望
我知道你只有一個目標
就是我和天仔快樂
不少到過天堂的人都分享在天堂是好得無比
快樂到不會再記掛地上的家人
所以前面的路
實實在在的只是我和天仔
你不會再回來
我們要活在自己的人生中
希望我能夠做得到

2022 年 6 月 28 日　晴

沒有阿昌的第二十一天
多謝你父親的愛

昌：
三星期了
不能與你對話、訊息　已二十一天
有網友給我一些資訊
首三星期是最難受的
過了就會稍為好一點
的確比你離開後的頭幾天有進展
但仍然非常難面對
中學老師曹太告訴我　她需要十年
希望我可以快一點
十年好可怕
到今天仍然感覺像在做夢　一場噩夢
……
想起天仔以前在你上班前總喜歡大力擁抱著你
有時會眼濕濕　很不捨得你
不想讓你上班
有一次你放長假後第一天上班
前一天他把日曆上你上班的日子打交叉
你上班出門前他更哭了
現在　他卻永遠要跟你離別
真是很艱難的日子
……

今天 Facebook 提醒兩年前的今日
6 月 28 號
我們正在酒店 Staycation
是游泳時我幫你拍低和天仔玩水的相片和影片
見到真的很難受
誰想到兩年後的同一天你已在天堂
如果早知的話　我會更加珍惜你
……
天仔問我：「媽媽，等你預備好，我們再去 Staycation 可以嗎？」
我：「對不起，我應該會很長時間也不會預備好。以前我們是跟爸爸一起去 Staycation，現在爸爸死了我們再去的話，我會好傷心好難過。你不會嗎？」
天仔：「我不會呀，我反而會很開心，令我覺得與爸爸在一起，想起與爸爸在一起 Staycation 的快樂。」
天仔與我真不一樣！
……
昌　感恩你與我一起為天仔儲起了大量的快樂經驗
儲起了大量的愛和對人生的盼望
為他建造了一個極美好的童年
當他面對你永遠離去這樣嚴重的逆境
仍然能夠站立得住
昌　多謝你
你七年多風雨不改每晚為天仔創作故事
你的故事充滿趣味、創意、溫暖、想像力、父愛
讓天仔的心靈每晚被滋養
有時你返夜班都會在午飯時間

先錄好故事
讓我在睡前播給他聽
直到天仔 9 歲半的某一晚
他說自己不需再聽睡前故事
你就改了每晚與他聊天
說東說西的
常常在房門外聽到你們的大笑聲
每次聽到你們的笑聲傳出來
我都覺得好幸福
昌　多謝你
你花了很多很多的時間在天仔身上
而且是很有質素的時間
還有很多很多
你幫他換片、餵奶、沖涼、抱著他睡覺、
教他下廚、陪他踢波、無數的擁抱
昌　多謝你
你已做到最好
我仍然在想
你可以回來嗎？

第 22 天

沒有阿昌的第二十二天
燒肉 like

昌：
我已經處理好「遲 D 見 暫別會」
的物資和程序表
多謝我們的舊同事 Nico 的幫忙
好記得你和我都認為
追思會其實不是為死去的人辦
而是為在世的人辦
所以當時我問你可否辦追思會
你說交給我決定
因為到時你根本就不在場
火化日我照足你的要求去處理
追思會就按我的意思吧！
我收到好多好多有愛的網友訊息
到了今天仍然不停地收到
他們花很多時間去將他們的經歷寫
給我
每個訊息都幾百字 千幾字
幾乎可以集合成一本書
人生在世敵不過疾病和死亡
當然還有香港的醫療制度
他們分享家人或自己在公院的慘痛
經歷
分享父母兄弟姊妹離去的傷痛
也有不少像我一樣
中年已失去丈夫
有些跟你一樣患癌
有些是中風
有些是心臟病
當中有不少明明自己仍在傷痛中
卻安慰我 鼓勵我 關心我
他們真的是太厲害 自愧不如
……
今日天仔終於成功將你的 PS4 連
到電視
自從你死了之後
他第一次成功玩到你的 PS4
他好高興大叫了一句：「好好玩呀！
多謝爸爸呀！」
……
帶天仔到附近中心報名參加暑期活動
想起了這是你每年都會做的工作
每次暑期活動報名日你都會很忙碌
……
我們把你的舊鞋拿去回收店
老闆給我兩元 我們都笑了
就這樣 跟你的鞋子告別了
不過有留下你的拖鞋
還有就是 Jordan 籃球鞋
天仔過幾年應該可以穿了
回收後天仔提議去燒肉 like
一邊吃一邊看著這個店的某個角落
那是我們一家人最後一次來這裡
吃燒肉的位置
想起了當時的情境
眼淚當然又流出來了
天仔專心燒燒肉的樣子似足你
也跟媽媽說起我以前不懂燒肉
因為全都是你負責燒給我吃
後來我慢慢就學懂了
是你患癌後不能吃燒肉
天仔教我的
……
天仔用你的手機在淘寶訂了玩具槍
用他自己的零用錢
但竟然因屬危險物品被順豐拒收
天仔超級失望
過程中我們遇到問題
你不在
我們好像什麼也不懂的
現在什麼都不可以問你
你知道有幾困難嗎？

2022年6月30日　晴

第23天

沒有阿昌的第二十三天
天仔是你送給我最寶貴的禮物

昌：

你死了之後第一次打風
你知道我的童年陰影
我從小害怕打風落雨
自從有你之後
就算打八號風球
只要家中有你
我就感到安穩
幸好今天只是一號風　天氣穩定
所以感覺還可以
但我很想很想你此時在我的身邊
晚上看著天空
好多雲
以前當我望著天空時
你總會過來攬攬我
一同看看天空
……
今天我跟天仔說手上的兩把雨傘都是你送的
天仔聽到之後很可愛地指著自己的臉說：「這個也是爸爸送給你的。」
很可愛的樣子
我說：「對呀，你也是爸爸送給我的寶貴禮物，最寶貴的。」
他很滿足地笑了一笑
還有半個月就 11 歲生日了
他仍然是很有童真
我記得你說很喜歡天仔有智慧但同時有童真
……
今早豬昕給我訊息
你記得豬昕嗎？
當年我在路德會工作
你幫我手搞了一個 band 比賽
我們決定給豬昕的 band 第一名
他現在已經是兩個孩子的爸爸了
豬昕昨晚知道天仔在淘寶訂的槍被順豐拒收
說想送槍給天仔
好感動啊
天仔立即光速回覆豬昕叔叔說多謝
也問了一些拒收怎樣處理的問題
你擅長做青年工作
我擅長做小學生工作
你記得我有說過嗎？
天仔到青春期之後就換我全職工作
你轉兼職陪伴他度過青春期
想不到你行不到那步
豬昕的訊息
不止是送禮物給天仔
也啟發了我
盼望天仔前面的成長路上
能夠有更多叔叔成為他的生命導師
陪伴他成長
沒有了爸爸
也可以有好榜樣的男性長輩扶助他、引導他
望就咁望啦
有時真係可遇不可求的
至少有個社工媽媽
說到底　天仔還是有「渣拿」的吧
……
今晚我煮肉碎茄子
麻麻地好味　不過可以入口的
天仔和婆婆都吃清光
天仔多謝我下廚

我說我會努力
代替爸爸下廚的任務
開飯時我叫天仔通知婆婆已煮好飯
我一時口快叫錯了：「叫爸爸食飯喇！」
天仔很頑皮　明知我說錯
都向婆婆說：「爸爸食飯喇！」
他的頑皮和搞笑很像你
也感恩見他沒有負面感受
近來我刻意每天都在適合的情況提及：「爸爸死了、爸爸返天堂了、爸爸離開了」
我希望我們不會刻意不提及你的死
好讓我們面對現實
這個氣氛應該會比較健康
……
收到教會的訊息
如果 7 月 3 日中午 12 點
打八號風或黑雨
你的暫別會就要取消
以前你出戶外活動好多時都會下雨或打風
你笑說自己貴人招風雨
想不到連死了之後
仍是這樣……
老公　掛住你
如果可以
我願意付出最大的代價
可以換來再一次與你聊天、見面
我開始理解為什麼有些人會去問米、通靈
因為掛念你的感覺
真是痛苦到難以形容

如果神創造一個 app 可以與天堂家人通訊
你說有多好？

▲ 第一年拍拖在中心拍下的照片

2022 年 7 月 1 日　八號風球

第 24 天

沒有阿昌的第二十四天
八號風球

昌：
真的打八號風
感受很差　好想你在身邊陪伴我
……
當天仔在家中走來走去
很努力用廢紙、膠紙、橡皮筋自製玩具槍
當媽媽在家中大聲說話做家務
我感恩自己仍有這兩個家人可以陪伴左右
令家中有熱鬧的感覺
有些網友跟我分享
他們的至親離世後　家中就只有自己一人生活
我很難想像
比我更艱難的他們是怎樣度過每一天
但願他們能夠在人生中得到更多的幸福
有適合的人去愛他們　陪伴他們
……
今天我完成了一個專注力小組的報告
這個小組是你移植後癌症復發期間的工作
半年的小組就這樣完成了
最後一次小組在養和陪伴你時
我帶電腦在醫院走廊的沙發跟學生們開 zoom 小組
記得當時學生們留意到我不在家中好奇我在那裡
當時我跟他們分享在醫院陪伴你
亦告訴他們你可能快要返天堂
學生們都好關心我的情緒
感謝他們
年紀輕輕已有這份同理心
……
今晚我焗了三文魚做晚餐
是你很久以前教我的　又簡單又無技巧又好味
多謝你　昌　教我煮飯
多謝你　教天仔下廚
今天午餐他煎的雞排非常完美
金黃色的脆皮　很香很有賣相
真的好想你回來
煮點好東西給我們好好大吃一頓
……
今天收到中學老師的訊息
好感動　我一邊看一邊哭：
「每天追看你的 update，感恩看到你近幾天少了那份自責，之前見你不斷責怪自己，令人痛心啊。知道你對昌的不捨和思念，仍然令你很煎熬，這份不捨我相信仍會伴你很長的一段日子甚或一世，你和昌是我認識的夫婦之中，最恩愛，最齊心，最有共同信念的。聖經也說：丈夫是妻子的頭，你失去了頭，又怎可能一下子適應。你每天仍提到自己仍不斷記起和昌做過的事，到過的地方，仍會大哭，仍期望可見到昌，我也感受到你那心情。想哭便放聲大哭吧！希望你在哭的同時，也能感到自己曾經擁有那麼多甜蜜的回憶是很難得的。是啊，昌走得太早了，但他伴你這些年，為你留下很多珍貴的東西和回憶，和最寶貴的天天。天天好可愛好生性，看到已不是你照顧他，而是你們互相扶持了。思念是一輩子的，但願悲傷會隨時間慢慢減褪。」

永遠失去你是可怕、恐怖、不能接受的痛苦

不過感恩每天都有好多人願意愛我、關心我

當然 我寧可失去所有人

全世界的愛

換你一個的愛 換你能回來陪著我

但事實是沒可能

不可選擇的時候

感恩那麼多人願意愛我、關心我、支持我

是不幸中之大幸

我現在每天都聽余德淳

今天他提到

伴侶死了

或者將來會經歷更高質素

更意想不到的好生活

這樣的想法真是厲害極了的樂觀和盼望

實在難以置信

他可以完美地熬過太太胰臟癌病死的事實

……

現在家中向東北

風聲非常大啊

沒有你在身邊的八號風

我今晚可以睡到嗎？

你回來陪我好嗎？

2022 年 7 月 3 日　陰

第 26 天

沒有阿昌的第二十六天
暫別會

昌：
今天是你 42 歲的生日
沒打風了　你的暫別會可以照常舉行
我在家中寫下想講的說話
向媽媽先講一次
哭個不停
擔心在暫別會分享時狂哭　會非常不順暢
而且你的風格喜歡輕鬆搞笑　相信也不想哭哭啼啼的
媽媽說在家哭夠了
到時就會哭少一點
有道理
結果我在暫別會真的是可以控制到忍到哭
好多你的學生來了
你服務的街坊
你的同學們　朋友們　親人們
都來了
我把暫別會搞得非常簡單
假如你在天堂見到的話
相信你會滿意
與很多很久沒見的朋友見面
豬昕今天都來了
他已訂了玩具槍
下星期會送來給天仔
他說可以做天仔的生命導師
我拜託他　日後有需要幫手與天仔傾多一點性教育的主題
感恩有豬昕
暫別會後他留了很長時間
與天仔建立關係　聊聊打機
真是恩典
……
昨日天仔跟我說今年生日
會少了爸爸的禮物
我聽到很難過
忍不住哭了　但我沒讓他見到
怕他擔心　阻礙了他分享內心感受
我靈光一閃　給 Manden 叔叔和菁姨姨訊息
他們已關心我二十年
我問他們在暫別會完結後
可否帶天仔去買生日禮物
代替你送生日禮物給他
也問他們可否請我們吃晚飯
暫別會完了立即回家我會很孤單很難過
他們二話不說就答應
好感恩有 Manden 叔叔和菁姨姨
有他們的陪伴
我們感到不孤單
天仔非常開心　開心到不得了
在反斗城揀了生日禮物
失去了你我們很痛苦
但感恩好多愛錫我們的天使不斷圍繞著我們
跟他們吃晚餐好快樂
半島酒店的嘉麟樓啊
太美味了　特別是叉燒
是我吃過最好吃的
吃完讓我心情好好多啊
一邊吃美食　一邊很想你也在場
如果有你跟我們一起吃

那會有多美好
可惜我們已經沒有這個機會了
……
我跟 Manden 叔叔和菁姨姨分享了我內心的掙扎
和對信仰的動搖
菁姨姨跟我說：「你會繼續相信的，因為你要返天堂見阿昌。」
係喎！為了要再見到你
又怎能放棄這個信仰呢？
菁姨姨很明白
這是一個自然的過程
他們沒有半點批評
只有愛、明白和接納
在痛苦中有愛我們的人
是不幸之中的大幸
我的人生常遇不幸
當以為不幸已全部過去
幸福在前面等著我的時候
你死了
沒有不幸　只有更不幸
但慶幸從來都總有很多愛錫著我呵護著我的人
天仔跟我說有時會在心裡向你說話
他相信你會聽到
你聽到嗎？
……
昌　我以你為榮！
聽到學生、街坊對你的感謝說話
我更清楚你做了很多好事
為你感恩　為你感到滿足
關於我在你的暫別會分享的訊息
Manden 叔叔說我像個傳道人
菁姨姨說我像個佈道家
他們都說我很有演說的才華
或者
將來我會在演說這個方向工作
你說好不好？

暫別會直播：

2022年7月4日　陰

第27天

沒有阿昌的第二十七天

金色不如歸

昌：
今日帶天仔去太子上課
上課前到金色不如歸吃拉麵
你之前和我們在這裡
拍過 YouTube 影片
分享這裡的拉麵
再次到這裡
但身邊已沒有你
真的很難受
但我和天仔感恩
可以吃美味的拉麵
……
去太子華德福教室的路上
想起你患病前有時放假會接送天仔來上課
你患病後我有時接送天仔去這裡
每次接天仔放學後就可以見到你
但今天開始
我接天仔回家後就不會見到你了
眼淚就流出來
天仔說：
「媽媽，爸爸的暫別會完了，暫時關於爸爸的事就告一段落了。」
我說：「還要領爸爸的骨灰。」

但我心裡卻在想
就算暫別會舉行了
骨灰領了
但我失去了你那種痛苦
那個在心裡無法填補的洞
如無意外會永遠存在
直到我到天堂與你會合吧
……
其實我不想自己到天堂前一直痛苦下去
剩下的人生將會很慘
希望有一種神蹟
是縱然我失去了你
仍能每天過得充滿喜樂和平安
仍能燃亮自己 貢獻社會
活得精彩
過得充實

2022年7月5日　雨

第28天

沒有阿昌的第二十八天

夢

昌：

自從你死了之後
我一直都沒有夢見過你
最奇怪的是
從小到大都多夢的我
你死後我竟然甚少做夢
中學老師跟我說或許這是好事
也許是的
知道有些網友至親離世之後
反覆夢到很多很多次
媽媽說公公當年去世後
婆婆有一次夢到公公拖著她的手
在一個很美好的地方散步
她說那裡的花朵美麗得
在世上從未見過
大家都覺得是在天堂的公公
在夢中讓婆婆知道他在天堂的情況
……
當我感到好奇自己為何沒有夢見你的時候
昨晚就竟然夢到了你
不過是一些零零碎碎
並非天堂的夢
夢中我們在附近的商場
我很緊張地扶著你　怕你會暈倒
然後九唔搭八地在商場打排球
打完之後我借了一張椅子給你坐
你跟我說：「我不想再打藥了。」
我說：「好呀，不要打了，你的腫瘤好了很多啊。」
就這樣　睡醒了
我相信這只是一個普通的夢
沒有特別意思的
反映我的記憶和想法的夢
你喜歡的倪匡都死了喇
他也是信耶穌
如無意外應該在天堂見到你吧
你們可以一同聊政治
他跟你一樣也是不設儀式
也巧合跟你一樣
在哥連臣角火葬場火化
他也跟你相似　不認同浪費金錢買骨灰位
或者你們在天堂碰面會好好傾啊
昌
如果可以的話
你可否像公公一樣
在夢裡拖我的手
帶我參觀天堂的情況呀？
……
今天我逛商場　吃午餐的時候
很想很想你在身邊
心中很遺憾
為何主耶穌不讓你辭職後可以先放放假
讓你享受一下沒全職工作的生活
就算只有一個月也好
也埋怨祂
就算要癌症復發
可否也不要二十日就復發
給你多半年也好
讓你享受一下沒有癌細胞的人生
一年也好　半年也好
為何就是不讓你好好過一下沒有全職工作的生活
我就是不明白
也怨憤為何很多壞人仍然健健康康
為何你要死得那麼早呢
點解呀……
或者有一日到了天堂
我自會明白

2022 年 7 月 6 日　雨

第 29 天

沒有阿昌的第二十九天
早上起來的痛苦

昌：
每早起來和每晚睡前是一天中最辛苦的時間
特別是每早起來
是最痛苦的一刻
因為總要在每一天的開始提醒自己
你已經死了
我再也不會見到你
有時在一天的生活中
例如很集中精神洗碗時
我會突然想起你：
「係喎，阿昌已經死了。
他不是去了返工，不是在醫院，
而是不再在這個世界上了。」
好痛苦好痛苦
這種痛苦好像沒完沒了
恍似是沒有完結的一天
像看不到終點的跑道
沒有盡頭
……
今早我打電話到社署
兩年前我們申請成為寄養家庭
因房子空間太小
未能夠安排獨立床位／房間給寄養孩子
所以最終做不成寄養家庭
我還記得當時我們一起到社署聽簡介的畫面
現在你不在了
你的房間可以給寄養孩子住
可延續我們的願望
而且我相信孩子會燃亮我們
同時我們又能燃亮孩子
可惜社署同事表示申請後要等候 4-6 個月
才能正式開始讓孩子來我們的家
很多繁複的手續
到時租約差不多滿
我已決定將會搬到細一點的單位
到時可能又再沒有獨立床位／房間給寄養孩子
不過我們明天還是會到社署聽簡介
之後怎樣再看情況
……
今晚我開始參加保險課程
是一個新嘗試　新開始
三小時的課堂還真的是悶
我不知道會否真的成為保險從業員
不過最少會考牌
未來再看看怎樣吧
沒有了你
我什麼也要嘗試
我也邀請朋友們介紹
看看有沒有朋友需要託管孩子
這也是一個我想做的事
與孩子一同生活
比起開小組更能生命影響生命
也可有收入
做了六年的精油及天然家居用品工作
雖然發展不似預期　但我也會繼續
……
今天收到一位牙醫的訊息
從未見過面的
但去年自從你病了
她就不時給我訊息
支持　鼓勵　請食飯

這位牙醫提出了一個好瘋狂、
好痴線的祝福給我們：
「社工媽媽，每天我都有看你的分享。知道你很傷心，失去了社工爸爸，但你要加油。日後，你、天仔、婆婆有任何的牙齒問題，交託給我吧，費用全免，定期檢查也可以，得閒帶天仔來洗牙也可以……我希望你們各方面都有依靠，牙齒方面交給我，天仔長大，都會面對智慧齒問題，要痛可以好痛，但到時交畀我啦……你們一直都在以生命影響生命，昌的見證一直都在，現在也是。透過你，影響了後多人，包括我自己。一定要加油」
我受寵若驚到不懂回覆
好多人愛錫我們到一個地步我不敢相信
但是
你懂的
可以選擇的話
我情願所有祝福 所有愛都不要
只要你回來陪著我到老

2022 年 7 月 7 日　雨

第 30 天

沒有阿昌的第三十天
寄養組

昌：
一個月了
6 月 7 日你死了
今天已是 7 月 7 日
原來　竟然只有一個月
度日如年
同時亦值得慶幸
相信我和天仔已捱過了最難捱的階段
感恩好多朋友網友
在過去三十天不斷愛我們
支持我們
鼓勵我們
很多的留言
很多的私訊
很多的過來人分享
最感激的是
有些網友叫我想做什麼就做什麼
想吃就吃　想睡就睡
有什麼能快樂的就做
有時我感到很悲傷和對前路迷失的時候
會想起這些網友的說話
想做什麼就做什麼
的確有用啊　有好過一點
在極其艱難　痛苦地掛念你的時候
好一點　已是很好
……
昨天我們去了社署參與申請寄養家庭的簡介會
幸運地遇到一個好有心的社工
講解非常清楚
她好希望
我們能順利地成為寄養家庭
覺得我們好有心
離去後打了三次電話給我補充資料
不過寄養家庭的家居環境真的要求好高
盼望能逐一解決吧
聽完簡介會
天仔表示會幫忙好好照顧寄養孩子
我心裡感到安慰
他身上有你和我的善良
我記得你的學生跟我說
你曾跟他們說生了天仔
其中一個目的是希望這個世界上多一個好人
……
既然社署在灣仔
所以我們在到太古廣場
吃 Triple O 午餐
2019 年尾你和我統籌了「孩子不要催淚彈」集會遊行
到政總遞信之後我們和天仔到這間店吃漢堡包薯條
初拍拖時我們也常來這裡
很多回憶
……
有位網友給我訊息
分享她經歷孩子呼出最後一口氣的一刻

那種感受 那個畫面
一生都不會忘記
我感到有人明白自己
從未試過親眼目睹一個活生生的人
在我面前死去
過去我一直想那個人可能會是媽媽
也可能會是服務對象
也可能會是陪伴朋友
想不到 第一個竟然會是你
見到你打嗎啡後開始睡覺
出現一些不自主活動
發出聲音 手會動
然後看著儀器上的數字下跌
最後沒有了呼吸
原來
死了之後
很快就會變冰冷
當我以為你還暖的時候
但我摸著你的手
原來已經變冷
也變硬
死亡
原來可以好短時間
身體變化
原來可以好快
我在想
如果我是醫護人員
見慣了
會否感受可以好一點
……
最近我跟媽媽說
如無意外
下一個我需要近距離面對死亡的
應該會是她
媽媽也認同大概是這樣
她希望不要太老
七十多歲已感滿足
我笑說：「希望我唔會早死過你，如果我死得早過你，你真係好大鑊。」
媽媽表示：「千祈唔好呀大佬！」
天仔補一句：「其實死亡真係好正常。」
盼望有天到我返天堂的時候
天仔都會繼續保持這種對死亡平常心的態度
……
昌 掛念你的擁抱
掛念與你談天說地的日子
掛念與你一同商量大小事情的片段
你在天堂正在做什麼呢？

2022年7月8日　晴

第31天

沒有阿昌的第三十一天
也失去了丈夫的中同

昌：
告訴你一件感恩的事
在你的暫別會中
見到不少多年沒見的朋友們、舊同事們
當時沒有時間逐個傾談
只能打個招呼
但我竟然有一種很想之後約他們見面的想法
這點令我感到驚訝
因為你死了之後
除了有關工作或必要的事情
我都不想與人接觸
但當在暫別會見到一個又一個熟悉的面孔時
我忽然有股動力與他們見面
所以我約了以前跟你一起工作的中心的舊同事
也約了 Alan
今晚中學同學麗儀
約我們到她家中吃晚飯
跟我分享當年
他如何面對丈夫的離去
他也是阿昌
你也是阿昌
我們說笑叫孩子們長大後生孩子千萬不要改名叫阿昌（笑）
麗儀的三個孩子都長大了
都是中學生
見到三個孩子生活得很好
與他們相處了一個晚上
讓我對於天仔長大後會 ok
多了一份信心

最後非常驚喜
原來麗儀為天仔預備了生日蛋糕和生日禮物
天仔開心到爆炸呀
回家後我跟天仔說：「感恩啊，今年沒有了爸爸的生日禮物，但卻多了很多禮物，很多人愛你啊！感恩媽媽很多朋友呀～」
天仔笑瞇瞇
很快就沉醉於索斯機械獸這份禮物當中
麗儀送給他時把索斯機械獸講成「壽司機械獸」
我們大笑起來
那一刻
我突然有一種感覺
我們兩個家庭都失去了丈夫和爸爸
但不代表我們永遠就失去了笑聲
我們還是可以笑的
我們還是可以快樂的
只是
要很有耐性地等候傷痛和悲傷慢慢地消失
……

昌
我永遠都會記得
你最喜歡見到我和天仔笑
最喜歡見到我們快樂的樣子
你說你的心就會感到舒服
同時感謝你
你永遠不會強迫我們快樂
如果你在天堂見到我們的話
我相信你會常常為我們禱告
給我們空間
等候我們放下失去你的悲傷
我永遠不會忘記你的耐性是如何地
堅定

2022 年 7 月 9 日　晴

第 32 天

沒有阿昌的第三十二天

近視

昌：
有個壞消息要告訴你
就是天仔真的近視了　還有散光
配了眼鏡
好無奈呀！
提醒他無數次用電子產品時眼睛保持距離
但常常沒聽勸告
最後還是要變四眼龜
被我教訓了一頓
我強烈地提醒他經過這個教訓
日後要好好聽媽媽的提醒
戴眼鏡不舒服之餘又用多了錢
他當然很識趣地默不作聲啦
不過
當時我想起你
我知道你一定會笑瞇瞇 說：「唔緊要啦，戴眼鏡啫。」
想到這裡　我就平靜下來了
……
我和天仔未試過在網上賣二手物品
最近和他分工合作
他負責將你的物品搜集資料　定價放上網賣
有買家感興趣查詢我負責溝通
然後一起約買家面交
我們已成功賣了你的耳機、頌缽、小型抽濕機
然後我和天仔五五分帳
我說是爸爸留給我們的遺產
過程中我教他更多的金錢和計數概念
也讓他感受一下做生意的小經驗
他很享受整個過程
最後收到買家的錢當然很開心啦！
昌　我會繼續好好教天仔
你放心呀！

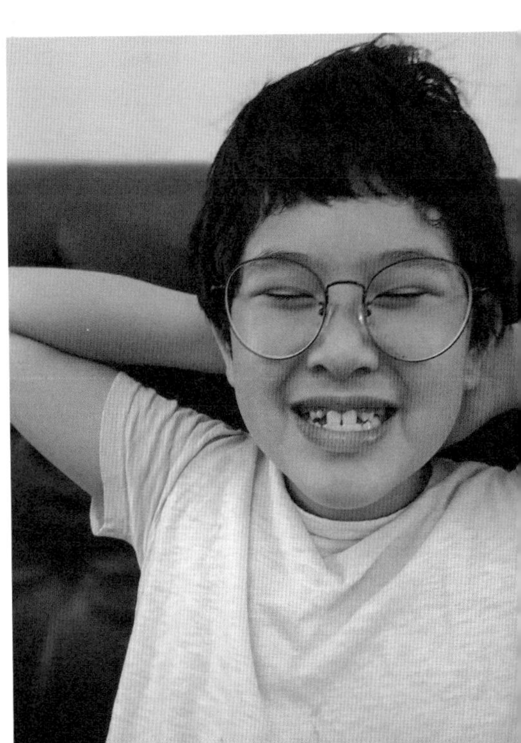

2022年7月10日　晴

第33天

\# 沒有阿昌的第三十三天
生日會

昌：
今日天仔好開心呀
今年他生日正日是上學日
所以提早在今天星期日開生日會
早上我用廣告彩寫 HAPPY BIRTHDAY TINTIN 佈置時
心裡很痛
自從天仔 8 歲開始有辦生日會後
每年都是你跟我一起佈置的
記得天仔 6 歲那年
未開始有生日會這件事
你等天仔睡覺後親手寫「天天生日快樂」的佈置
很溫馨地說要給他驚喜
當年早上他起來見到真的好驚喜好開心……
……
晚上睡前與天仔傾談關於有朋友決定離婚
天仔說：「那我寧願你們離婚，因為離婚之後還可以見到爸爸，但死了就再也見不到。」
我說：
「對呀，我也寧願離婚，也不希望爸爸死。」

不過
又再想起在你暫別會上
盧 Sir 為我們讀出的其中一節經文：
「沒有人能掌握生命，將生命留住；也沒有人有權力掌管死期。」傳道書 8:8
「你們的生命是什麼呢？你們原來是一片雲霧，出現少時就不見了。」雅各書 4:14
……
天仔有些認識了很久的朋友已移民
但感恩仍有像我們繼續留在香港的朋友
他們今天一同游水、吃 Pizza
帶了一堆 Nerf 槍到遊戲室玩小型 Wargame
開心到不得了
你知道天仔啦 最喜歡就是收禮物
朋友們為他預備的禮物他都很喜歡
不知道他今晚睡覺會否也笑醒
好感受到所有媽媽朋友和孩子們對我們的愛
有位孩子跟我說參加昌叔叔的暫別會好感動
我問感動的原因
她說：「昌叔叔做了好多好事，但他回了天家……」
其中一位孩子明天要考試
但媽媽也讓他來參加生日會
晚上我和天仔為他禱告
祝福參加生日會不影響他的考試成績
不過我們真是很感受這位媽媽對我們的支持
其中一位媽媽對我說：「阿敏你好叻呀。」

我問：「我有咩叻呀？」
她說：「你有畀自己盡情傷心，抒發負面情緒，你咁樣會比較容易過渡。」
我好感激她這番說話
也感激所有叫我盡情哀傷的朋友、網友
……
昌
你在天堂會記得天仔的生日嗎
有見到天仔在生日會有多開心嗎
會跟天仔說生日快樂嗎

2022 年 7 月 11 日　晴，很熱

\# 沒有阿昌的第三十四天
陳老師

昌：
今日我帶天仔去聽明會
雖然天仔對於你死後的這一個月
在行為和情緒上似乎過渡得很好
不過我仍有隱憂
他會否有些內心的傷痛不懂表達呢？
又或者他自己都不知道呢？
所以我還是決定帶他去見聽明會的社工
補吓底咁啦
意想不到
我與社工傾個半小時的過程中
他發問很多關於天仔在你死了之後的情況作資料搜集
以幫助他未來對天仔的輔導
離去後我竟然感到裡面很多被挑起了的情緒
回家路上感到辛苦
所以我找了陳老師
問她可否陪伴我
食個下午茶
陳老師二話不說就答應了
我們去食下午茶之前
陳老師帶天仔去買禮物
又買了蛋糕　又給他利是
我們說有利是就不要送禮物了
但陳老師堅持要送
於是天仔帶老師去遊戲店揀了一個 Pokemon 遊戲
呢個小朋友開心到痴咗線
我們睡前一同感恩禱告
雖然你死了我們很痛苦　很悲傷
但感恩有很多愛我們的天使
多到滿瀉　瀉到一地都係
陳老師陪我傾了四小時多
她是一個超高質的聆聽者
同理心好高
我說的每一句話
都讓我深深感受到她明白我
我在餐廳一直邊講邊哭了大部分時間
食物也放涼了
老師就是很耐心地陪伴、聆聽
看我哭　給紙巾　說一些話
我都已經沒注意餐廳的其他人了
因擔心給天仔壓力
所以我後來很多時間都忍著淚水
每晚等他睡了
寫信給你就是我放膽哭的時間
今晚多謝陳老師
讓我無憂無慮地哭了四小時
想起來
自從你死後
陳老師是我第一個約出來見面詳談的人
所以今晚對我來說也是一個突破啊……
昌　你一定放心得多了
我踏出了這一步
又有愛我的老師陪我哭
你還記得去年確診淋巴癌不久

陳老師親手寫了一封信
寄來我們家給你嗎
當時你在醫院做化療
我帶去給你看
你看了很感動
封信我保留了還在家中盒仔裡面
感恩有這位中學老師
好有愛
其實讀書時與老師並不熟絡
她只教我家政科
而且我印象中她好嚴
反而是畢業多年後在 Facebook 重遇
我的人生就此便多了一位大天使
無論你生病前 生病後 死後
老師總是默默為我們禱告
默默關心著 支持著我們
我們被她關心著的舊生很有福氣
我記得在你的暫別會時見到陳老師的樣子
令我非常深刻
因為我見到她非常哀傷
她今天亦跟我說你死後翌日上班
仍然非常哀傷
其他同事也注意到 關心她的狀況
跟我一樣
她不明白為什麼你要死
而且她跟我說：「你和阿昌是我見過最恩愛、最齊心、最有共同信念的夫婦，有些人不恩愛但白頭到老，但你們卻不能……」
我好感激陳老師
在她身上我感受到聖經所說的：
「與喜樂的人要同樂，
與哀哭的人要同哭。」
當有人願意用愛 與自己同哀哭時
有種無法言喻的療癒和力量
過往一直是由我和你去做這個角色
現在由陳老師去為我做這個角色
感恩 感激
傾到晚上 9 點
陳老師說要陪我回家
因為傾談時我提到自從你死後
我去哪裡都需要有天仔和媽媽陪伴
今晚是第一次自己步行回家
25 分鐘的步行路程
說遠也不是很遠
但沒有你之後我很怕自己一個人
我意識到是老師擔心我
我也擔心她明早要早起去上班
所以我說自己回家也可以的
但她堅持
真是幸福啊
失去你
每天都痛苦
但有很多人願意守護我呢
你在天堂繼續好好享受啦！
跟倪匡傾吓政治
跟 Joshua 傾吓音樂
跟阿光傾吓教仔經
……
你要等我啊

2022 年 7 月 12 日　晴，很熱

第 35 天

沒有阿昌的第三十五天 陪天仔過生日的叔叔姨姨

昌：
終於來到天仔的正日生日喇！
我跟他說笑 他像有些名人一樣
不單是慶祝生日那天
而是過了一個「生日週」
不斷有愛錫他的叔叔姨姨、朋友仔為他慶祝
今日豬昕全家總動員約我們吃午餐
說要為天仔慶祝生日
又送了一把天仔很喜歡的槍給他做生日禮物
天仔很喜歡跟豬昕和豬昕的孩子玩耍
感恩有豬昕願意帶著服侍的心去幫助天仔
豬昕說：「未來路上，我絕對願意做其中一個社工叔叔，你和天仔幾時有需要，隨時出聲。」
感動
有叔叔願意做天仔的生命導師
吃過午餐後我們一起去冒險樂園玩個痛快
當我再去到這間冒險樂園的時候
一堆畫面湧上
想起你死後第三天
我就是帶天仔到這間冒險樂園散心
以前我和你從來沒有帶他去這些地方
再次來到的時候突然想起那天
那天只是第三天 真的非常痛苦
我忽然發現
今天再來的時候
原來我的感覺已經有了進步
相對那天 痛苦的感覺已明顯有些減退
而且今天有豬昕一家大細陪伴我們
感覺更好 更快樂 更不孤單
我真的在進步中
感恩在不同的朋友陪伴下
能夠為我帶來正面改變
之後收到豬昕的相片
嘩 古代文物出土呀
已忘了我們與他一起夾 band 演出的日子
真是很快樂的日子
晚上 Manden 叔叔和菁姨姨請我們吃日本菜
與我們一同慶祝
好美味呀！很想你在場一起吃！
你一定會好興奮
跟他們傾了很多
他們亦經歷過不少身邊的親人朋友患癌
可說是經驗非常豐富
很明白我現在的心路歷程
Manden 叔叔問我們到底認識了幾多年
屈指一算 嘩 原來已經二十年了
他們說當年我還是一個孖辮妹
我也差點忘了
感恩有他們在我的生命

成為我的天使
天仔又再收生日利是
極度興奮
我說了很多遍
雖然失去爸爸很悲傷和痛苦
但很多愛我們的人支持著我們
「你之前說今年少了爸爸的生日禮物，誰知今年的生日禮物是你從小到大收得最多啊！還有你吃了三個生日蛋糕、兩次壽包，在患難之中我們充滿恩典啊！」
最後
由於他收的生日禮物太多
到最後竟然忘記了我未送禮物給他（笑）
他突然迴光反照說：「咦！？媽媽你未送生日禮物給我啊！」
我跟他說笑：「哎呀！我仲諗住你唔記得……」
天：「一定要送呀！」
我：「當然可以啦，媽媽答應了你，除了我那送的那份，我每年都會代爸爸送他給你的那份禮物呀。所以爸爸雖然死了，你仍舊會有兩份的，爸爸媽媽永遠愛你。」
昌
我都不用思考你想送什麼禮物給天仔了
因為你一定會說：「他開心就好了」
最後
Manden 叔叔和菁姨姨為天仔祝福禱告
然後為我禱告時
我邊哭邊想像了一個畫面
就是你在天堂 主耶穌在你旁邊
你笑得很快樂
……
就這樣
我們熬過了第一個沒有你的生日
而且
意想不到地
有朋友們的愛
我們也能過得很快樂
淚中有笑

2022 年 7 月 13 日　晴，很熱

第 36 天

沒有阿昌的第三十六天
生物共振

昌：
今日我去了做生物共振測試呀
想了很久　暫時還是不想做腸胃鏡和打顯影劑做掃描
我知你信西醫學　但你也知我信自然療法
測試結果我的免疫系統排第一需要關注
其次就是情緒精神狀況和壓力指數都幾準啊
見住你辛苦了一年　見住你斷氣　見住你在我眼前死去
對我這種 highly sensitive 的人來說
沒痛苦到去跳樓都可以說是奇蹟啦
情緒出問題基本嘢啦　係咪先？
做完共振好像有舒服點
不知道是否心理作用　還是真的有幫助
天仔聽到我這樣說就回應：「心理作用都很重要呀，媽媽。」
然後他就舉出一堆閱讀得來、有關心理作用的實驗
我好開心天仔像一個知識小錦囊
雖然主流考試不會考這些　但人有常識是重要的
他受你影響
你們兩父子都是常識豐富的男士
多謝你感染了他追求知識的心　對這個世界保持好奇
……
昌　我打算試多幾次生物共振
然後找腫瘤科中醫看看脈象
聽多一些不同療法的意見
才作決定是否做西醫的入侵性檢查
萬一有天我真的也患癌
遠遠在你生病前　我已決定不會做化療
到現在親眼見你經歷過　我更不會做化療
到那一天　讓我死得舒舒服服吧
你放心呀
你生病之後　我將保險轉了高端住院計劃
加的費用不多　但大致上一年可保住院 1200 萬
就算有病　我可以在養和醫院死呀
你不用擔心
……
做生物共振時
婆婆帶天仔去反斗城玩 pokemon 攤位
與他們會合時
天仔好開心好興奮地跟我說：「媽媽，我幫到人好開心呀！」
原來他成功地教識一個 6 歲小朋友玩 pokemon 卡
婆婆說天仔被家長激讚教得好好
家長說從未見過一個小朋友可以這樣溫柔有耐性地教另一個孩子

他們更交換了電話
日後約出來一起玩
天仔說：「媽媽，我有放水給小朋友，讓他贏了一次，幫助他建立自信心呀。」
笑死我
我讚他有社工水準
天仔很興奮地繼續說：「而且我幫職員成功賣出了一盒 pokemon 卡呀，說服了家長買了給她的孩子，好開心呀媽媽，我幫到人呀！」
真的笑死我了
好可愛
我跟他說
爸爸媽媽一直喜歡幫助別人
其中一個原因就是幫人的快樂是好好的感覺
不過　希望他懂得平衡
不會犯你和我的錯
幫助別人幫到沒好好照顧自己
……
昌　有個好消息呀
今天我們去又一城
我沒再哭了
這個我們開始拍拖的地方
充滿你和我回憶的地方
你死後第二天我來過
當時不停地哭
今天我沒有喇
天仔和媽媽臉上彷彿有一種安心
是否真的會越來越好？
但我有時在手機
見到你的相片或影片
我仍然是心如刀割啊
這種感覺可以走得快一點嗎？

沒有阿昌的第三十七天
獨自留在家中

昌：
今早送天仔去華德福學校上課後
我約了 Gloria 食早餐呀
每次見到她　我的心就會有一份安慰
她是因受你生命的影響去主動認識主耶穌
我永遠忘不了
你死前一星期和我在醫院看她洗禮的網上直播
你當時的樣子充滿感動和滿足
Gloria 跟我說她見到你給天仔十年的快樂儲備好夠天仔用
我同意　亦感恩
不過　哪會不想你可以一直為天仔儲備更多快樂？
直到天仔結婚生孩子
日子滿足才死
……
可以揀的話　又怎會揀只有十年呢？
Gloria 覺得我在你的暫別會
說得很對
將十年高質時光除番開
可以當作三十年
雖然我是出於自我安慰　自我開解
但這是事實
我從沒經歷過爸爸的愛
天仔在你身上所經歷的美好
我一次也沒有
而你也只經歷了七年
天仔總比你和我好吧
……
今天我又有一個突破
食早餐後回家溫習保險考試
媽媽外出
我自己一個在家幾小時
自從你死後
我第一次自己在家
也是難受
但可以接受　有進步
我也突破了聽歌
因為你死後我不想聽歌
不想接觸音樂
總之會覺得悲傷
但我今天自己在家溫習時
突然想聽 Justin Bieber
Justin Bieber ？我竟然聽 Justin Bieber ？
可能覺得聽他的歌是因為不需用腦吧
我聽他的聖誕歌
真是奇怪
有覺得輕鬆一點
聽聖誕歌讓我想起
我們十九年前是在聖誕前幾天開始拍拖的
可能今個聖誕節將會好難熬
希望到時我能將焦點

放在記念主耶穌的救恩
……
晚上讀兒童聖經的時間
提到恐懼
我問天仔現在有什麼恐懼
他說很怕我會死
我問是因為爸爸死了嗎？
他說你未死前已經會有這個恐懼
你死後恐懼強度有增強
我不敢安慰他媽媽還有很長時間才
會死
以前我曾經這樣安慰他
但現在我不敢
因為你死了之後
我才確確實實了解到
死亡隨時會來到
我可做的就是與天仔一同禱告
祈求我死那天來到的時候
他能夠安然接受
當然
我希望能陪他到結婚生孩子有自己
的家庭
那樣我就能夠走得安心
天仔則說希望像以利亞一樣
我們一同被主耶穌直接接回天堂
有可能嗎？

2022 年 7 月 15 日　晴，很熱

沒有阿昌的第三十八天
嚴生嚴太

昌：
今日我第一次去保誠開會
我暫時目標只是考牌　未知道是否真的會從事這個行業
但了解更多
學習更多自己不懂的事情　擴闊一下自己
一定是一件好事
你一向是一個很喜歡學新事物的人
我以你為榜樣　向你學習
學習抱這樣的心態做人　繼續學習、溫書、考試
看看怎樣吧
……
開完會約了 Alan
你和我都很喜歡的朋友
第一次見 Alan 的太太 Winnie
好開心　她真是如我們所料　是一位好好好好的姊妹
他們的婚禮因疫情剛開始
我們擔心影響天仔所以沒去
今天可以與他們一起吃個午餐　讓我心中覺得圓滿
你不用掛心 Alan 喇　他現在很幸福
我跟他們分享了
你患病前的工作壓力
分享了我感到遺憾和後悔沒做好的事情
希望能夠為他們帶來一點點的啟發
你和我都沒機會再來一次
但盼望我們的經驗沒有白費
能夠為身邊的朋友帶來好的影響和提醒
就像我在你的暫別會最後所說的一切
……
晚上嚴生嚴太來我們家一起吃晚餐
嚴太煮了很多
大家吃飽停筷後　所有餸仍好像沒有碰過一樣
你知道嚴太就是這樣啦
想她煮少一點也很難　煮得多就興奮
她提到跟你讀神學時
你常常都會問：「嚴太你今日煮咩餸呀？」
嚴太說你總會夾一些來吃
她說你很喜歡吃她的魚香茄子
所以今晚她也煮了這個餸來我們家
的確好好味啊
不經不覺
嚴生嚴太由我中學開始就認識　看著我長大
想不到後來也成為你的同學
又那麼巧合
你幫他們很多家人　處理了很多重要的事
幫他們的親人籌癌症用的營養奶籌款、與區議員合作很快上到公屋
幫他們二仔的遺孀和孩子快速申請綜援和公屋
還有他們的女兒

如果你真的聽到嚴太在暫別會的分享就好喇
感謝嚴生嚴太　他們帶著愛來我們家
分享了很多二兒子七年前離開他們的經歷
嚴太不斷鼓勵我：「阿敏，會過的，會慢慢淡。」

最後為我們禱告才回家
今天見了很多人
感恩我可以見番人喇
之前你死後我以為自己會好長時間都不想見人
與他們相處時
我覺得快樂
可以暫時忘記你
讓我找到一個可喘息的空間

2022 年 7 月 16 日　晴，很熱

沒有阿昌的第三十九天
我們的同工

昌：
今天是一個特別的日子
是一個很開心　很溫暖的日子
與我們的幾位舊同事和義工
Nico、陳珍、松哥哥相聚在一起
又是舊同事　又是舊朋友　又是弟兄姊妹
是你和我一同工作了兩年的好隊友
當中兩位十七年沒見了
因為你的暫別會　讓我們幾個重遇了
暫別會那天　忽然見到當年中心的金牌義工松哥哥
就在那一剎那
2003-2005 年的很多回憶忽然大量湧上腦中
有點像走馬燈
觸動了我在暫別會完了之後
覺得要約他和其他同事一起見見面
……
當年 2003 年到這間家庭服務中心工作
跟你做了同事　認識了你
是我一生中最大的得著
想起第一天上班與
你互相認識的一刻
哪會想到你就是祂為我預備的
男朋友、丈夫
遇到一班好同事、好義工、充滿人情味的服務對象
是我另外一個最大的得著
好難忘我們幾個一同做服務、傳福音的日子
長者　家長　青年　小朋友
我們的中心什麼人也有
當今天我們再相聚在一起
一同想起那兩年一同工作的時光
真的很快樂
我們都非常欣賞松哥哥這位金牌義工
當年他有一份正職工作
幾乎所有放工後的時間
都會來中心幫手
很多邨內的孩子都曾經被松哥哥祝福過
我說起那兩年是我人生中最快樂的上班時光
原來他們也有同感
其實　對我來說
甚至可以是人生中最快樂的時間
有好同事　有意義的工作
最重要是　有你
那兩年是我們一生中唯一做同事的日子
每天可以跟你一起工作　很快樂　很美好
好想時光能夠倒流
但我知道你和天仔
一定會叫我向前看
……
我們輪流分享過去十七年的日子是怎樣過

大家都經歷了不少
松哥哥和陳珍比我認識你更長時間
大家都掛念你
說到在醫院認領你的身體時　也是
哭個不停
……
很搞笑的是　原來我們四個都不約
而同地有老花了
真的太好笑　笑死我
我說這幾年 zoom 累壞了我的眼睛
Nico 說不要推給 zoom　年紀大就
是年紀大
但我堅持是因為 zoom（笑）
吃飯後經過戲院
我突然有一種想突破去
看電影的衝動
你死了之後
天仔有邀請過我陪他看電影
但當時我失控大哭
跟他說媽媽可能需要很久的時間
才能再入戲院
因為看電影是你和我的拍拖節目
過去十九年我們一同入戲院的次數
應該有超過三百次
而我們第一次約會
也是去看電影《Matrix》
我相信你一定也不會忘記
如果今天我要突破入戲院
我需要朋友的幫助和陪伴
所以我立即問他們可否陪我
他們一口答應
約了兩星期後　睇《雷神》
昌
我愛你　每天都掛念你
天堂會否有戲院呢？

沒有阿昌的第四十天
鄉師自然學校開放日

昌：
失去你第四十天了
很想再見到你的心情沒有停止過
但一切都慢慢重回軌道
這是我必須要向前走的方向
我感受到有很多代禱者仍然為我禱告著
有很多朋友　網友的愛　陪伴著我給我力量
四十天　這個數字
讓我想起當年你向我表白後
我們不急於開始拍拖　決定一起禱告四十天
每天有兩餐飯不吃專心禱告　為這段關係去禱告
去好好思考我們是否真的適合彼此
四十天後　我們開始了
有時我在想
如果當年我知道你將會有癌症
我還會決定跟你在一起嗎？
可能真的不會
因為愛上你但這麼早失去你　這種痛苦其實真的難以承受
天仔說：「如果你沒決定與爸爸結婚就沒有我啊。」
你死後我不斷思考的其中一件事
就是關於天仔的教育方向
四十天過去了
我開始有一個總結：
現在沒有你
我們無論在硬件和軟件上
都不足夠去支援
天仔繼續 Homeschool 的教育模式
我們需要學校的支援
計劃升中入讀主流學校
這段日子我不斷與天仔商量教育方向
密切觀察他的心理狀況
其中一個可能性
就是報讀鄉師自然學校
讓他入讀主流學校之前過一過冷河
……
今天是自校的開放日
我知道後就立即報名
自校我認識了很多年
所以今天的重點是
帶已經長大了的天仔去參觀
讓他親身感受是否適合自己
想不到在開放日中
不斷有不認識的網友來幫我打氣
叫我加油
有不少給我擁抱
他們都有 follow 我們的社工爸媽 Facebook 專頁
有自校的老師　也有自校的學生家長
好感受到他們的愛
再一次聽海星校長分享
我認為自校很適合天仔
中午開始頭痛

所以我們在講座完結時間準時離開
海星校長好有心 追上來跟我說了一些話
叫我之後再打電話去學校與他聯絡詳細傾談
我回頭叮囑一位家長朋友——大樹
請他保重 因他快要離開香港
海星校長說：你也要保重
人性化的學校！
……
昌
很多年前你也和我來過自校參觀
每次去了解不同的教育團體
你都會在我身邊一同聽
一同分析 一同商量

今天沒有了你
我感到很難過
但是
你死前給我很清楚的準則：「天仔開心就得喇！」
我會努力找出平衡點
你以前常跟我說 很喜歡我聰明
我相信自己有能力為天仔安排最適合他的
你在天上應該有繼續為我們禱告吧！
真的有天堂這本書
書中 4 歲主角去到天堂時提到有為爸爸禱告
你應該也有為我們禱告吧？

第41天

沒有阿昌的第四十一天
天仔發現我抑壓情緒

昌：
昨晚睡得很不好
很多很多零零碎碎的夢
竟然夢中很多是你
夢裡我不斷照顧你
問你呼吸是否正常
問你是否感到辛苦
扶你坐下或躺下
然後無啦啦約了一班朋友去迪士尼
真係九唔搭八
可能是因為你病的時候
我們有約好你康復後一起去迪士尼吧
大半晚睡一會 醒一會的
就天光了……
最近媽媽的身體也出問題
所以今天送天仔到華德福教室後
我帶媽媽做生物共振測試
了解她要注意的身體狀況
下星期會做白內障和脊骨檢查
為了天仔
我們兩個要好好照顧好身體
萬一我們有什麼事
他真是慘爆了
……
睡前我再一次問天仔
對你的掛念指數和悲傷指數
過了好多天沒問
原來不經不覺
這兩個指數他已跌到零點幾
然後我問他擔心媽媽的指數
之前是10分的
想不到他答100分
我嚇了一跳
為何不減反升十倍
天仔說：「因為你最近好怪。」
我：「我有什麼怪？」
問了好幾次他都回答不懂說
最後他終於答到：「你好似扮無嘢，抑壓自己。」
他竟然有此發現！
最近我因擔心在他面前哭太多
令他很難消化這種情緒壓力
所以我有刻意在他面前忍
等自己一個人
或對適合的朋友才盡情哭
我跟他說：「寶貝你放心。如果媽媽需要在你面前哭，我還是會的。只是自從爸爸死後，我覺得自己真的在你面前哭太多，不想給你太大壓力。你放心呀，媽媽有需要時，會在陳老師或其他朋友面前哭的。」
然後我們一同禱告
求主耶穌把我們的悲傷換上喜樂和平安
這個仔也真的是 highly sensitive
沒有情緒能逃得過他雙眼

第 42 天

沒有阿昌的第四十二天
高達

昌：
昨晚又很多夢
幸好這次沒再夢到你
天仔近幾天令我覺得有點行為倒退
喪親小冊子也提到有這個可能
他變得有點像小時候
很需要我的陪伴
慶幸我了解這個行為背後的需要
所以我盡所能去陪伴他
同時兼顧好家中事務和溫習保險考試
……
今早他睡醒刷牙時跟我說：「媽媽，我夢見你死了。」
他說夢裡面哭
但身邊沒有人陪伴
不難理解他這個夢背後的擔憂
如果我是他
也會有這種恐懼和擔心
……
今天二丁哥哥上來陪天仔砌高達
這盒高達他有個步驟卡住
之前你一直說等你精神好一點
便陪伴他完成
很記得當時你說「他能力上可以砌到，只是需要陪伴」
我就一直等著你精神好一點
哪想到最終是等不到呢
看著這盒未砌好的高達我的心很痛
但感恩遇到二丁哥哥
也是小時候爸爸離世
他爸爸是我的朋友
一位與天仔有相同經歷的哥哥
哥哥也很喜歡高達
他願意來陪伴天仔完成這盒高達
結果如你所料
在哥哥陪伴下
天仔根本就不需協助就能一步一步獨自完成
你很了解這個仔
他真的只是需要陪伴而已
沒有你
但感恩仍有其他天使
二丁也幫忙砌你買給天仔、那枝非常複雜的 Lego 槍
是你生病前買給天仔
同樣是因你生病後放在一邊很久了
二丁幫忙砌了大部分
好感恩有這位哥哥
……
晚上睡前天仔說看著 Lego 槍感到好空虛
因為是你買給他
他很清楚記得：「是爸爸生病前買給我，跟我一起砌了一半，爸爸砌了一部分，我砌了一部分，之後他生病了就沒再砌。」
我便哭了
說我也很掛念你
上星期天仔的生日週很多慶祝活動
我的心情稍為有些好轉
但這兩天又再開始好掛念你
好想見到你
又再開始不斷想起以前
想起自己做得不夠好

想起你的病
想起很多的「如果」
我擁抱著他
跟他說會慢慢好起來
感謝他主動分享他的心情讓媽媽知道
然後一起禱告
他很快就睡著了
他睡著前我問：「不如將 Lego 槍送給別人，你看不到會否感受好一點？」
天仔立即表示不可以
要留念
有時我覺得
既然沒有你在我們身邊
留著物件真的有意思嗎？
當然我們會留著你一些物件
但很多我都掉了或回收了
有些朋友說我叻
可以這麼短時間內丟掉你的物品
聽說有些幾個月甚至以年計
不許任何人移動離世親人的物品
要原封不動
我則沒有這種心情
在其他人眼中是一件好事
不過
我心裡每天醒來
每一個早晨
每一次
都要重新接受你已離開永不回來的事實
那種痛苦
就像地獄一樣
丟掉物品
對我來說只是
鎖碎的事
因為真正的痛苦是源自內心
不是物件

2022 年 7 月 20 日　陰

第 43 天

沒有阿昌的第四十三天
冒險樂園

昌：
看到 Facebook 當年今日的回顧
見到你　每次心裡都會想：
「那時真不知道 N 年後的今天原來你會死了」
見到我們與天仔的快樂回憶
見到你的笑臉　我們一家的笑臉
玩溪水　去迪士尼　旅行
心裡感到落寞、難受
但突然又轉念：
我和天仔要一同創造
更多這樣的快樂回憶
未來的相片影片都再沒有你
但天仔和我仍能創造
更多美好的片段
……
帶媽媽去見了脊醫
她的背脊骨有歪了的狀態
未來需要接受治療
在路途上媽媽突然哭了
她說近幾天在家中常常想起你的身影和樣子　很難過
我也是這幾天再次感到很辛苦
當以為日子一天一天過
以為會越來越好的時候
突如其來又轉差
有過來人網友跟我分享
時好時壞是日常
之前感覺有進展可能是因為天仔生日週
很多慶祝活動
見到很多不同的朋友
好熱鬧　好開心
當一連串慶祝活動停了
靜下來　便又再容易悲傷
另外還有一個原因
就是我做了兩次生物共振後
上腹和下背的痛明顯有改善
讓我想起為何不在你患癌後
買生物共振機
你可每天在家中使用
可能你就會好得多？
……
天仔突然說自己感到很掛念你
原來連他也進入了
跟我差不多的週期 突然情緒低落
他不斷求我帶他去 Staycation
讓他感覺再次和你在一起
因為他對於跟你一起去 Staycation 的回憶好深刻
再去的話能讓他感覺你在身邊
但是　一來需要謹慎用錢
二來我去 Staycation 但你不再在身邊
我覺得自己會受不了　會崩潰
於是　我很清楚地向天仔說我做不到
並建議他考慮跟其他家庭去 Staycation 是一個解決方法
他說不行　Staycation 是與家人去的
……
於是我們帶他去了冒險樂園
散散心
感恩他這晚遇到
一些志同道合的小朋友
一起玩了很久　有傾有講
玩完之後他心情暢快了很多
感恩玩耍對他來說真的很有幫助
你過去十年常常陪伴他玩
每次他玩得開心　就會想起你

沒有阿昌的第四十四天
賭明會

昌：
今日天仔去賭明會做了第一次輔導
他覺得好開心　說遊戲室好好玩
社工哥哥給他很多的讚賞和肯定
特別是欣賞他的觀察力
當中有一個物件社工過去六年都沒發現一些細微的地方
但天仔第一次就察覺得到
天仔說：「不過我覺得他太刻意地讚賞我。」
果然世事都被他看透
我說：
「他想建立你的自信都是好事。」
……
你死了之後
他用你手機在 carousell
放賣你的東西
賺了跟我五五分帳
有時婆婆幫忙交收也會分到錢
天仔已成功賣出你的耳機、屏幕、微型空氣清新機
希望可以訓練到他理財及做生意的能力
建立對金錢的觀念
相信你也很希望他從小就學習這些
假如我們更早學懂這些知識
可能我們過去就可以生活得更好
可能你可以更早辭職離開那個地獄
可能你便不會有癌病
每當想到這些
我就叫自己停止　不要再想下去
沒意思的：可能、如果
你以前常常鼓勵我不要想過去
要想將來如何把問題解決得更好
我不斷提醒自己
……
去完賭明會後
天仔約了一個賣家在深水埗
交收一張 pokemon 卡
他竟然忘記帶你的手機
所以最後在地鐵站找不到賣家
我覺得煩躁　但按捺著自己　跟他作檢討
引導他反思這次經驗帶來的學習
他說：
第一：以後約交收一定要記得帶手機
第二：要約定在哪一個閘口等
現在沒有你作平衡
我比以往更需要做一個好的平衡
好好控制自己情緒、脾氣　好好教育他
感恩過往主要是我做這個角色
所以還好呀　我應付到
你不用擔心
而你的角色　主要是陪玩和講故事
陪玩方面我可以找不同年齡的朋友陪他玩
講故事方面他在九歲半時已主動跟你說不需再講
這點我覺得感恩
後來你病了我就開始每晚講聖經故事
他很享受
一直到現在你死了
我都繼續每晚講聖經
他仍然很享受
昌
我仍然好難接受和相信
你永遠不會再回來
如果你真的在天堂有繼續為我們禱告
你要繼續呀

2022 年 7 月 22 日　晴

第 45 天

沒有阿昌的第四十五天 Lego 槍

昌：
今天我們三個的情緒有好少少
時好時壞果然是日常
每次有好一點都感恩
二丁幫天仔處理了 Lego 槍最難的部分後
天仔今日很用心　很努力的
完成了餘下的部分
差不多花了五小時
我想對他來說
完成了　便沒有遺憾
我給他很多的肯定
欣賞他的堅持　專注　努力　解難
……
今天我仍在後悔和遺憾中
除了沒有買生物共振機給你用
也有很多不同跟你相處的畫面出現
為何當時不更溫柔對你？
為何當時不這樣回答？
為何當時不努力學習把三餐煮得更合乎你心意？
為何焦點放在天仔身上
多於放在你身上？
為何不更早更強烈地勸你辭職？
為何不關顧其他人少一點
關顧你多一點？
沒完沒了的
……
昌
你患病後及死前
我都跟你道歉過很多
但到了今天
我總覺得
多少的道歉都沒用
因為你都已經死了
一切都沒有從頭再來的機會
不過
我好記得
你臨死前的兩星期
常常叫我要好好照顧自己
好好愛錫自己
我會努力做好這件事

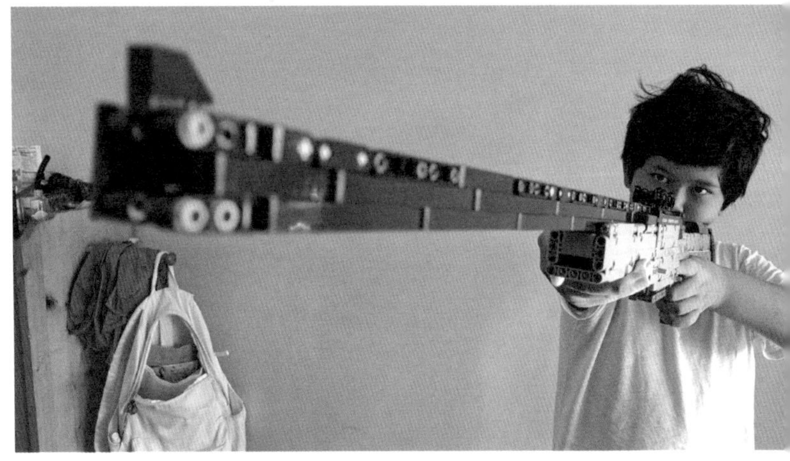

沒有阿昌的第四十六天
小寶生日

昌：
今天小寶生日呀
下午兩點去到她家
天仔玩到 10 點都不想走
但我和婆婆太累了
所以他惟有依依不捨回家
……
今天小寶媽媽安排了非常豐富的節目
水槍戰 水彈 爆谷機 燒烤
39 度燒烤真是挑戰人體極限
感恩他們玩得好開心好快樂
小寶媽不斷傳來影片及相片
我充滿感恩
你不在我們身邊了
每當仍能有快樂的事發生
都覺得好感恩
……
我和媽媽在等了天仔八小時
最初覺得可能會很累
但到頭來好感恩呀
我和媽媽在尖沙咀飲飲食食
周圍逛逛
原來
我們兩母女未試過這樣全日在尖沙咀蒲啊
感覺像去了旅行
如果不是為了等天仔
我們也不會有這種閒情逸致的機會
也為我和媽媽積存美好的回憶
我跟她說：「如無意外，下個返天家的就是你了，到時我看看這些相片懷念你，然後好快就到我了。」
媽媽說：「是呀，人生幾十年，很快。」
我以前從沒跟媽媽談過的身後事
今天也談談了
經歷你離開我之後
覺得這些事好近
趁她健康要傾好呢
……
還記得你確診淋巴癌前有晚天仔也是去小寶家燒烤嗎？
那晚趁著等天仔時拍拖
你帶我去一間大排檔吃炸大腸
好好味啊
之前一直想你康復後身體穩定再去一次
但沒機會了
所以今晚帶媽媽去吃
很可惜
沒去一年 已變得難吃得很
幸好你沒再去
……
回程接天仔時
想起去年也是小寶生日
當時我們在小寶家附近 Staycation
然後我從酒店接送他到小寶家參加生日會
我們兩個在酒店二人世界
想不到一年後你就離開了我們
也是小寶生日
但你已不在了

2022 年 7 月 24 日　晴

第 47 天

沒有阿昌的第四十七天
龍眼

昌：
天仔今日去籃球班
他打籃球的動機和技術都不斷進步呀
初期他感到被迫參加
當你死了之後我告訴他：「爸爸其中一個對你的期望是保持一種運動，想你操練身體，也操練意志，這也是媽媽對你的期望。」
自此之後
每次參加訓練前他都再沒有怨言了
最近幾次更表現得享受在當中
特別今天學上籃
他回家後自己練習上籃動作
我見到他能像你和我年青時那樣享受籃球
心裡感到很安慰
相信你也是
……
最近去泳池心情能夠有一點進步
沒最初時那種想念你一起游泳的難過心情
大致能享受在當中
不過沒有你陪伴天仔玩
特別是「人肉洗衣機」
把他在水中轉
天仔感到失落
說「好掛住爸爸」
我說：「你現在太重了，我真是很難幫你轉得到，就算爸爸未死，以你現在的重量都未必做得到。」
我想了一個方法
就是我捉著他的肩膀
婆婆提著他的腳
將他轉圈
成功了！
但永遠也做不到你以前將他轉得很快的程度
我們一同接受現在的狀況
就是這樣子
……
每次見到泳池　經過健身室
心裡好悲傷
好想再見到你游水、做 Gym
……
今天買到本地龍眼
好好味
已經很久沒吃過這麼又甜又多汁又新鮮又真實的龍眼
想起你在死前最後階段
買過一些外地龍眼
很難吃
假的一樣
當時只是 4 月
本地龍眼未當茬
可惜你等不到了
我一邊吃龍眼
多渴望你未死
能跟我一起吃
腦海中不斷想像你說好吃
好滋味的樣子……

2022 年 7 月 25 日　晴

沒有阿昌的第四十八天
等你放工回家

昌：
今天我跟媽媽說
如果她死了我都沒有遺憾了
因為這段時間我們一同
周圍吃　周圍玩
本意是希望透過吃和玩
能夠幫助我們過渡你的死
所帶來的痛苦
順道能夠帶媽媽好好周圍食和玩
趁她仍能行得走得
他朝有日媽媽也返天堂
我想起這段日子也沒遺憾
……
昌　多謝你工作多年的努力
你留下給我們的強積金　也留下你的人壽保險給我們
讓我這段時間可以不需趕著工作
可以好好過渡　好好悲傷　盡情哭盡情玩
走過最艱難的時間
……
晚飯前我去了跑步
忘了有多久沒跑過
突然想去
感恩　我是一個人去的
我開始能夠接受沒有媽媽或天仔陪伴
開始接受到獨自一人行動
跑的時候我見天色開始變　接近放工時間
想起以前每到近晚飯時間
我和天仔就會期待著你放工回家
那是我們每天最期待的時刻
每每都會看著時鐘
看著大門有沒有鎖匙聲
當聽到鎖匙聲　看著大門緩緩打開見到你
我和天仔就會很興奮地歡迎你回家
今天突然想起這些
昌　我真的好難受
因為以後
永遠
我都不會再見到你放工回家的畫面
你再也不會回來
直到今天
我仍然覺得你死了　像夢境一般不真實
以前不見一天已覺掛念你
現在一生都不能見
你說我可以怎樣呢？
……
天仔睡前與我傾談
說「爸爸回到天堂是好事，他會舒服」
我說：「是，但對我來說很痛苦，沒有爸爸陪我，我好痛苦。」
天仔一臉無奈
禱告時　我說希望主耶穌拿走我對你的掛念
哭了
天仔過來擁抱著我
我說：「多謝你寶貝，媽媽哭了你來擁抱我。」
昌
好掛念你
好想再一次能夠等你放工回來
你進門時的笑容
我和天仔上前歡迎你和擁抱你
……
似乎
你死了真的是一個事實
你真的再也不會回來了

2022年7月26日　晴

第49天

沒有阿昌的第四十九天
人壽保險支票

昌：
天仔起床急不及待說夢見和爸爸媽媽去迪士尼
食米奇雪條
然後正要去吃壽司就被婆婆吵醒了
我問他你的樣子是健康還是生病
他說是健康的
你死了之後我第一次聽見他夢見你
……
今天早上去尖沙咀保誠取你的人壽保險支票
多年來路經多次沒機會上去
想不到最後是因為你死了我上去取支票
以為自己無問題
想不到職員叫我把你的身分證、死亡證拿出來
我已開始哭
簽文件很快　五分鐘完成
數額不多　但夠我們用一段日子　不需急著全職工作
能夠有空間陪伴天仔完全適應失去你的日子
……
完成手續後　我在走廊哭了很久
幸好有 Milk 陪著
否則真的是太慘太孤單
你和我過去一年常常感恩
有她這位保險 agent
Milk 說昨晚有夢見你　也分享了我之前不知道的事
原來你與她一同讀神學時
有一次學校安排你們體驗基層街坊的生活
你和她一同天未光和半夜三更去屋邨倒垃圾
原來三日兩夜的瞓街 camp 她也是跟你同組
所以有很多回憶
她又說你們一班男同學有段時間喜歡把褲頭抽到上心口
扮傻仔
聽到這裡　我心情就有好一點
感恩有 Milk
……
到哭完了　我就出去等候室找天仔和婆婆
婆婆問為什麼那麼久
我輕聲跟她說想不到在裡面失控哭了很久
不想天仔見到
看看手錶　原來哭了一小時多
……
下午我們去了書展
我們從來沒有逛過書展啊
前年跟朋友一起去　但人太多逛了沒半小時就走了
今天人不多　我們逛到關門
玩了很多攤位　國際象棋、編程、機械人、VR
有一個攤位是賽車團體
你生病時跟天仔說
康復後要帶他去玩

現在沒機會了
所以我即場幫天仔報名參加了一個三小時的賽車課程
天仔好開心好期待
雖然沒有你了　就由天仔去完成這些心願
報名付款後
我對天仔說要多謝爸爸：「現在我們用的是爸爸留給你的錢，也要感恩多謝主耶穌。」
逛書展途中我很肚餓
婆婆和天仔繼續逛
所以我到樓下茶餐廳吃個飯
坐下才剛點餐　就收到天仔的電話
說要來找我

婆婆說他很大負面情緒
後來他告訴我
現在很難接受我不在他身邊
除非是上學或參加活動
我問：「爸爸死之前有這樣嗎？」
天：「不會。」
看來你死了之後
他真的比以前更需要我在他身邊
不過我相信你不會擔心
我也不太擔心
你和我幫他裡面
儲了十一年的快樂能量
他會過渡到　適應到的

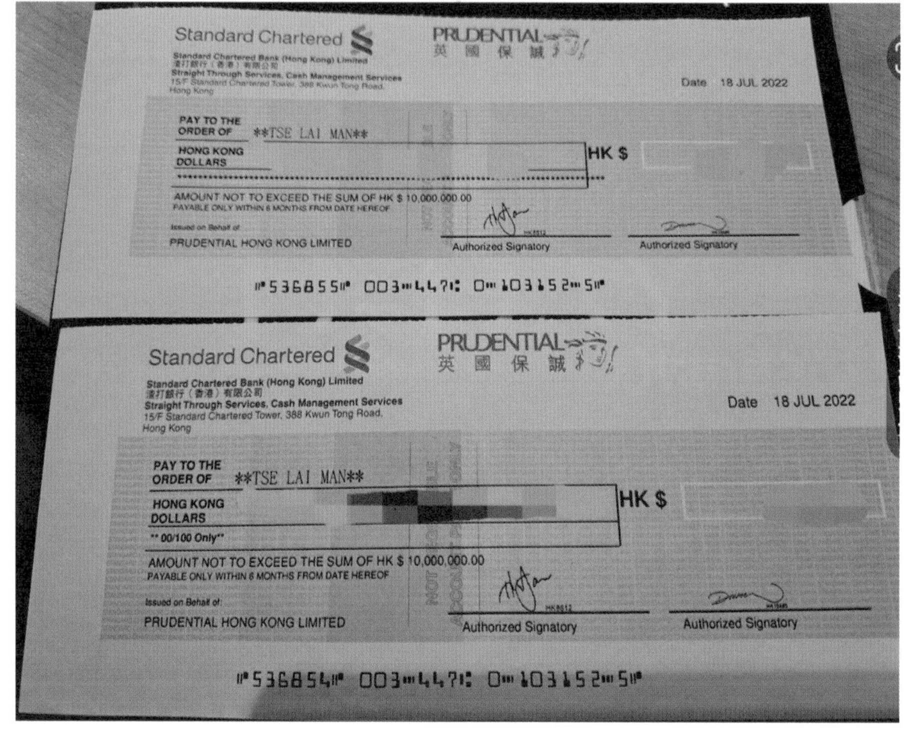

Standard Chartered
PRUDENTIAL
英國保誠
Standard Chartered Bank (Hong Kong) Limited
渣打銀行（香港）有限公司
Straight Through Services, Cash Management Services
15/F Standard Chartered Tower, 388 Kwun Tong Road, Hong Kong
Date 18 JUL 2022
PAY TO THE ORDER OF **TSE LAI MAN**
HONG KONG DOLLARS
HK $
AMOUNT NOT TO EXCEED THE SUM OF HK $ 10,000,000.00
PAYABLE ONLY WITHIN 6 MONTHS FROM DATE HEREOF
Issued on Behalf of:
PRUDENTIAL HONG KONG LIMITED
Authorized Signatory
Authorized Signatory
⑈536855⑈ 003⑆447⑆ 0⑈103152⑈5⑈

Standard Chartered
PRUDENTIAL
英國保誠
Standard Chartered Bank (Hong Kong) Limited
渣打銀行（香港）有限公司
Straight Through Services, Cash Management Services
15/F Standard Chartered Tower, 388 Kwun Tong Road, Hong Kong
Date 18 JUL 2022
PAY TO THE ORDER OF **TSE LAI MAN**
HONG KONG DOLLARS
** 00/100 Only**
HK $
AMOUNT NOT TO EXCEED THE SUM OF HK $ 10,000,000.00
PAYABLE ONLY WITHIN 6 MONTHS FROM DATE HEREOF
Issued on Behalf of:
PRUDENTIAL HONG KONG LIMITED
Authorized Signatory
Authorized Signatory
⑈536854⑈ 003⑆447⑆ 0⑈103152⑈5⑈

2022 年 7 月 27 日　晴

第 50 天

沒有阿昌的第五十天
哭不出來的天仔

昌：
今日陪媽媽去做
白內障手術前的度眼
一切順利
下午天仔在善美老師的華德福課堂
突然取消
所以我們即興地約小路和小寶一起
去看電影
《雷神 4》上畫了很久但一直不敢
去戲院
很怕會想起你
會痛苦
會在戲院不斷哭
不過今日突然有一種想突破的感覺
立即打電話聯絡小路小寶媽
感恩臨時臨急都可以約到
有小路小寶陪伴感覺好好多
小朋友走在一起那種單純的歡樂令
我好有力量
我跟他們說今日戲票、爆谷雪糕都
是天天爸爸請大家的
多謝他們常常招呼天仔到他們家吃
喝玩樂
看電影過程我感恩地
覺得自己還可以
只有少部分時間很掛念你和難過
大部分時間能夠投入在電影當中
與幾個孩子一起笑
看到好笑的情節時
我竟然想回家跟你分享
又突然忘記你死了
因為以前看電影遇到好笑情節而你
還未看
我總會跟你分享有趣的劇情
現在　都不可跟你分享了
何止是劇情
我什麼也不可跟你分享了
……
無奈地
雷神都竟然出現患癌、化療的情節
最後結局是女主角 Jane Foster 因
癌症而死
唉
為何連看電影也是癌症呢
很難不想起你做化療時痛苦的畫面
我不斷在思想上叫自己不要去想
專心看電影
回程途中
天仔和我都覺得好開心　好快樂
可以有小路小寶陪伴
……
晚上嚴生嚴太又煮好多餸來我們家
一起吃晚飯
他們來了就會令整間屋好有生氣
感恩有他們的陪伴
……
本地西瓜當荏了
我和天仔吃得好開心
又甜又多汁又新鮮又真實
想起有時我會搾西瓜汁給你飲

不過
假如真的有天堂
我相信你在那裡比起這些西瓜美好一千倍一萬倍吧

天仔說：「媽媽，你覺得越來越好，我覺得我越來越悲傷，可能是因為我真正感受到爸爸不再回來了。」

我：「其實媽媽仍然很痛苦，只是適應了痛苦，你說得對，我也察覺你之前可能未真正感受到爸爸不再回來是怎樣，現在越來越感受到是痛苦的，但我相信爸爸媽媽為你儲備了好多好多快樂，可以對抗到這些痛苦的，媽媽好多謝你告訴我這些。」

天：「我想哭但哭不出來。」

我安慰他：「哭不出不緊要，你想哭就哭，想哭卻哭不到也不要緊，每人處理哀傷的方法都不同。如果玩耍、吃美食、打機可以幫到你，現在就暫時用這些方法吧！」

2022年7月28日　晴

第51天

沒有阿昌的第五十一天
用19年去習慣嗎？

昌：

我記得你死前兩星期對我說得最多的就是：「你要好好照顧自己，好好愛錫自己」
我對自己可能好苛刻
有時可能是刻薄自己
沒有理會自己的需要
想起你對我說的這些話
充滿愛的說話
我就在心裡對自己說
一定要好好愛自己 照顧好自己
這是我永遠不會忘記的

……

天仔早上跟我說夢中見到你
與他一同研究機械人
感恩他三日內夢見你兩次
而且兩次都是健康的你
不是患病中的你
他要靠夢境才能再遇到你
我內心感到好心痛
但他表現得很開心
總算是好事

……

嚴太的大孫仔豪仔原來已經準備升大學了
邀請他教天仔游水
豪仔哥哥教得非常好
溫柔 正面 懂循序漸進引導天仔
天仔很喜歡他
我見他在學習過程中與豪仔哥哥傾得非常開心
豪仔哥哥讓天仔很多突破
克服了把鼻子放入水中
沒有你很痛苦 很遺憾
有時看著天仔我內心很痛
你和我都那麼愛他
我們將最好的都給了他
竟然
到最後 我們的寶貝沒有了爸爸
但感恩身邊總有適合的人去扶助天仔
我相信如果你知道天仔今天的突破
你一定會好開心
最近他的自律和時間管理都有進步
感恩你死後他不單沒有變差
反而有不少進步

……

你死前長時間住院
又或者是死後
我都不願意將你的房間關門
有時媽媽會關
我跟她說不要關
不知道為什麼
總之我不想你的房門被關上
或者
我不想覺得你在房間裡面
因為裡面明明就沒人
內心是痛苦非常
但是 每天我也希望提醒自己
你是死了
你永遠也不會再回來
不少人希望安慰我說「阿昌在你身邊」
但我很清楚不是
你已經在天堂

這是有如太陽從東邊升起一般的事
實
不可改變
不可逆轉
……
跟你拍拖十九年
結婚十五年
一下子失去了你
本想跟你白頭到老
一起手牽手變老
這個永不可實現的願望
那種難以適應你不在身邊的艱難
沒有你陪伴
沒有你聊天
沒有你搞笑
沒有你煮飯
沒有你商量
沒有你分擔
沒有你陪天仔玩
到今天我仍然像做夢一般
仍然接受不了你永遠離開
或者
我需要對等地 用十九年來接受
去習慣
你不再在我身邊？
到時
我都已是長者
已是退休年齡了
那麼漫長的時間
到底我是否真的能夠堅持得住呢？

2022 年 7 月 29 日　雨

第 52 天

沒有阿昌的第五十二天
永遠的好朋友

昌：
最近我沒有在社工爸媽 Facebook 出貼文
因每天發生的事和情緒的起伏
突然失去了動力
你死了 52 天
你剛剛死了的幾天
天仔有問我是否要將「社工爸媽自家教手記」
改為「社工媽媽自家教手記」
我想也不想　就說不會
因為「社工爸媽」是你和我一同建立的
已有六年了
不過　去到今天
我又突然覺得
是否真的要改名
但我很捨不得
因為是屬於你和我的
還是繼續保留吧
直到有天我放得下……
好多網友私訊我
見我一段時間沒更新貼文
擔心我
香港真的好多好人
素未謀面但會記掛我
好溫暖
你病後
我才真正深深經歷到「雪中送炭」這成語
……
這段日子
其中一件好努力去做的事
就是用意志叫自己多去看擁有的事情
例如這些網友的愛
少去看失去你的痛苦
非常困難　但我會努力
你以前常常叫我別往後回看
要向前
要將精力放在解決問題
……
晚上看電視
男主角幫女主角剥蝦殼
讓我想起你以前常常幫我做這件事
記得每次我都跟你說「我自己來就好，又或者讓我幫你」
但你每次都會不作聲
繼續幫我剥
說為老婆剥蝦殼是幸福的事
當時我覺得好幸福
但回想卻未夠珍惜
後來有時更覺得理所當然
現在只可靠回憶
來感受這些已變得遙不可及的幸福
……
失去你的日子
除了悲傷和痛苦
真的好孤單　好沉悶
以往我常說你是我最好的朋友
最好的玩伴
最好的傾訴對象

跟你一起玩好開心
有你陪伴總是我每天的願望
不開心的時候與你傾訴總是比任何輔導員好
而且你永遠都是愛錫我的
就算你口裡沒常說
你的心總是固執地想保護我　愛錫我
想我快樂
……
請你告訴我
我可以去哪裡找到像你這樣好的朋友呢？
還記得我說過
就算我們不是情侶或夫婦
我總是覺得 我們會是永遠的好朋友
小學記念冊最老土的一句：
「昌 Friendship Forever ！」

2022年7月30日　霧霾

第53天

沒有阿昌的第五十三天
舊同事跟你的連結

昌：
早上起來望出窗外
空氣很差　明明昨天終於下了一場大雨有好一點
我跟天仔說：「爸爸真好，在天堂享受著美好的空氣。」
其實在天堂還會有呼吸系統需要呼吸嗎？　到時再問你吧
……
天仔說在夢中見到我們去了郵輪
今次夢裡沒有你　只有我和婆婆
郵輪　是你在最後階段時
常與天仔說康復後要一起去玩
因為我們一家從來未試過去郵輪
當時我說因會暈船浪所以只有你們兩父子去玩吧
現在　你去不到
或者
等天仔長大與朋友或老婆去玩吧
……
今早我們吃了一個本地菠蘿　好味到難以形容
最近當茬的本地水果好好味
西瓜、菠蘿、龍眼
全是你最喜歡的水果
好可惜當茬但你卻不在了
你死前的日子很想吃這些水果
……
很多時 Facebook 的當年今日回顧
又想看　又不想看
想看是因為想看看你當年
和我在做什麼
不想看是因為很痛苦
失去　真的是很痛苦

如果可以選擇
我會選擇寧願從來不認識你嗎？
……
下午我又約了陳珍、松哥哥和 Nico
跟他們說說笑　講講從前的事
心情感到舒服
特別每當想起陳珍和松哥哥
比我認識你更長時間
曾經有一段長時間你和他們
是同一間教會聚會
同一個團契　總感到很親切
而且他們是唯一我和你都
一同共事過的同伴　共同的舊同事
那種感覺好珍惜　覺得好奇妙
而且我們幾個都是信耶穌的人
都是喜歡朋友的人
都是真心與人交往的人
都是善良的人
都是差不多年紀的人
只是被松哥哥拉高咗少少條 curve~（笑）
都是你生命中出現過的人
很特別的連結
……
陳珍分享了一些以前婦女小組的日子
你是婦女小組唯一一個弟兄
她分享你們一起禱告的回憶
你常常會親自下廚
聽到這些美好的回憶
我心得安慰
……
飯後我們去戲院買戲票
大家一同陪天仔下星期
去看《超音鼠》電影
感恩有大家的陪伴
你在天堂跟我們一起看吧

沒有阿昌的第五十四天
你留下的強積金

昌：
今天心情又突然很壞
好掛念你
好想改變你死了這個事實
好想回到以前
由認識你的一刻作出改變
好想有再來一次的機會
無論作為女朋友　或妻子
我都可以做得更好
對你更好
更懂得幫助你
更懂得愛你
更懂得遷就你
更懂得溫柔
更懂得感恩
更少埋怨
更多體諒
更多了解你的需要
……
媽媽的肩膀歪了 很痛
我幫她安排了樓下做按摩紓緩
她說鬆了　有好轉
我們一向沒做按摩
因為覺得奢侈
但今天她有需要
我跟她說：「多謝阿昌的努力，留下強積金，也留下一些人壽保險，就當作是他送給你的禮物吧。」

昌
多謝你
工作多年不但養家
回到天堂後也留給我們你努力工作的金錢
繼續養家一段時間
……
昌
每天都是難熬的
仍然是這一句
「我每天都希望你回來」

第55天

沒有阿昌的第五十五天
性教育

昌：
今日送天仔去華德福教室上課　碰到一位網友家長
好幾年前我們曾相約大家的孩子一同玩耍
很久沒見
她關心我問：「你 OK 嗎？」
其實你死了之後遇到朋友網友時
他們都會問這句
每次我都會思考一會
自己可以怎樣回答
我好想答 OK　好讓他們放心
不過我又答不出口
所以我通常都會答：
「都好難 OK。」
……
送天仔後我到基道書樓買了《真的有天堂》這本書
打算明天送給舊同事作為生日禮物
她的孩子未有機會來到這個世界
希望我們都可以堅心相信真的有天堂
我寫一些說話在書本裡面時也邀請天仔寫一些
他說：「爸爸會在天堂見到姨姨的女兒。」
我聽到覺得好感動
也沒這樣想過
「對啊！爸爸在天堂會見到她，可能會陪她玩啊！」
突然有一種充滿盼望的感覺
……
最近我越來越覺得人生失去了意義和動力
你死之前
我可以說已經完成了所有我想嘗試去做的事
完成了我的夢想
剛巧人生下半場的願望
全部都需要與你一起去完成
你死了
我不想　亦都不能
獨自去完成那些本身要與你一起完成的夢想了
從小學開始我就是一個很有目標的人
沒有感受過這種不知道可以做什麼的感覺
神給我很多能力和才幹
我不想浪費　也不該浪費
貢獻社會一向是你和我的使命
生命影響生命是我們的人生方向
但到了今天
我竟然沒有事情想做　什麼也不起勁
甚至連玩都覺得什麼也不好玩
因為沒有你
……
你死了之後我有想過何時向天仔作性教育
也有向豬昕提過這個需要
豬昕說到時可以交給他

另外我都有問一些朋友
推介性教育教科書
想不到今晚睡前
天仔問我相關的問題
「年紀小的人怎樣發生性關係？」
由這個問題開始
我向他講解婚前性行為、
未婚媽媽、母親的抉擇、
印度童婚狀況、夢遺、
性行為如何發生、性興奮等等等等
感恩一切都自然 順利
原來有時我不需想太多
時候到了
就能好好將正確知識傳遞給天仔
我猜你從來沒擔心
一來你不是一個為未來擔心的人
二來你總是對我有信心

2022年8月2日　晴

第56天

沒有阿昌的第五十六天
超音鼠

昌：
我們認識自然學校多年
想不到
終於
天仔去面試了
沒想過有天會報讀自校
而原因是你死了
我們需要鋪路回到主流
自校是一個適合天仔過渡的地方
感恩有這個選擇
與校長海星、老師海獅、蝦米見面
像朋友般交流
丁點兒也沒有我尊你卑的感覺
很平等的感覺
很自由的感覺
自校對學術上的要求很溫和
對於天仔從沒接受過正統學術訓練
來說很適合
香港甚少非主流學校會有呈分試
自校有
幫助天仔明年直上主流中學
大機會入讀 band 3 中學
不過你和我都覺得不重要
昌　我會記得你離開前問你對天仔
教育上的期望
你說：「天仔開心就可以喇！」
每次想起你這句話
我都深深感受到你對他的愛
讓我哭起來
……
晚上我們約了陳珍、松哥哥、Nico
一起吃麥記　一起看電影
天仔第一次去麥記
第一次吃一個麥記餐
對於這個大解放他非常興奮
我好想幫他創造更多快樂的回憶
去稀釋你離開的痛苦
而我見到他快樂
就會幫我稀釋痛苦
陳珍說：「他的眼神和笑容都好似
阿昌。」
聽到這位認識你比我更久的舊同工
你年青時的同伴這樣說
我心裡有一種特別的感覺
彷彿是一種安慰
……
我們看《超音鼠》看得很快樂
感恩有他們幾個的陪伴
令我少一些想起你
有同伴會較容易快樂起來
途中天仔叫我幫忙開薯片袋
讓我想起以前在戲院裡
是我叫你幫我的
因為你好夠力開
又能夠令薯片袋不吵耳
現在
換了是我幫天仔開
……
散場後天仔說很快樂
他第一次看夜場電影
第一次去夜街

感到很興奮
想起來
我們一家人都未試過去看夜場啊
你病之前他年紀還小
其實何止看夜場呢
未來有更多更多天仔的事情你不能
參與
要接受現實
多去感恩現在擁有的
不可 loop 在失去你的痛苦及問為
什麼的漩渦當中
避免令自己和天仔跌入消極裡
百害而無一利
但我對失去你痛苦
我真的仍然未能夠接受

2022年8月3日　雨

第57天

沒有阿昌的第五十七天
自然學校試堂

昌：

今日天仔去自校試課
老師在入課室前帶天仔參觀不同的課室
天仔在班房內作自我介紹　分享喜愛吃什麼時
他提到自己什麼也愛吃
有同學問他會否吃屎
天仔很有急才地不答是否
反問：「聽上去你似乎有吃過？」
同學不懂反應
他轉數快　有你的影子
有些同學問他是否喜歡吃香蕉和蛋
他答喜歡時
同學們的嘩然反應令天仔感到有些不妥
老師說同學們的意思是想歪了的方向
我問天仔是否色情笑話
香蕉的意思是男性生殖器
蛋是男性的睪丸
他說以他理解同學們是這個意思
我問他的感受　有否感覺被冒犯
他說：「沒有特別感受，他們愛說是他們的自由。」
我感到很放心　他能有這樣的反應
我提醒他未來慢慢長大
身邊很大機會越來越多人會說色情笑話
甚至有同學發生婚前性行為
或與很多不同的對象拍拖
我提醒他我們家庭的價值觀　信耶穌的價值觀
爸爸媽媽期望他會持守正確的價值觀
選擇做和說對自己
和對別人有益處的事
他很乖的表示知道
回應我：「媽媽，你前幾天教了我怎樣分辨聖靈的聲音，我現在懂得分辨，心裡有良知的聲音主要來自聖靈，聖靈會教我的。」
我感恩聽到天仔說這些話
也擔心
天仔說這班同學包括女同學都會說這些色情笑話
與這樣的文化和價值觀的群體相處
對天仔會是好事嗎？
如果一部分人會說不出奇
但他說幾乎全部都是這樣
如果你未死　我可以問你的意見
就像過往一樣
……
我與天仔商量　看看開學後情況吧
試讀一個月　或幾個月　再作決定
到時我再觀察天仔的行為
在香港想有好的教育給天仔
真是不容易
……
昌
多謝你
你過往一切的付出　跟我一起作出的努力
我們的孩子
成為了一個有質素的孩子

盼望我能夠幫助他
繼續走在正路之中
……
晚上嚴生嚴太又來陪我們吃晚飯
他們每星期來一次　讓我沒那麼孤單
我見到天仔也表現得比較快樂
今晚嚴太煮了魚香茄子、梅菜扣肉、炒薯仔絲
好感恩有她
自從你死後
我們來來去去也是煮十種八種菜式
以前是靠你煮不同的花款
現在有嚴生嚴太每星期來一次
讓我們有他們的陪伴　也有新菜式可以吃
……
我問嚴太她的二仔已死了七年
她還有沒有哭
原來
仍然會哭
只是次數減少了很多

昌
我仍然好想你回來
幾乎每刻都想起你
但又不敢想起你
儘量叫自己集中眼前做的事
不要去想你
因為太痛苦

2022 年 8 月 4 日　黃雨 / 一號風

第 58 天

沒有阿昌的第五十八天
天仔感恩能見你最後一面

昌：
今早社署安排了一位社工
吳姑娘來家訪
進入成為寄養家庭的重要程序
想不到一傾就是兩個多小時
感恩這位姑娘非常有心
她亦很開心大家是社福界行家
一切更容易處理
亦讓她更有信心
如果無意外
很快我們便會正式成為寄養家庭
完成這個很久以前已經想嘗試的心願
……
下午我們去游水
我發現自己處身於泳池時的心理狀況
有很大的進展
能多了一分游水的享受和快樂
少了一點掛念與你一起游水的回憶
也少了一點很想你在身邊的痛苦
……
與天仔一齊看電視
劇情說一個女兒趕不到去醫院見媽媽
最後一面
天仔這時候說：「好彩我見到爸爸
最後一面，如果唔係仲慘！」
感恩他有這個機會
也釋放了我的疑慮
因為我有想過他親眼看著你死的過
程
會否對他造成創傷
原來對他來說是一份感恩
感恩我們都有機會在你身邊
陪伴你最後的兩個星期
……
晚上睡前
天仔忽然很想重看
iPad 裡面的舊照片
他想我一起看
有些是你煮的美食
有些是日本旅行
看了我覺得很難過
他睡了之後我心裡感到很痛苦
原來我仍然未能夠看
以前有你的相片
特別是數量多的相片
一張半張還勉強可以
天仔睡了
我哭了一會
看看電視
便孤單地睡了

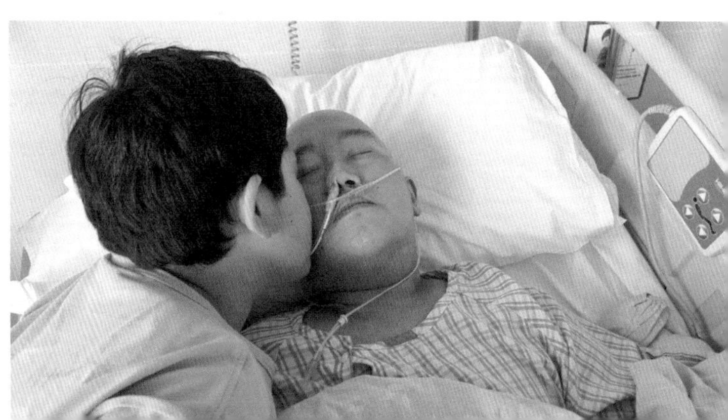

沒有阿昌的第五十九天
拜託朋友們幫忙關心天仔

昌：
今日天仔突然抽起條筋好想試拋高棉花糖入口
婆婆幫他拋　他用口接
我笑說好像餵狗一樣（笑）
試了十次八次後他終於成功用口接到
兩婆孫興奮地大叫
那一刻我感恩
因為我們仍能大笑
同時很悲傷
因為現在發生這些趣事
你已不在現場
也不能告訴你了
……
以往少了你在身邊只是一天
也覺得很掛念你
現在已兩個月沒見你了
還有無止境的日子
到底我可以怎樣走下去呢
人人都說會慣
很多失去親人的過來人也是這樣說
我始終覺得
我無可能慣得到
我好痛苦啊　昌
為何我不更早意識到你的壓力
為何我不更早意識到你工作上的痛苦
為何我不更早用盡九牛二虎之力讓你辭職
可能你就不會患癌了
……

今天我寫了一個訊息
給大約十位弟兄姊妹：
「收到這個訊息的弟兄姊妹：
感恩你們在我的生命出現
阿昌的死
讓我想到生命難以預測
聯想自己不知何時會死
所以如果萬一我死了（特別如果是早死的話）
而你們仍在生
想邀請你們幫忙關心天仔
例如過時過節搵佢一齊食餐飯、BBQ 之類的
間中約佢食飯關心吓佢
甚至作他的生命導師　指引佢
作他的屬靈導師　讓他明白真理更多
拜託你們喇！
阿敏
5/8/2022」

望就望我健健康康
陪到天仔結婚生仔
不能的時候
總有一些叔叔姨姨
可以幫忙關心一下
陪伴一下

2022年8月6日　晴

第60天

沒有阿昌的第六十天
忘記了問你

昌：
今早終於有太陽了
每次見到太陽
就想起你喜歡陽光的味道
見到太陽你就會覺得開心
天堂的太陽怎樣？
應該是很舒服很溫暖但又不酷熱吧
……
天仔今天到華德福學校建築日活動
自從你死了之後
他說希望我接送他去所有活動
今天我陪他和婆婆到火車站
沒有送到去活動地點
然後我約了陳老師
跟他說再見時
他哭了
上星期同一個活動我與他們一同坐火車
他們先到站下車
我跟他說再見的時候他也是哭了
到了晚上
我問他是否因為你死了
他說不知道
總之就是想我陪伴
我會儘量陪他的
……
陳老師說我比上個月肥了
她說是好事
因為證明我恢復胃口
我說希望定減肥目標
因為現階段
沒有比保持健康更重要
我要陪天仔長大
想不到
六十天了
我仍然在餐廳不停哭
一眨眼就是四個多小時
哭個不停
對比上個月跟她見面
原來沒有很大進展
我以為自己這次會哭得比較少
但結果原來生活好像漸漸回到正軌的時候
痛苦仍然是沒減少
沒見你已經兩個月
好掛念你
不能見你好辛苦
想起以前不見你幾天已經覺得困難
現在已經兩個月
而且是無止境的　失去你的日子
好難習慣　好難接受　好難適應
我這幾天想起很多不夠珍惜你
對你不夠好　不夠體諒的過去
好後悔
想起你有時下廚煮很多肉
我會嫌多肉少菜
見到你親手造給我的皮革銀包
用久了我會嫌銀包的空間不夠用
為何當時我不懂好好珍惜
不懂好好向你感恩呢？
陳老師安慰我
她見夫婦不少
我們的關係已經是難得的好
而且夫妻相處總有這些
她不斷鼓勵我不要怪責自己

……
晚上睡前我跟天仔分享今天與陳老師傾了很久
哭了很久
請他放心
媽媽需要哭有好好去哭
我問他最近有沒有想哭
他說越來越多
卻哭不出來
可能他也像我
失去你的日子久了
那種很掛念你
很想見到你的感覺反而更濃烈
除了等日子過
等變淡
實在沒有什麼即時可以做到減輕這種感覺的方法
如果我死先
你會怎樣處理呢？
為何你死之前我沒有問問你這些
我應該一早問你如果你死了
我可以做些什麼令自己可以好過一點
我可以找什麼工作
我可以怎樣幫天仔
這些重要的問題我當時竟然沒想起問你

2022年8月7日 晴

第61天

沒有阿昌的第六十一天 仍能大笑

昌：
最近的籃球訓練班都很酷熱
而且訓練時間是接近正午
感恩天仔越來越有進步
少了埋怨 多了享受
體能和耐力都明顯有進步
訓練完了步行回家時
他自己也主動說：「媽媽，我覺得自己有進步，沒之前感覺那麼辛苦了。」
你死前說期望他保持運動
他做到了！
……
書展買了 micro:bit coding 給天仔
他有一個步驟卡住了很多天
過程中我不斷想：你在就好了
我沒有說出口
但天仔在研究過程中也說了這句話：「如果爸爸在就好了，他可以幫我解決。」
我聽到心裡難過
但鼓勵他慢慢研究
「爸爸在也不一定幫到你呢～」
其實回想起來
我應該要更接納他這種情緒
這種想法
下次我會回應得更加好！
讓他的感受更被認同
我們透過訊息向 micro:bit 的銷售員查詢
來來回回問了好幾次
最後終於解決了
原來最終問題是他插錯了電線
他說了一句：「如果爸爸在的話應該早就發現了。」
不過感恩
雖然沒有了你的幫忙
但天仔之後很開心很興奮地跟我說：「媽媽，micro:bit 這件事讓我學習到要不斷嘗試，不要放棄，要細心研究，否則會帶麻煩給別人。」
感動 感恩
天仔有這些反思
他甚至連銷售員花了的時間也會關注
相信你一定以他為榮
……
晚上新聞時間
婆婆說了一些個人意見
天仔回應婆婆
他說：「最初聽到覺得有道理，諗深一層覺得無道理，然後再想想又好像有道理，到最後結果其實無道理。」
婆婆聽到有氣沒氣的笑
我則瘋狂大笑

而且笑了好長時間
心裡感恩
除了是因為天仔有你的幽默感外
就是我們失去你仍然能夠大笑

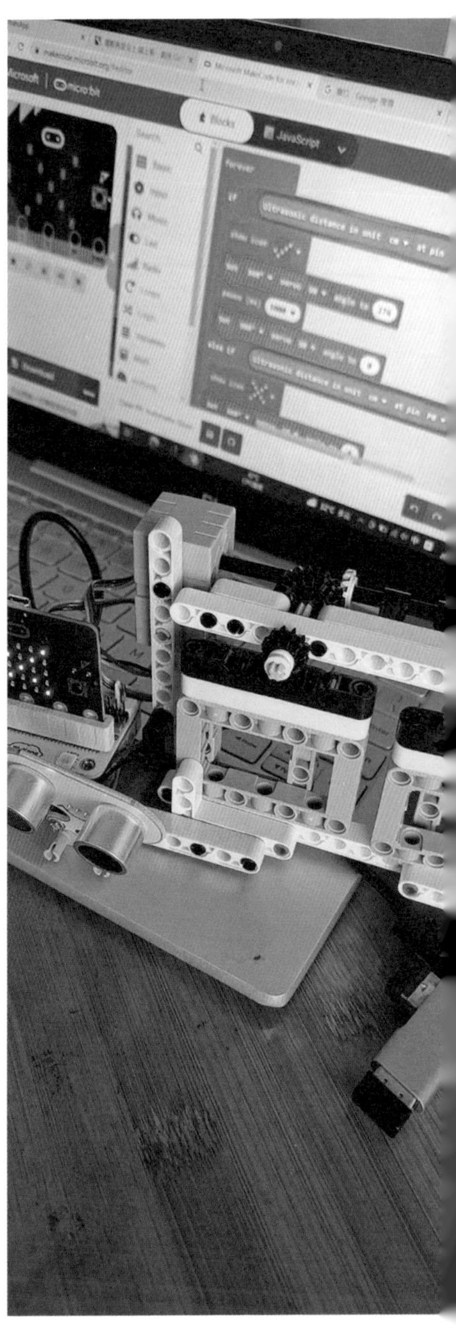

2022年8月8日　雨

第62天

沒有阿昌的第六十二天
天仔的孤單

昌：
早上天仔第二次去見
賭明會社工哥哥
暫時仍在建立關係階段
純粹在遊戲室玩耍　未入到正題
感恩天仔對社工哥哥有正面感覺
我之後與社工哥哥傾了一會
提到天仔想哭但哭不出
他建議可以繼續用天仔
自己覺得有幫助的方法紓緩情緒
有些個案的孩子哭了反而感受更差
所以不用刻意引導他哭出來
繼續用他自己的方法
我想起了
為何之前不先問你的意見
如果你死了我怎樣幫天仔
我竟然想不起要問這個問題
而且你也是小時候失去爸爸
你會有親身經驗
為何我竟然沒有問你呢？
我以為當時要問的全都已問你了
想不到仍然忘了這些重要的問題
……
睡前　問天仔關於他幾天前說想哭
但哭不出的情緒　現在怎樣
他已不太記得自己說過這番話
但他說心裡很孤單
想有一個人24小時陪伴著他
我說：「媽媽差不多24小時陪伴著你，也會孤單嗎？」
天：「也會。」
我：「婆婆陪伴，朋友陪伴呢？也會孤單嗎？」
天：「也會。」
我開始又哭起來了：「爸爸陪伴你陪伴得好好，陪伴我亦陪伴得好好，所以現在沒有爸爸陪伴，我跟你一樣有這種感覺，常常都孤單，有你和婆婆、有朋友陪伴我時，我會比較快樂，但始終我好想爸爸回來陪伴著我們，沒有他很孤單。」
我問他　想24小時陪著他的人是誰
他說不知道　總之想有人陪著
我想是因為他希望那種孤單感消失
但卻想不到方法
我問會否是需要女朋友
他說也不是
但希望20歲拍拖結婚生小孩
因為他的小孩長大後他還是很年輕
不會太早失去爸爸
自己經歷了失去親人
他希望自己的小孩
不會太早失去爸爸媽媽
天仔年紀還這麼小
因你的死　他已想到這步
我說：「你早結婚媽媽都支持的，但要禱告有適合的人，而且最好你和女朋友都是已有穩定事業方向，穩定收入，價值觀相同，都是真心信耶穌，有愛心，容易相處……」
我說完了之後
他竟然補上一個條件
說女朋友不可以像我那麼肥
好無奈囉！
……
昌
天仔為何不可以繼續有你
為何不可有爸爸陪他成長呢？
到現在
我仍然覺得
你死了
是一個不敢相信是事實的事實

2022年8月9日　三號風球

第63天

\# 沒有阿昌的第六十三天
獨自一人

昌：

你死之前沒多久
訂了一包台灣的愛玉子
我見已放了很久
叫天仔幫手做好了來吃
我怪責自己
為何那時你訂了回來
我沒去做給你
你那時身體已沒多氣力做這些事
我回想是因為我未做過愛玉　所以沒動力吧
幸好當時你很想吃芒果布丁我有上網學
還做得不錯　你也說好吃
但有一次就加太少水　做得太甜太硬
我就叫你別吃
真對不起
過去我常常都沒做好烹飪這部分
真的很對不起
……
幸好有天仔幫忙
這次第一次做愛玉非常成功
加點檸檬汁和草蜜就已經很好吃了
邊吃邊想著你
……

今天我送天仔到華德福教室上課
婆婆因痛症去了做按摩
你死後第一次沒她陪伴
我覺得都兩個月了　自己應該也沒問題
去了剪頭髮
想起這個髮型師是你病了之後認識的
這次再一次來找她剪頭髮的時候
你已經死了
今次剪頭髮的時間比預期快
天仔還未放學
去無印逛了一會
想起最後一次跟你來的畫面
很難受　於是離開
約了一個買家在地鐵站交收未夠鐘
但我實在想不到去哪裡好　所以就站在地鐵站等
等到買家來
將你最後用剩的口罩賣了
……
天仔最近情緒沒頭一個月那麼好
因為失去你的日子越長　越掛念你
也可能是最近很少帶他出去玩
因為失去你的頭一個月
我們想吃想玩就盡情散心
但日子久了
我會擔心經濟　而我又未有穩定收入
要好好珍惜你留給我們的強積金和人壽金
那是你多年工作的努力
換給我們這段休養的時間
不過見到天仔很需要玩
所以放學後我帶他到冒險樂園
我的確覺得這裡是掉錢入鹹水海的

地方
但見到他每次玩完真的能放鬆情緒
很快樂
這個效果在他身上十分明顯
所以這些錢也值得用
我相信你在的話一定會認同
你最喜歡就是和天仔周圍玩
現在沒有你
我要做好陪他玩的角色
不過 你知道嗎？
沒有你與我分擔陪伴天仔
最近我開始覺得很累
以前我常常期待你放工或放假後陪
伴他
我可以休息一下
也很享受見到你陪伴他時的畫面

現在什麼都沒有了
除了哭 我可以怎樣呢？
當然 我知道哭很重要
眼淚幫我治療哀痛
哭到有一天不用再哭的時候
我就應該好起來了
不過
真的會有這一天嗎？

沒有阿昌的第六十四天
女朋友

昌：
今早天仔和媽媽陪我去元朗
一間醫務所處理事情
完成後
一起步行去 Yoho 吃午餐　逛一逛
我們不熟路邊走邊搵
去到一個位置
一邊過馬路後不遠處是電梯上商場
另一邊是通往
一個不似有路走的方向
天仔說想試試不似有路走那個方向
誰知不到一分鐘突然下起大雨來
今早出門口我忘記帶雨傘
只有天仔和婆婆兩把　而且很細小
我們幾個鞋襪全濕
衣服褲子也濕了大部分
返回正確路線後去到商場
我做了一件很錯的事
就是埋怨天仔
更說了一句很不該說的話：
「如果爸爸在就不會走錯路！」
當時我的理智明知道
不應該說這些話
但淋濕衣褲鞋襪
一向是我很討厭的事情
內裡負面的情緒
讓我控制不了自己的說話
天仔說了好幾次自己是蠢蛋
這個時候我已不能說什麼正面話
……
我們脫了襪子再穿回鞋子
發現感覺有好一點
慢慢在商場的冷氣下吹乾了
感恩沒有著涼
午餐我們吃了天仔和你很喜歡的那間日本炸豬排店
你知道吃喝玩樂最能夠幫助天仔抒發情緒
其實我和婆婆都不想吃炸物
但我們知道對天仔有幫助
所以都會陪他
結果他真的如我們所料很快樂很滿足
吃豬排時
我問天仔我可否向婆婆分享他想 20 歲拍拖結婚的想法
他說可以
我便向婆婆分享昨晚的對話
當提到是否要有女朋友這個重點
天仔竟然在這個時候輕輕地說了一句：「你唔好亂諗啦。」
我本身滴住眼淚都突然大笑了
真係好搞笑呀
……
下午豪仔哥哥教游水
每次我都好想你未死　可以一齊游水
每次經過健身室
都會想起你生病前兩年很喜愛去健身室做 Gym
我好想可以再有機會

在健身室外向你揮手
同時好想停止這些想法
因為是沒有可能的
但又不能控制這些每天不斷出現的想法
到底什麼時候
我才能停止好想你回來的不可能思想呢？
會有這樣的一天嗎？
……
嚴生嚴太今晚又煮餸來陪我們吃晚飯
每次他們來我都覺得開心
有人陪伴
嚴太好好傾
嚴生少說話但好感受到他對我的關心
中學開始認識嚴太
想不到她和我媽幾十年好朋友
到頭來竟然會在你死後支持著我們
回想中學的時代
哪會想到有一天
我死了老公
嚴太會這樣每星期煮餸來陪我
哪會想到
我老公會是嚴太的一年制神學同學
嚴太提起往事
原來當年我是其中一個鼓勵她讀神學的人
向她說：「嚴太，你報名讀啦，我男朋友都讀呀！」
我已忘了
想不到啊 昌
……
嚴生嚴太今年結婚五十週年了
你還記得他們四十週年時
是你和我幫他們籌辦慶祝派對嗎
我差點也忘了
我好羨慕嚴生嚴太
他們不但兩個都仍健健康康
而且五十年仍然手挽手
好為他們感恩
好替他們開心
……
有時
我真的會覺得我是否做錯了什麼
為什麼我要死老公
為什麼你要死
為什麼呢？

2022 年 8 月 11 日　雨

第 65 天

沒有阿昌的第六十五天 白內障

昌：
今早陪媽媽做白內障
感恩一切順利
媽媽老了
去到要做白內障的階段了
感恩她仍然身體健康
如無意外可以陪伴我們更多的日子
天仔好乖呀
手術後很細心照顧婆婆
扶婆婆走路　上車落車
我見到心裡好安慰
同時不想將來婆婆或我會帶給他壓力
盼望我們兩個能夠健健康康回到天家
像太婆一樣
91 歲　在一個平安的晚上
睡夢中回到主耶穌那邊
不用像你那麼辛苦
更重要是不想天仔再多一次這樣的痛苦經歷
一次都太多了
……
下午心情好差
因為好掛念你
好想有你陪伴
如果這段日子沒有天仔和媽媽
我想我真的不會熬得過
失去你的孤單真的很痛苦
但縱然有他們陪伴著
心裡面那個失去了你的洞
很難填補

你大部分的物件我已執拾好
已掉了　或已回收
不過還有兩個你死前常用的背囊
我一直未有空間處理
今天就決定執好
將你裡面的物品清理
可能回收
又或者留著用
背囊裡面好多止痛藥
你病的後期應該很痛吧？
我心裡很難過
然後突然發現你一本筆記簿
裡面是你抄的經文
都是來自詩篇的
然後看到你寫的一些感受
當看到：
「第一刻知道自己有可能患上癌症，的確是晴天霹靂，被殺過措手不及，我最傷心的並不是要面對痛楚、打針、化療，而是我聽到我將要面對留院打針，一住就是一星期兩星期，我很少離開屋企那麼久，我很喜歡待在家中，我最不捨就是要離開太太離開兒子那麼久……
我的人生很簡單，我只想與我的太太牽手，一直的手牽手，直到變老，看著兒子長大，生活快樂平安……」
我大哭起來
你什麼治療都不怕
只怕離開屋企
見不到我和天仔
你真的很愛我和天仔
你連治療都不怕
就只怕見不到我們
你以前常常說很喜歡跟我們在一起
我現在才真正明白

你有多喜歡跟我們在一起
但一切都已經太遲
我過去不懂更珍惜你
我好後悔 好遺憾
為何我過往那麼蠢
不能完全明白你有多喜歡跟我們在一起……
其實我不知道你最後要離開我們的時候
心裡面到底是怎樣
不過我當時覺得你已經沒有很多的不捨
你已準備好離開
只想痛苦快些完結
……
今天是農曆七月十四
但天氣像中秋
月亮也像中秋
我和天仔一同看著天空欣賞
突然想起對上一次看美麗的月亮
原來是跟你在一起
好像是 3 月份
那天晚上我和天仔見到月亮那麼美麗
叫你一起看看
當時我擁抱著你
不過你那時身體已經差
站了不夠一分鐘 你說要休息了
那是我們一家最後一次一同看月亮
……
睡前我問天仔有什麼想我為他禱告
他竟然說減肥
不是因為健康 是因為要靚
然後就要有賺錢能力
想自立
那刻我突然擔心自己
因為天仔開始慢慢長大
天仔拍拖結婚
到時我沒有你
會孤零零生活嗎

2022年8月12日　雨

第66天

沒有阿昌的第六十六天
希望繼續幸福

昌：
睡醒前我發咗一個很不喜歡的夢
就是在夢中見到你
我執拾了一個櫃
你不滿我執拾了　我覺得不開心
然後我跟自己說要好好愛你　別對你黑面
所以我笑臉　看著你　逗你笑
然後突然間你就消失了
我大叫：「老公！老公！」
然後就醒了
起床後心情很低落
……
跟媽媽說這個夢
然後我心裡很痛苦地說：「神好像永遠都不想我幸福，從小到大都是照顧別人，我開始學懂照顧好自己，照顧好自己家庭才去照顧別人，阿昌亦決定辭職，以為幸福終於等到了的時候，偏偏阿昌辭職一星期後，連 last day 都未到就患癌，然後就病死了。」
說著說著　想不到媽媽突然爆喊
說聽到我這樣說好心痛好難過
她的眼仍然包著紗布
沒想過她會突然哭起來
我擔心影響她的眼睛　所以我立即不再說下去
叫她先冷靜情緒
……
陪媽媽到眼科診所覆診後
紗布和眼罩都脫了　醫生說可如常生活
只是要小心有水入眼
所以我們到 Yoho 吃午餐
見到很久很久以前跟你去過的北京樓
於是我們去吃了一個片皮鴨午餐
一邊吃一邊很掛念你
很想你未死
很想跟你一起吃
……
Yoho 原來現在有一間歡樂天地
我中三的時候在沙田歡樂天地做過兼職
以前好像有跟你提過
天仔最近感到孤單很掛念你　可能玩的機會少了
所以我與他在歡樂天地玩了差不多兩小時　他很快樂
跟他一邊玩的時候
一邊很渴望你仍在我們身邊跟我們一起玩
有時想得太多這些　覺得自己多餘
但我又真的無時無刻不這樣想
……
傍晚豪仔哥哥教天仔游水
已經第四堂
天仔今日好大突破　第一次把頭完全潛入水中
他為自己的突破感到興奮　自信
對於一個高敏 highly sensitive 的孩子真的不是容易
另外也突破不用浮條輔助　只需浮板就可以了
如果你知道　一定也好開心

為他感到興奮
如果天堂可以知道地上發生的事
你說有多好？
如果聖經有清楚說明
天堂的家人
會知道地上家人發生的事
那就實在是太好了
……
晚上　天仔沒有好好管理使用電子產品的時間
我感到憤怒、不滿
冷靜後與他慢慢討論
最後我提醒他：「爸爸死前唯一對你的吩咐是好好愛媽媽，現在爸爸離開了我們，我們更要好好彼此照顧，好好愛大家啊。」
他點頭
……
如果你還在我們身邊
一切都不會那麼艱難
一切都會繼續幸福

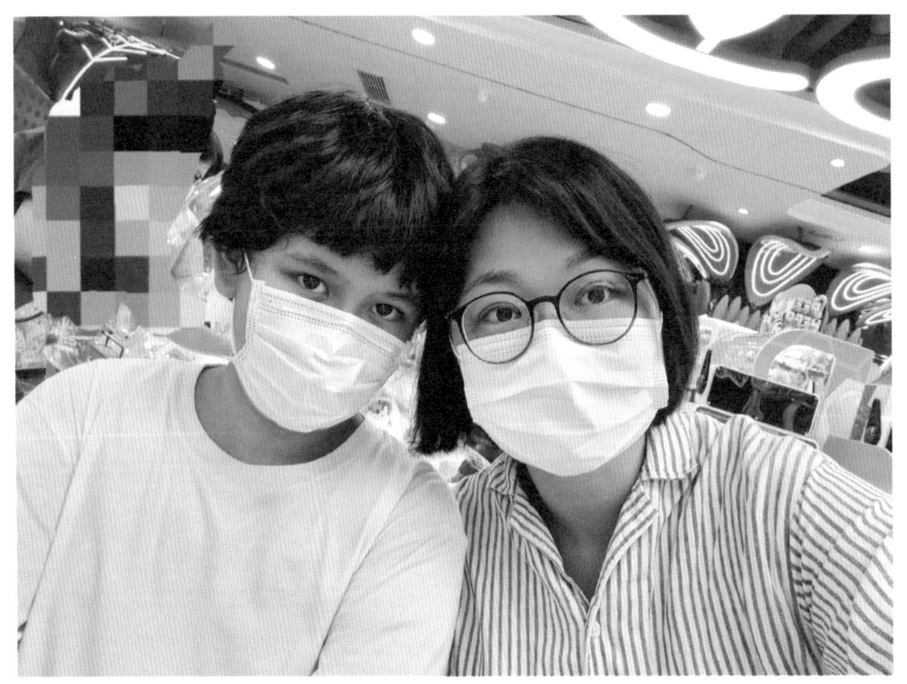

第 67 天

沒有阿昌的第六十七天

放棄信仰

昌：
今日 Gloria 和柏柏來了
天仔好期待　我也好期待
一同游水　一同玩遊戲室　一同吃午餐
在家開了帳幕砌 Lego
有他們陪伴感覺好好
……
孩子們砌 Lego 的時候　我和 Gloria 在房聊天
當然我們會談到你
她說 follow 了
我們 Facebook 好幾年
以前一直覺得我是非常能幹
很獨立的人
但你死了之後　她才知道我另一面
原來對你是那麼依賴
感到驚訝我會如此依賴
……
我真的很感恩
她在你死前一星期浸禮
能夠與你在網上看她浸禮的直播
我好深刻你當時的樣子是非常感動
微笑著　眼眶紅了
Gloria 因著 follow 我們的 Facebook
因著我們的生命而去認識了這個信仰
我見到你的樣子非常滿足
這是你死前兩星期
我見到你最開心的一刻
所以我好感謝 Gloria 的出現
她浸禮前我視像她　想親自恭喜她
當時在養和　你在我身邊
你不能說話但微笑著
她感恩能在你死前見到你的笑臉
覺得可以見到你是一種榮幸
想起你的笑臉　我又再哭起來
以前你常常都對著我微笑
有時我心情不好
或為一些小事生氣
甚至生你的氣
你有時會出絕招：用笑臉對著我
不發一言
就是用笑臉
給我回應
給我力量
給我安慰
我真的好想好想再一次見到你的微笑
以前真的不懂去珍惜
……
當談到　我不能接受祂沒有醫好你
你死了我想不到任何的好處
我沒有了老公　天仔這麼年少已沒有了爸爸
世界少了一個好人
社福界少了一個好社工
哪有好處呢？
Gloria 哭著叫我不要放棄信耶穌
否則她會崩潰
我沒有放棄信耶穌
只是卡了在中間
放棄信仰　我沒有勇氣
何況菁姨姨說得很對：「你不會放棄的，因為你要在天堂再見到阿昌。」
不會放棄
但我卻無力再跟從
這個讓我人生這麼悲慘的神
從小到大都沒有真正幸福過

2022年8月14日　晴

第68天

沒有阿昌的第六十八天 Nerf槍網友

昌：
好掛念你
仍然是每天都要提醒自己
你永遠不會再回來了
我真的永遠都沒想過
自己會在這個年紀便失去了丈夫
失去你
真的太早了
雖則說　人必有一死
但可否別這麼早呢？
最少讓我們完成往日本旅居一年的夢想
還有完成衝出亞洲的夢想
去英國的 Harry Potter 和大英博物館
還有睇英超
也不是過分吧？
……
下午有網友專程開車來我們家樓下
送給我們一大堆 Nerf 槍
他們一家三口　包括中三的孩子
這些槍就是這位哥哥的
他們親自送來
還說擔心是二手槍我們會不會介意
又擔心我們會怕他們是網友
是壞人
其實我只是滿滿的感恩
和滿心的感動
感受到愛　感受到支持
這位爸爸說你的生命影響了
他對事情的看法
而他也是 11 歲便失去了父親
很明白我們的情況
這位太太過去不斷為你禱告
你死了之後她哭了好幾天
原來他們也有來你的暫別會
她回家後給了我這個訊息：
「雖然第一次見面，感覺又唔會覺得好陌生，過往一年裡面日日都睇住阿昌每日情況有上有落心情都好緊張，因為阿昌當初痊癒開心幾日，後期惡化情緒都好失落每日都祈禱求神醫治，甚至我先生當時未信我都有叫佢祈禱，阿昌走嗰日我睇住篇文章到一半已經被淚水遮蓋咗眼睛了，喊咗兩三日，我好想了解阿昌係個咩人所以我叫我先生同我一齊去追思會，阿昌做嘅真係好偉大，你嘅堅強我真係好佩服，剛剛講講下又忍唔住，希望唔好令你更唔開心，阿昌真係一個好人，他在天家一定很開心了，所以你也要堅強呀，多謝你同阿昌，有機會我哋要一齊見面吖，為你祈禱。」
現在這位爸爸近一個月都有參與教會聚會
如果你的生命影響了他
想認識主耶穌更多
你一定會好開心

……

天仔瘋狂地興奮
一整個下午都在玩這些槍
這孩子從小到大都很多祝福
一切他需要的都有
甚至很多時他想要的但我不買給他的玩具
過了一段時間就會有人送給他
好像是神為他預備一切他想要的
只是
不知道為什麼要他這個年紀就沒有了你
沒有了爸爸
我永遠都不會明白

……

傍晚天仔主動說想游水
他表演潛水　好快樂
今天是星期日
有很多家庭
年紀小的孩子
我們見到好幾個爸爸強行掉孩子入水中
那些孩子很害怕
有些哭了　有些發怒
我跟天仔說他真的很幸福
我們從來沒有這樣對待他：「爸爸一步一步教你，慢慢引導你、陪伴你，現在又有豪仔哥哥教你，幫你突破和克服對水的恐懼，雖然爸爸死了，但他過去十一年都給你最好的。」
他沒回應我
我問他是否游水想念爸爸？
他說不是
只是享受在水中的舒服感覺
我說：「那就好了，好好享受吧。」
感恩
人生仍有很多值得享受
值得感恩
值得快樂的事情
然而
失去了你那心裡的洞
永遠永遠都在

2022 年 8 月 15 日　晴

第 69 天

沒有阿昌的第六十九天 我有教好天仔嗎

昌：

昨天送 Nerf 槍給天仔的網友爸爸錄音給我

詳細分享了你的生命和我們一家如何影響了他

他說在你的生命見到一個愛家庭的男人

面對患病這逆境中所表現出的意志力

如果換著是他　他會用負面態度去面對

在暫別會

他見到你的學生和街坊對你的感謝

他從沒有想過

原來一個人是可以這樣照耀別人

啟發他去尋求神

亦開始到教會聚會

他認為自己的性格要信耶穌是完全沒可能

但你影響了他

也驅使他去幫助有需要的人

我聽完覺得好感動　好安慰

只是可惜你在死前不知道

但願他可以更早分享這些事

……

天仔說之前內心的悲傷和快樂在對抗

最近快樂勝利了

他笑說歡樂天地、冒險樂園幫他不少

感恩　玩耍能幫助他

但願我也可以

……

書展買了 Coding 機械人給他

你知他一向對科技、電子類很感興趣

我當時掙扎了很久

與銷售員傾了大約個半小時

天仔也作出了一些承諾

最後買了回家

但他用了好幾天便放在一邊沒怎麼再碰

與他討論這事情的時候

我哭著說：「不要浪費爸爸辛辛苦苦工作留給我們的強積金，媽媽未知能否賺到足夠的收入維持家中支出，你明白嗎？以後要更謹慎用錢及作決定，承諾了要好好運用資源就要做好。」

他聽了也很難受

說會改善

會按照承諾每天使用機械人學習

……

昌　沒有你　我真的可以繼續教好天仔嗎？

我的情緒會給他壓力嗎？

他只是一個失去了爸爸兩個月的孩子

我有對他太苛刻嗎？

沒有你我可以怎樣呢？

2022 年 8 月 16 日　晴

第 70 天

沒有阿昌的第七十天
朋友仔

昌：
早上帶天仔處理兒童身份證
我哋個仔大個仔喇！ 11 歲喇！
擁有一張有樣的身份證了
在等候時
見到有一個家庭同樣是帶孩子申請兒童身份證
他們一家三口　有爸爸　有媽媽　有孩子
看見心裡很難過
因為在天仔成長中的這種大日子
領取兒童身份證象徵著他進入生命中另一個階段
但是　已沒有你
只有我和天仔兩人
很難過　眼淚差不多流出來但我忍住了
……
感恩　黑暗中有朋友
領身份證後
約了小路、小寶、朗生、靖靖
一起吃午餐
幾個孩子到我們家玩了一整天
玩 Nerf 槍
最後把網友叔叔送的槍
也分享給朋友
每人揀一把喜歡的 Nerf 帶回家
網友叔叔講得好好
就像《Toy Story》理念
孩子大了
但將玩具的快樂延續給其他孩子
真的好快樂！
……
朗生媽媽關心我最近的情況
在遊戲室中
聽著孩子們玩樂的吵鬧聲
這樣快樂的環境
一講起你
我還是會忍不著哭了
幸好朗生媽媽非常冷靜
感恩有這些朋友
這些朋友不會認為哭是一個問題
在她們面前我覺得自己哭是正常的
好感謝這幾位孩子的媽媽們
用心安排　配合時間
大家來了
我們真的很快樂
孩子們離去後
天仔說了好多次：
「媽媽，今日玩得好開心呀！」
婆婆說：「今日好開心呀，有這些孩子來，整間屋都充滿生氣！不是憤怒的生氣啊！（爛 gag）（笑）」
昌
好想你在我和天仔身邊啊
好掛念你啊……

沒有阿昌的第七十一天
當我所愛的人離去了

昌：
今天我終於去照 X 光肺片
照完感覺胸口有些不舒服
可能是心理作用
也可能是因為我 highly sensitive 的體質
不過社署要求申請寄養家庭必須照肺片　所以也沒辦法
但讓我想起你經歷那麼多的治療
是多麼痛苦的一段日子
這張肺片在你治療的經歷裡只是一粒塵
……
下午豪仔哥哥第五堂教游水
天仔又再突破　可以邊潛水邊游水
對他來說真是不簡單的進步
好開心　好想你可以親眼看到
……
今晚嚴生嚴太又再煮餸來陪我們吃晚飯
嚴太踏入門口就說：「好似返咗外家咁呀！」
聽到這句說話感到好溫暖
每星期有他們來陪我們吃飯　聊聊天　為我們禱告
感覺沒那麼孤單
過去很多時候是你和我去祝福他們
現在輪到他們來祝福我們
彼此祝福　彼此相愛
……
我在基道書樓買了一本書
《當我所愛的人離去了：如何在至愛離世後重新生活》
這幾天都在看
兩位作者是夫婦　都曾經喪偶
過來人寫出來的
令我感到被明白　被理解
你的死　改變了我下半生
我需要像天仔學游水那樣
一步一步克服
最終可到達終點
過程中要盡情抒發情緒
要慢慢接受你不再回來的事實
……
天仔突然分享說想自立
想自己賺到錢可租屋住
他開始進入青春期了
開始追求更多個人空間和自由
那一刻我心裡有些不安、難受
我一向都知道他有一天會長大
有自己的生活　有自己的家庭
但以前我覺得不要緊　因為我有你陪伴
但現在我失去了你
當天仔有自己的家庭後
我就會孤零零
我怎麼辦好呢？

2022 年 8 月 18 日　時晴時雨

第 72 天

沒有阿昌的第七十二天
骨灰戒指

昌：
今早我們享受了一個點心放題
好好味呀
你最喜歡看我和天仔吃得滋味的樣子
你會很滿足的看著我們微笑
我們今天吃得好開心　你可以見到的話一定會感到很安慰
不過聖經沒提及過在天堂的人可以看到地上的事情
所以我不會抱這樣的期望　期望你能看到我們
……
開開心心吃完後
我們都準備好去「恩典人生殯葬」Samson 那邊
約好了導師教我們造戒指　把你的骨灰裝入去
我戴著戒指　就好像帶著你在我的身邊
離開酒樓之前
天仔說面對你的骨灰會好悲傷
所以我們帶他到冒險樂園玩了一會兒　散散心
是啊　我疏忽了他的感受
沒有注意到要取你的骨灰他會有的感受
真是大意
感恩他自己主動分享
在你死後　他在主動分享情緒方面有很多進步
我也比較放心
……
去到造戒指的過程覺得好特別　從來都未試過
其實只是一些簡單的打磨
事前事後的功夫都是交給師傅做
純粹是讓我們可以參與
天仔做得非常好　他很有興趣
你知道他一向都喜歡運用工具
可能是遺傳自你或受你感染吧
幾個大人都不斷讚他做得好　又專心
讓我想起你也很喜歡做這類手工藝的東西
如果你還在　一定很有興趣參與
……
我們專心去造
直到裝你的骨灰入戒指的環節
當 Samson 把你的骨灰拿出來
我見到骨灰袋上你的名字
見到骨灰
我就哭了
Samson 說：「叻咗呀你。」
因為我只是哭了一會
對上一次來他們這裡　是你死了的第二天
當時哭了大部分時間
所以他讚我
不過　其實我覺得就算哭少了
卻不會覺得自己好了
我覺得永遠都不會好
覺得失去你的痛苦永遠都會在
心裡的洞是永遠也沒法填補的
每當有人問我：「有好了一些嗎？」
我不知道怎樣答
只覺得永遠也不會好

……
睡前 我問天仔今天見到你的骨灰
心情有沒有真的如他想像中很差
他說都有 心裡是難過的
然後補一句：「因為沒機會去沙田冒險樂園，哈哈。」
他現在長大了很懂說笑
學習了你 用幽默感面對難過
然後我再問他 見到你的骨灰有什麼感覺
我說我立即哭了
不過沒有想像中那麼難受 還可以
他說：「我見到覺得好似麵粉，可能其實爸爸係特務，然後假裝死了，那袋是麵粉而不是骨灰，繼續用另一個身分做任務。」
昌 天仔真的承繼了從你而來那份幽默感

我說：「又或者爸爸去了 Doctor Strange 的多元宇宙，正在找另一個自己。」
最後我們就一起禱告
如果我們仍可以有神蹟發生
就是喜樂和平安可以幫我們換走心裡面的悲傷和痛苦
換走一切對你的掛念

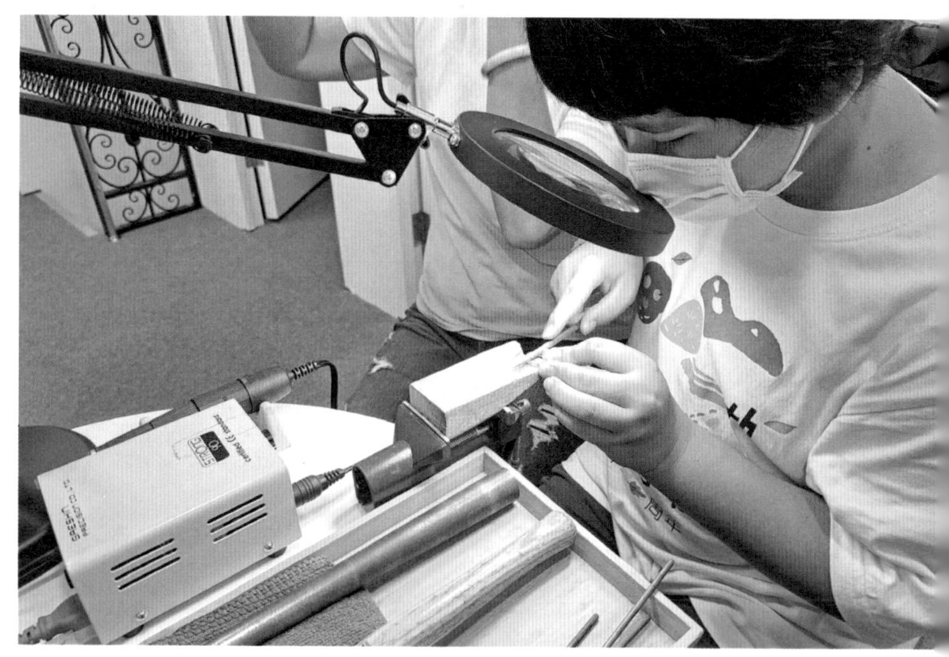

2022 年 8 月 19 日　時晴時雨

第 73 天

沒有阿昌的第七十三天
未刷牙先親我

昌：
今天突然想起你在天仔還是 baby 時
常常幫手抱著他搖呀搖　揞他睡覺
你自創了一首搖籃曲：
「BB 豬 BB 豬 BB 乖乖噢……」
然後重複好多次
直到他睡著了
……
又再次想起了　我以前不夠珍惜你
想起你每朝起床
總喜歡未刷牙洗臉就來親我
我每次都推開你　叫你先刷牙
如果我知道你會這麼早離開我
我一定不會推開你
一次都不會
為何我那時不去珍惜自己的丈夫那麼愛我
每天早上起床什麼都不做先要親親我
而是介意你未刷牙洗臉呢？
我真是太愚蠢　太不懂珍惜你
多想我能夠有第二次機會
……
下午天仔去附近中心
參加 Nerf 的活動
以前天仔都有參加過
你帶領的 Nerf 活動
我送他去中心的路上
先給他心理準備
中心導師未必有爸爸教得那麼好
請他別抱太大期望
活動完結後
如我所料
他說活動不是太好玩
不過可以有這些活動參加也是值得感恩的
……
感恩天仔仍然相信人生是幸福的
你死後我曾經問他會否想快些到天堂
他說不想　因為仍有很多事情未做
感恩他仍然對人生有盼望
有想做的事
雖然天仔已開始慢慢步入青春期
開始注重自己的外表
發問有關性的題目
不過
他仍然很愛擁抱我　親親我
今晚他親我時耳仔碰到我的臉
讓我突然想起
你以前有時會頑皮地用耳仔親我的臉
說耳朵也能錫我
我好像已忘了
你最後一次親我是何時了

2022 年 8 月 20 日　時晴時雨

第 74 天

沒有阿昌的第七十四天
不使用神蹟的神

昌：
有朋友給我訊息　有網友留言
說擔心我抑鬱
我說不用擔心
要抑鬱便會抑鬱
以我和你的感情
你和天仔的感情
怎能不抑鬱？
每天可以正常生活
可以照顧好天仔
已是超額完成
執拾一些物品時
突然發現了一張我已忘記的書籤
是 2008 年我返新工的那天
你寫給我的
……
今天 Gloria 和柏柏又來了陪伴我們
由昨晚開始到今早他們來到前
天仔說了好多次：好期待呀！
我們一同游水
一同在遊戲室玩 Nerf 槍戰
兩個孩子都好快樂
我們兩個媽媽就聊心事
互相支持
感恩他們將快樂帶給我們
雪中送炭
……
晚上收到一個悲慘的消息
一位沒合作過的社工同事很想懷孕
經歷很多次失望終於成功
可想而知有多興奮
和期待孩子的來到
她入院生產前出了一個貼文
是她和丈夫吃豐富早餐
非常快樂的時刻
最後孩子平安來到這世上
同事卻在生產過程中離世了
有位舊同事與她感情非常好
給我訊息說不能接受
「越係好人、夫婦越係恩愛、越係好父母，就偏偏帶走佢，然後令留下來嘅人繼續 suffer ！直到死！」
說如果要繼續信祂
就要接受祂是一個殘忍的神
接二連三讓恩愛的夫妻分離
讓好人早死
有神蹟卻不運用
甚至她想離開這個信仰
她所有的分享我都有同感
只是我跟她說：「我不敢不信，因為如果真的有天堂，我必須要再見到阿昌。」
她說：「我唔想同某啲基督徒朋友share，已經受夠了那些耶 L 的『安慰』，什麼神的智慧我們凡人沒法理解呀，祂已經彰顯神蹟只是我們被傷心蒙蔽了呀 bla bla bla……come on 你嘅智慧我唔明咪解釋到我明囉！你有神蹟但唔用又要我自圓其說！I'm so angry with you god!」
後來我跟她來來回回多個訊息之後
她說：「同你傾完我係有多少少得著，你嘅經歷至少讓人得到有人性嘅回應，呢幾日祈禱我做唔到，唔想再聽埋啲耶 L 式安慰說話。」
昌
其實世界上不合理的悲慘要到幾時呢？
天仔說得很對
「爸爸在天堂是最好的了」

2022 年 8 月 21 日　時晴時雨

第 75 天

沒有阿昌的第七十五天
微笑

昌：
每次寫信給你也是哭
在生活中想起你又會哭
我一生人都未試過每天都哭
而且哭了那麼長的時間
痛苦的是 我仍未知道哪一天會停
如果 你知道我每天都這樣哭
這樣傷心
你一定好心痛
幸好你已經什麼都不知道
不過你死前可能會猜到的
所以在你最後一天
你仍清醒及辛苦到不能說話的時候
你用口型跟我說：「對不起，我愛你。」
我只有哭著向你搖頭
不用說對不起
病得那麼辛苦你自己也不想的
最苦的是你
那時你好辛苦 但仍微笑著
你很喜歡微笑
現在我怪自己過往對你的微笑不夠
我很想有第二次機會補償你
如果有第二次機會
我希望每分每秒都對你微笑
……
今天是籃球訓練
天仔越來越享受打籃球
我記得最初是我半迫半鼓勵他參加籃球訓練
因為他在疫情下越來越肥胖
又越來越不願做運動
你當時也贊成他學籃球
我和你年青時很喜歡打籃球
也希望天仔可以感受到籃球的樂趣
第一堂訓練我見他手腳不協調
疫情前他一向是一個敏捷的孩子
我立即感到擔心
當時你在醫院
我傳訊息和影片給你
講我的擔心
你叫我不用擔心
天仔很快會上手
結果真的是
第二堂他的手腳就已經協調度大增
有你真好
但現在沒有你了
每個星期的籃球訓練
心裡都好想好想你在我身邊與我一起為天仔打氣
但 沒有就真的沒有了
……
最近覺得 為前路為生活壓力大
以前沒胃痛但現在有一點
而且 沒有你陪伴的日子好沉悶
真的好沉悶 好沉悶
後悔 遺憾 自責 仍然纏繞著我
情感上仍然不相信你已死
永遠不會再回來
頭腦上我當然知
我不是痴呆 也不是痴線
但是
我仍然不能接受
永遠再也不能見到你

記得你死前的兩星期
手常常都是暖的
不像垂死的病人
反而我雙手常常都凍
要穿厚外套
祂有神蹟為何不運用在你身上呢？
這世界上其他病人的神蹟不少
其實
是否祂真的堅持
不要讓我得到幸福？

2022年8月22日　酷熱

第76天

沒有阿昌的第七十六天
賽車

昌：
一早出門口到愛民邨
天仔參加學習賽車的活動
路經有些學車的位置
天仔說：「媽媽，如果爸爸沒有死，
現在就學車了。」
聽到我好感觸 好遺憾
這是你死了之後
很多時我看見私家車
就會出現的想法
原來天仔也記著你的其中一個願望
就是學車
好遺憾 好後悔
你想學車已經十年八年
過往我常常覺得學車太奢侈
用錢太多
學了又不會有能力養車
加上你的工作忙
想你放工多陪伴天仔和我
於是你便把這個願望推遲再推遲
如果我知道你會早死
我一定毫不猶豫
大大力鼓勵你想學就去學
如果有我大大力的支持
我相信你一定會立即行動
以你的能力
筆試路試都必定是一次過合格
你生病後也報了筆試
那時我們都手牽手相信你會康復
所以都會去計劃康復後要做的事
上星期我發現有一封信
是通知你去考筆試
手拿著這封信我心裡真的很痛
很快就掉到垃圾桶
一切都已完結 再沒機會
昌 對不起
我以往就是常常為了省錢
也常常去照顧其他有需要的人
卻疏忽了你的需要
考車這麼細小的願望
我都阻撓了你
其實 到底我曾經有多少次
阻礙了你達成願望呢？
無論需要付出任何代價
我都想換來第二次機會
去做一個更體貼你的好妻子
……
當腦海的思緒一直想著這些關於你
和我的事情
很快就進入愛民邨
更多畫面 更多感受
你在這裡長大
我就是在這裡的家庭服務中心工作
認識了你
與你相愛
如果沒有到這裡工作
我便不會遇到你
天仔說：「你無嚟呢度返工就唔會
死老公。」
我說是
人生是否真如很多香港人所說：
「整定嘅。」
……
去到賽車場
想起你生病前已想帶天仔來這裡玩
當時也是我阻撓

也是因為覺得價錢太貴
玩一次等於可以買幾餐飯餸
所以最後你還是沒有帶天仔來玩
直到你生病後
我聽到你好幾次跟天仔說：「等爸爸好番帶你去愛民邨玩賽車。」
當時聽到我心裡想：「而家我唔會阻止，老公病咗佢想做乜都得，一於等佢好番我都一齊去。」
但是
最後都等不到這天
本身我沒再理會這件事
竟然在書展見到賽車場擺攤位
即日報名參加賽車活動有折扣
或許
是主耶穌為天仔預備的？
又或者是巧合的
總之
就是這樣
天仔可以完成玩賽車的願望
雖然沒有了你
但我見他玩得非常開心
而且有新的學習 新的體驗
活動完結後
他說好想爸爸陪他一齊玩
我們都知道這是不可能的了
所以我只好說：「有爸爸一齊玩一定好開心。」
雖然如此
他一直說好開心直到晚上睡覺
讓我也感到很快樂
你死前對天仔唯一的囑咐就是
「天仔快樂就夠了」
在你離開我們的這段日子
我覺得自己在這方面做得很好
天仔過渡死了爸爸的痛苦
為他感恩有我這樣的媽媽去扶助他
相信天仔擁有了最好的媽媽
……
回想
你很信任我
所以你死前完全沒有說過「好好照顧天仔」之類的話
昌 多謝你信任我
如果今天的我可以回到以前的我
我會對你更好 更溫柔 更體貼 更理解你的需要
可惜一切都是太遲
為何我是這麼後知後覺
人人都說覺得我能幹
為何我的能力沒好好運用在你身上呢？
……
天文台說後天可能又再掛風球
天氣好焗好熱
網民說「坐三望八」
大家都盼望著八號風球換來多一天假日
想起以前打風
我和天仔都會好興奮
因為你會放假在家陪伴我們
如今
打什麼風都不會再見到你
八號風球彷彿跟我們已沒有關係
而且童年陰影令我害怕打風落雨
自從有了你我便不再害怕
好有安全感
現在打風沒有你感到很難受
……
焗打風 天氣太熱了
我想去游水
媽媽做完白內障不能游

天仔不想游
於是
我一個人去了游水
對我來說好大的突破
這是你死後我第一次獨自一人去游
水
沒有非常難受 只有少許難受
昌 這是不是我進步一點了？
會越來越進步嗎？

沒有阿昌的第七十七天
唱詩歌

昌：
今日是天仔第三次
見聽明會的社工哥哥
仍然是玩遊戲　建立信任的階段　未開始談到你
天仔把頭挨在婆婆的肩膀
然後說了一句：「婆婆，你咁瘦挨落去好唔舒服呀！」
我說：「呢個世界最舒服的膊頭是爸爸的膊頭，挨落去好快就會瞓著。」
天仔說：「爸爸話好鍾意瞓落我個屁股，好多肉好舒服，爸爸每次瞓落嚟我都努力谷屁出嚟放。」
我們笑了
但同時我的眼淚流了出來
這些生活的趣事　好像好近
但已經很遠了
遠到再不能回來　再不可能發生
……
送天仔去華德福教室上課後
媽媽見我最近壓力大
鼓勵我不如再休息一陣子才考保險牌　找工作等等
想起你死前囑咐我要好好愛自己
這是你對我唯一的囑咐
與媽媽在路上一邊走一邊哭
或許你真是太了解我
我總是沒好好照顧自己
但我現在是個寡婦
失去了你
失去了你的陪伴
失去了你的關心
沒有你商量
沒有你的意見
沒有你教我怎樣做
沒有你支持
沒有你的收入
我怎能活得沒壓力呢？
我怎麼好好運用你留給我們的血汗錢你的強積金？
怎麼好好運用你用生命
換給我們的人壽保險金？
你死前我忘記問你這些
竟然忘記！
……
晚上睡前天仔突然瘋狂唱詩歌
不斷說詩歌好好聽
他唱〈全因為祢〉、〈祢是我神〉、〈主耶穌愛我〉
唱到〈全因為祢〉
他說你曾經告訴他你喜歡這首歌
我未聽過你講　但我為你的暫別會揀選了這首歌
我們實在是心靈相通的夫妻啊
想起你由他出生開始　你和我每晚都輪流唱詩歌陪他睡覺
後期每晚都是你
因為天仔喜歡你創作的故事
近幾年他創作了「父子時間」
睡前不讓媽媽入房
只屬於你們兩父子的獨有時段
正當在腦海想起這些片段時

回想起來 你那時一定很累了
每晚都陪伴天仔一至兩小時
你告訴我有時你講故事途中睡著了
天仔拍拍你叫醒你繼續講
我做得不好
回想 我應該定時間表 我和你輪流講故事
教導天仔接受爸爸需要休息
每次我問你會否太累
你都總說：
「我也很喜歡與天仔一起。」
我們消耗你太多了
昌 真的太辛苦你了
我很後悔和遺憾
從未試過如此希望有第二次機會……
……
天仔瘋狂唱詩歌一小時
途中突然說：「媽媽，我諗起爸爸以前成日都唱詩歌陪我瞓覺。」
原來他跟我一樣正在想起你
我哭了
跟他說我很掛念你
想起你唱詩歌陪他睡覺的日子
那是很多個很多個晚上
應該有八年
直到有一天他說不再需要唱歌
到他九歲半某一晚 他說不再需要聽故事
只需要父子時間爸爸陪他聊天
我問：「原來你今晚狂唱詩歌是因為諗起爸爸？」
天仔說是
感恩的是
他在整個過程表現得很開心
很享受
我問他之前說很孤單
爸爸死了越久越難過
然後說開心和不開心對抗
最後開心勝利了
「咁今日你覺得點呀？」
「OK 呀！」
似乎天仔過渡得很理想
我也不斷進步
不過
其實 我想要的
不是過渡得好
我只是想你回來

2022年8月24日　八號風球

沒有阿昌的第七十八天
自殺念頭

昌：
又打風了
是你死後第三次打風
我必須要慢慢學會面對
沒有你的打風落雨實在難過
我對媽媽說：「好彩仲有你同埋天仔同我一齊住，如果阿昌死咗，我又得一個人，再遇上打八號風球，真係好慘。」
她說：「呢個世界無話無咗邊個唔得嘅。」
鬼唔知阿媽係女人
偏偏我就是覺得沒有你　我是不行的
我把這個需要發訊息給祈禱群組：
「從小都好害怕打風，是與童年陰影有關的；但自從有阿昌，我就不怕，因為有他在我感到好安全。現在他死了，雖然有天天和媽媽同住，但沒有阿昌的感受好差。」
最少還有一班代禱者用禱告支持著我
收到舊同事的訊息
她問我想死的想法何時開始減少
其實你死後我一直都有這想法
因為太痛苦　太掛念你
太不知道繼續生存下去
有什麼可以做
但為了天仔　我一定會撐下去
到他遇上彼此相愛的女孩結婚
有自己的家庭
那天就是我可以
隨時離開這個世界的時刻
現在我要努力保持健康的身體
努力為天仔管理好你的遺產
努力找出賺錢的方法
好好照顧他　為他鋪路
繼續給他好的教育環境
……
我從小就有自殺念頭
到遇到你
你的愛　令我這種想法不斷減少
直到你生病了
我覺得生命好珍貴　不是必然的
突然之間
所有自殺念頭都完全消失
當時我好感恩　覺得是一種奇蹟
可惜你死了之後
這種念頭又再回來了
不過一定不會這樣實踐
這只是念頭而已
雖然你在天堂什麼也不知道
但萬一你知道我的想法
你放心吧！
我其中一個強項就是堅持
這是你一向都知道的
有時見到離婚的朋友
一個人帶著孩子生活
又或者見到沒離婚但關係差的夫妻
卻仍一同生活
覺得人生真的很無奈
又或者
如果我們兩個都長命百歲
會否有天都被生活磨滅了我們之間的愛呢？
你死後我腦海中太多「如果」
要學習活在當下
談何容易

2022年8月25日　打風

第79天

沒有阿昌的第七十九天
爸媽誰先死

昌：
打風沒有你的日子心情很難熬
但感恩我能夠睡覺
風雨終必過去
今天在半日內由八號轉三號
再由三號轉一號
下午已經沒有風球
小路小寶來我們家玩
這兩天心情很低落難熬
你死後日子過得好艱難
但有些日子會相對更痛苦
而且是沒有特別原因的
有孩子們來玩　不但可以陪伴天仔
朋友就像一種治療　而對我都好有幫助
小孩子真的很有生氣和陽光
見到天仔與朋友一起游水　瘋狂潛水
帶給我很大的快樂
現在天仔真是非常享受潛水
你我一同經歷了好多年
陪伴他克服對洗頭的害怕
只要眼耳口鼻有少少水
他就會好大的反應
每次洗頭都像如臨大敵
Highly Sensitive Child
真的花很多心力　陪伴　接納
昌　感謝你　深深愛著天仔十一年
我看著他現在又自豪又愉快又享受的潛水樣子
覺得好奇妙
你不能見證這些天仔的成長突破時刻
我好難不去感到無限的遺憾
過往我們常常一起講
天仔的好笑事　成長事
現在我都不能向你講了
……
我把握這個寶貴的突破經驗去鼓勵天仔
無論遇到什麼挑戰
一步一步去學習　有天終會克服
當我說完之後
我心裡想：「我這樣教他，自己能做到嗎？阿昌死了，我真的可以克服嗎？」
此時此刻我沒有答案
……
睡前我問天仔最近他對你的掛念指數
還有悲傷指數和孤單指數
他說大約 0.5 分
心情大致上 OK
他突然分享了一些我未聽過的事情
原來　在你生病之前
他有幻想過你死了
或我死了會是怎樣
在他的幻想裡
如果我死了
你會常常發怒

他可能理解你不懂表達哀傷
會以憤怒的形式展現
如果是你死了
他沒想過自己會有多難過
也沒想過我會每天都哭
他只想到有人壽保險金
而且鬼馬地說了一句：
「媽媽，我係咪好市儈呀？」
我覺得好搞笑
原因是他曾見到電視劇中
主角死了後有人壽保險金給家人
我知道他從小都一向擔心
你或我會早死
4 歲的時候曾問我：
「媽媽，你係仲有幾耐先變老？」
我：「仲有好耐。」
天：「咁爸爸呢？」
我：「都仲有好耐。」
然後　他表現出好放心的樣子說：
「我唔想你哋咁快變老，我想你哋陪我耐啲。」
是的
明明你只有 41 歲
根本還有很長時間才會變老
又怎能知道原來你不是老死
而是病死　早死呢？
現在盼望的
是我和婆婆都可以健健康康
稍為長壽一點點
可以陪伴他直到有相愛的妻子孩子
有個溫暖的家
我和婆婆才相繼回到天堂找你吧

2022 年 8 月 26 日　時晴時雨

第 80 天

沒有阿昌的第八十天
死了

昌：
突然想去逛沙田
曾與你有不少逛沙田的日子
見到不同的店
都會想起與你一起的片段
與媽媽吃下午茶時又狂哭
我真的真的　好想好想
能夠跟你這樣吃下午茶
為什麼我不能擁有這樣的幸福？
我渴望已久
可以更多時間跟你每天在一起
一起工作　一起吃下午茶
一起接天仔上學放學
其實
我這些願望真的是太奢侈嗎？
我們從小開始受那麼多的苦
都不緊要
我們找到彼此　找到幸福
開始慢慢放下原生家庭
準備放下蠶食心靈的工作
準備為我們的家庭找另外一條出路
準備真正好好生活
抓住真正幸福的時候
你就死了
其實
會否太戲劇性呢？
做戲嗎？
是我前世做錯了什麼嗎？
在我的家族中
沒有一段幸福的婚姻出現過
我們可說是唯一幸福的夫妻
以為可以打破家族的這個歷史
你卻死了
……
有位網友發訊息給我
問我關於你最後死前在養和的情況和費用
她是肺癌轉移到腦
跟你一樣年輕　只有 40 歲
做腦手術當天是你死的那天
她醒來知道了很難過
佩服你在困難中都保持信心及堅持
她知道自己的時間不多
害怕在公院走最後一程將會經歷的痛苦
所以問我的經驗
她好貼心
擔心要我回憶你死當天的事情會難過
是會的
不過也沒很大差別
失去你之後根本我每天都會想起
反而
如果這些痛苦的經歷能夠幫到她
讓我覺得　至少有痛苦得有些價值
何況
一個將近走到完結的網友
我可以做的　一定會做
所以我用錄音向她詳細分享我們最後一天的經歷
……
去完沙田之後
去中心接天仔
他參加了 Wargame 活動
中心安排旅遊巴
到紅磡一個 Wargame 場玩

剛步出中心門口
他便說：
「個社工帶得好差，
好彩個場都好玩。」
唉
我說：
「無辦法啦，爸爸帶 Wargame 帶得咁好，你跟過爸爸玩咁多次，好難對其他社工滿意㗎喇，將期望調低啦，咁平有 Wargame 場玩都已經好好。」
昌
掛念著你帶天仔
參加你搞 Wargame 活動的日子
只可努力接受你不再回來
雖然我仍覺得像做夢一般
每天都要提醒自己這是事實
不是你上班
不是你公幹
而是
你死了
你實實在在的 死了

2022 年 8 月 27 日　晴

第 81 天

沒有阿昌的第八十一天
第一次參加家長日

昌：
今天是個很特別的日子
我有生之年第一次以家長的身分參加家長日
而不是因為工作
自然學校好熱　熱到飛起
如果你可以跟我一起來參加家長日就好了　很掛念你
我的人生很苦
如果　命運能選擇
……
這個家長日是早上 10 時到下午 5 時
主流學校好少有這種長度的家長日
我未參加過都知道一定是非行政主導的家長日　結果真的是
家長日一開始
就是老師帶著我們一班家長到操場玩兵捉賊
一整天有很多分享的時間
與同班同學家長和班主任見面
老師邀請我分享時
我交代你已死了的情況
也表達我和天仔失去了你的艱難
從 Homeschool
跳到每天上學的時間表
對我們都是很大的挑戰
……
因為自校要求要改自然名
我揀了「北斗星」代表我
八十年代社工被稱為北斗星
指社工能在黑夜中指引迷失的人
我不知道你死了之後
能否繼續擁抱這個人生使命
但是　這個名字
最少記錄了你和我的人生其中一部分
我們過去做過不少人的北斗星
雖然我不習慣用自然名
但每當自校有人這樣叫我的時候
我都覺得代表我的同時也代表了你
……
當老師派不同的通告、回條、學生手冊、時間表給我時
我感到很新鮮
在學校工作有很多這些
但屬於天仔的是第一次
終於有學童保健　牙科保健
好難過　你沒有機會感受這些
只剩下我和天仔手牽手去經歷
我繼續無法想像
沒有你的日子將會怎樣度過

2022 年 8 月 28 日　晴

第 82 天

沒有阿昌的第八十二天
不想夢見你

昌：
天仔早上起床跟我說發夢見到你
自從你死後
這是第三次聽到他夢見你
每次都是開心的夢
跟你玩之類的
今次他是夢見開門收快遞
然後你站在客廳
他把快遞給你
打開之後
裡面是一個玩具機械人
你和他在夢中都沒有說話
然後他就醒了
感恩他幾次夢見你都是快樂的夢
我好幾次夢見你都是感覺不好的夢
都是你病了的
沒有夢見過你正常的樣子
其實　無論夢見你是健康的樣子
生病的樣子
我也不想
因為夢醒之後
要面對現實
對我來說
那種感覺是更差的
所以還好
只夢見過你幾次
而且你死後我沒怎麼發夢
從小到大我都多夢
很多時　夢多到影響睡眠
想不到啊
你死後我竟然變得少夢
……
今早的籃球訓練轉了場地在大埔
我以為是大埔墟的體育館
誰知去到竟然發現去錯地點
原來是汀角路的體育館
我叫天仔幫忙看 Google Map
他說需要步行 1.3 公里
我有一刻打算步行去
但可能會遲到 45 分鐘
於是我決定和天仔很狼狽地找的士
最初找不到　於是到處去找
天氣又很熱
那一刻我跟天仔說：「如果爸爸未死，我哋就唔會咁樣喇，
我一定會先問佢點去，咁就唔會錯。」
始終要面對現實
現在我就只能靠自己了
結果還好
找到的士　$23 就可以到達體育館
只遲了 15 分鐘
感恩　的士幫了我
天仔很愉快地完成今次課堂
課堂完了快樂地說：「太好喇，今日係我喜歡嘅教練，佢教我點樣射波先啱，我學到喇！」
然後他很快樂地不斷邊行邊示範給我看正確的射籃姿勢
我真的很快樂
很想跟你分享但永遠都不可以了
……
打完籃球我們約了 Gloria 和柏柏

好感恩有他們的陪伴
每次跟他們一起游水
玩耍都很快樂
與 Gloria 分享內心感受
都感到彼此支持　愛在我們當中
想起她本來是網友
Follow 我們的 Facebook page
最初認識她
是她來參加我的 DIY 活動
後來你生病之後
她在你和我的生命中見到耶穌
想去認識祂
我們在醫院在網上見證她洗禮
一星期後你就死了
可以說　她是因為你信耶穌
也因著她信了耶穌
讓我們擁有共同價值觀更容易互相
同行和支持
想到這裡
難道真的是冥冥中有主宰嗎？
無論怎樣
我視 Gloria
是你為我安排的其中一位朋友
與我同行

2022 年 8 月 29 日　晴

第 83 天

沒有阿昌的第八十三天
兒童身份證

昌：
今天是天仔的特別日子
長大了 踏入另一個階段
領取兒童身份證
當手拿著他的身份證時
感覺好特別
屬於我孩子的第一張正式的身份證
同時很悲傷
因為你無法見證這一刻
將來他領成人身份證
踏入社會工作　結婚　生孩子
都不會有你的出現
有時我寧願你有小三跟我離婚
最少你仍生存著　仍能陪伴天仔
但離婚的朋友告訴我　那種痛不同
但程度差不多
而且　如果你是那種人
天仔不會有十一年的幸福家庭
我也不會有十九年的美好愛情
是有道理的
但我真的覺得失去你痛苦得我很難承受　很折磨
所以我實在寧願你不再愛我
……
我繼續看《當我所愛的人離去了：如何在至愛離世後重新生活》這本書
發現在你死後
我心裡的方向是正確
要「健康地哀傷」　要盡情哭　直到一天不再需要哭
除了想起你的好
也要想想你的缺點
……
吃晚飯時　我問天仔的擇偶條件
想不到他說：「一定唔可以港女，唔好太肥，太肥真係有少少難接受，個樣都唔可以話太差。」
Oh my God
竟然全是外表上的
青春期的男孩是這樣嗎？
然後我嘗試鼓勵他想想希望對方有的性格
也問是否也需要是信耶穌
好想你也可以與天仔一同討論這些戀愛主題啊
……
回家路上
天仔突然不斷分享他日後要怎樣養育孩子
讓我感到驚訝又安慰
他說要教孩子從小就認識財務管理
（嘩　財務管理這個詞語他都竟然知道並能夠運用）
然後
他長篇大論說：
孩子 10 歲時給 $2000
學習自己管理這筆錢
20 歲時給 $50000
25 歲買車給孩子
30 歲給孩子六分一遺產
40 歲給孩子一半遺產
50 歲給孩子全數遺產
他說分段給予是因為避免孩子懶惰
聽完之後我覺得好好笑
又覺得他很有腦袋
亦從他的分享之中
見到你和我給他的愛
已經開始延續到下一代
雖然你死了
但你給他的父愛
我相信會代代相傳

2022 年 8 月 30 日　晴

第 84 天

沒有阿昌的第八十四天 用快樂稀釋黑暗

昌：
你死後我每天都儘量不去想起你
因為感覺太痛苦
但每天總會想起一百幾十次
每次你出現在我腦海中
我都會立刻想思想轉移　或叫停自己
特別是那一大堆叫自己後悔和遺憾的醫療決定
還有過去種種與你相處
自己做得不好的事情
那些思想令我感到非常痛苦
……
今日天仔第九堂游水課
初步能夠做到自由式
需要浮板輔助　但已超額完成
好開心好興奮
自校說對學生沒什麼要求
但最好是不怕水
所以感恩
天仔入學前　竟然有豪仔哥哥幫他突破了
……
嚴生嚴太晚上又煮餸來陪我們吃飯
每次她煮的餸菜中
都總有你喜歡的菜式
一邊吃我就會一邊跟她說：這個餸阿昌會很喜歡
在你復發之後
嚴太都煮過幾次給你吃
有次是在農曆年她煮了盤菜給你
那時真沒想過你是最後一次吃嚴太的盤菜
……
天仔快要開學
對於這個新開始
他感到憂慮
好擔心失去 Homeschool 的自由
但你知道他是一個明事理的孩子
他理解現在失去你
我們不能再繼續以 Homeschool 生活
他知道的
只是情感上是不容易
你與他的父子情那麼深厚
要適應不能再見到你　擁抱你
已是很艱難
再加上要適應上學
就算你沒病沒死
對他來說已是一個大挑戰
何況現在是這樣的狀況
真是辛苦他了
不過你和我為他的童年儲存了那麼多的快樂
那麼多的愛和陪伴
還有多年來你的故事
他內在的力量是強而有力的
我相信他可以的
你以前常說天仔就算入讀主流
問題不大
你對他信心之大甚至覺得他適應後考頭十名　頭三名也不是問題
願我們的寶貝
有美麗光明的前路
用快樂去稀釋失去你的黑暗

2022 年 8 月 31 日　晴

第 85 天

沒有阿昌的第八十五天 因為要上學而哭了

昌：
今天的心情不好
仍然是處於起起落落
有時好　有時差
好想見到你
好想你未死
好想被你擁抱
好想親親你
好想跟你傾心事
好想挨著你的肩膀
……
投資金融的事我完全不明白
聽了很多 YouTuber 的影片
九成都聽不懂
很大的壓力
好害怕沒有管理好你留給我的血汗錢　辛苦錢
以及你用生命換給我的人壽保險金
會被通貨膨脹吃掉
同時又害怕不久的將來
沒有你的收入
我的收入不夠的話
就會慢慢花光
到處問朋友
但沒有人可實在的幫助我
……
天仔今日下午開始有感冒徵狀
晚上睡前他問我明天可否不上學
明天是開學日
我希望他可以有個好開始
然後我意識到他的壓力
問他是否擔心
他眼紅紅地說：
「我怕自己 handle 唔到。」
我再問他想了解更多他的感受問：
「如果 handle 唔到你覺得會有咩事發生呀？」
他搖頭說不知道
再問下去
原來他擔心老師和同學的眼光
會怎樣看他
我盡力安慰他
鼓勵他
跟他說是一個嘗試
知道不容易
萬一他真的認為非常不適合
我們再想方法解決
甚至退學
你死了不夠三個月
他與你感情那麼深厚
已經很難去適應
現在又要面對上學
對他來說實在是一個很巨大的挑戰
如果你沒死就好了
他可以繼續 Homeschool
就算是上學
他有你和我一起陪伴
我有你陪伴
一切都會變得不一樣

2022年9月1日　晴

第86天

沒有阿昌的第八十六天
人生第一個開學日

昌：
今天是一個大日子
天仔人生第一個開學日！
開始正式上學
是因為失去你　所以需要放棄 Homeschool
是迫於無奈的　是悲傷的　是痛苦的
但感恩有自然學校給天仔過渡
天仔病了　不過狀況都還可以
由於想他有個好開始　所以最終我都決定沒為他請病假
那一刻好想可以跟你商量好不好請病假
以前可以跟你一起商量任何事
原來是那麼大的幸福
但現實　就是現在只剩下我
其實天仔不想上學　就算沒病都不想　何況是病了
但他明白事理　沒有埋怨
你以前常跟我說：「呢個仔真係好乖仔。」
而且今天只是上學一個半小時　挑戰沒那麼大
當我們踏進校園　便見到六年級幾位男同學在操場踢足球
是天仔的同班同學
之後見到老師　天仔好自然地與老師交談
向老師說：「真係好好呀，我唔使改自然名，用番自己名就已經係自然名。」
婆婆係芬姨
所以她改了薰衣草作為自然名
不習慣用自然名
但大家都說很快就會習慣
天仔跟著老師上課室
然後我和婆婆就去吃早餐了
我們不熟屯門　所以逛了好久也不知道可以吃什麼
後來見到牛奶冰室
我決定今天在這裡吃早餐
跟媽媽說　便哭起來
想起你在養和醫院最後一兩星期
有一天我買早餐來到
剛好你需要便便　我幫手處理
你那時真的很困難很困難　知道你內心很難受
差不多一小時才完成整件事
我便打開早餐來吃
你見到我打開早餐
樣子很內疚　不開心
說早餐放那麼久一定不好吃了
我說不要緊　早餐小事
你才是最重要
轉眼間　已經是三個月前的事了
但仍然像昨天發生一樣
這些的確是很痛苦的回憶
……
接天仔放學時見他心情都愉快
不過他會表達不想上學　好悶等等
我跟他說：「天仔，你好叻呀，媽媽知道你唔想返學，知道你好唔容易，想繼續 homeschool，特別係你今日唔舒服，更加唔想返學，不過你好明白事理，知道爸爸死咗我哋係需要咁樣安排，媽媽亦都好唔容易，無咗爸爸我要一個人負責賺

錢，負責安排你嘅教育，我哋一齊
努力吖！」
他點點頭
我不知道怎樣去幫助他適應
當我自己都很艱難時
我已作出最大的努力去幫助他
……
失去你那種沒完沒了的痛苦　每天
沒有你陪伴的折磨
可能要到我返天堂見到你的那天才
會完結
好多人說會越來越好
有些會說覺得我「好咗」
其實唔係咁又可以點？
難道真的跳樓嗎？
但內心的痛苦
不知道什麼時候會消失
……
收到一位網友的 WhatsApp
她說因為被你和我感染想做社工
今天她開學了
上課時　課堂裡出現了
我們一家三口的照片
昌　proud of you　！

2022 年 9 月 2 日　晴

第 87 天

沒有阿昌的第八十七天
適應

昌：
昨晚天仔只咳了一次
相比前晚好得多了
所以今天我決定繼續帶他上學
睡醒後他感到不舒服想休息多一會
所以我們遲到了十五分鐘
看他的樣子想上學的動機仍然是低的　但沒有拒絕
去到學校後他自行上課室
我去廁所後離開學校時　見到他們六年級正在操場影班相
這是天仔第一次的班相
多想你與我一同送他上學
多想你與我一同看著他影班相
多想送他上學後我們一起去吃早餐
然後在家工作
這是你患病後我們的願望　到最後都沒有實現
如果這世界上真的有 Doctor Strange 電影中的二元世界
那就太好了
我一定會嘗試去找第二個你　或許是一個完全不同的你
但我太掛念你　很想見到你……
送天仔後我約了 Gloria 吃早餐
第一次試了 Beans 這間食店
好好味
相信你一定會滿意這裡的早餐
……
接天仔放學他面帶笑容
感恩
他愉快地說與同學踢足球好開心
又分享了今天在學校的事情
此時有位低年級的同學來跟他說話
感恩
只是第二天　他已適應更多了
而且他自己說：「我今日踢足球之後，覺得身體舒服咗。」
聽到真的好感恩
學校沒冷氣真好
……
下午在家不停地想你　又想起很多畫面
想起你最後的日子雙腳很瘦
想起你辛苦無助的樣子
想起 4 月 28 日那天你在家中暈倒
我叫白車
怎會知道　那天你離家後便永遠不能再回來
你之後在醫院 P 了一幅圖
是關於你暈了之後立即發了一個夢
其實我見你只是暈了大約 20 秒
原來你已經發夢　夢裡面你和我行山　在山上聊天
天仔不在　就只有你和我
你說夢裡的自己是正常沒癌病
然後你就是 P 了這幅圖
我們當時以為是一個異象
代表著你康復後與我去行山手拖手聊天
當時我們真的很有盼望
現在我卻什麼都沒有了
……

沒有你的日子真的很難捱
有些人跟我說日子久了就可以適應
又或者跟我說多做不同的活動
我頭腦上知道
但感受上真的好艱難
以前我見少你一天都掛念著你
很難忍
現在我差不多三個月都沒見到你
不可與你通訊息
而且重點是
我永遠都不能再見到你了
到底可以怎樣走下去
如果不是要為了陪伴天仔長大
我已經沒有生存下去的原因
……
不少人覺得天仔上學很好
但沒有人明白
這種迫於無奈 無得揀的感覺
是多難受
原本去年你辭職後我們便會實踐旅居夢想
我們相信世界就是教室
一家人四處遊歷
帶天仔看這個世界
可以每天跟你在一起
不用等你放工
那有多美好 多幸福！
很多人說要時間適應
但我覺得
現在不是要適應普通的日常生活事
而是我的好老公死了
天仔的好爸爸死了
其實
「適應」這個詞語真的適合嗎？
用適應這個詞語
會否太淡化了
那種恐怖的痛苦和折磨？

沒有阿昌的第八十八天
令我煩躁的說話

昌：
天仔差不多病好了
今天是星期六
他享受在家休息不用上學的日子
以前真的很期待星期六星期日
如果沒有特別的活動
週末就是你放假的日子
天仔和我真的很喜歡很喜歡有你的陪伴
我們都好需要你　依賴你
沒有你的日子
什麼日子都變得沒有意思
日復一日　都是一樣的
對我來說
沒有你的假期變得好沉悶
沒用處
美麗的藍天白雲
青草地
舒服的天氣
微風
都變得意義不大
你死了快要三個月
最近一星期我感到很累
體力不累
心很累
原來我已一個人撐起這個家
一個人養育天仔
一個人煩惱工作
一個人籌劃將來
一個人已經快要三個月了
你死了之後
每當有人說
阿昌走了
阿昌回到天堂了
阿昌離開了
類似的話
我都覺得有點不妥
覺得說「死了」才是最真實
最直接地面對事實
所以我常常對自己、
對天仔說：「爸爸死了。」
也有人說
阿昌在天堂看著你
阿昌在你身邊
阿昌的愛仍然在
我都一樣覺得很抗拒
因為事實就不是這樣
到了天堂的人
是不會再思念地上的事
而且人死了
怎樣在身邊
鬼嗎？
有時覺得這些說話令我有點煩躁

2022年9月4日　晴

第89天

沒有阿昌的第八十九天 Little Twin Star

昌：
這兩天沒那麼熱了
有丁點兒秋天開始的感覺
想起你和我都最喜歡秋天
每當秋天
我們都會珍惜多散步聊天
說說天氣真舒服之類的
這樣已經是一個很大的幸福
現在我惟有跟天仔說吧
想起與你散步的日子
結婚已經十五年
每逢外出你都總會牽著我的手
我實在很喜歡牽著你的手
你的手好溫暖好柔軟好舒服
也好欣賞你願意這樣呵護著我
……
有些基督徒叫我要積極　提起心情嘩
如果你還在
應該會鬧爆這些基督徒
雖然他們大部分都是出於好意
但亦有部分純粹是因為覺得自己正確
又或者是
社會裡大部分人都不接納負面情緒
特別是日子久了
就會覺得我要積極正面
如果可以　我怎會不去正面呢？
失去你之後
我覺得自己每天可以正常運作去生活已經好好
以前你上班的日子
我和天仔每次都不捨得你出門
你上班前和放工後
我們都很喜歡擁抱你
也喜歡一家人一起擁抱
天仔有時一天內擁抱你一百幾十次也不誇張
而我　也是每天喜歡擁抱你
每天一定要跟你聊天
現在我們已完全失去了你
我到底怎樣能夠積極起來呢
……
天仔的鉛筆刨開始磨不尖鉛筆
下午我去文具店買一個新的
很久沒有買卡通型的文具
今天突然想買個小時候喜歡的 Little Twin Star
或者 Melody
想不到當我思考選哪一個的時候
我選了 Little Twin Star
原因是 Little Twin Star 有兩個人可以互相陪伴
Melody 兔仔只有她自己一個
昌　想不到啊
連買一個普通的鉛筆刨
原來我腦裡都會想這些
昌
可否明天我一覺醒來
一切只是我發了一場噩夢
我可以跟你訴說這個夢有多可怕
然後可以緊緊的擁抱著你
跟你說：「我以後都會好好珍惜你，會更愛你，會做一個更好的妻子，會將放在天仔身上的精神時間心力，多放回在你的身上。」
為何我以前珍惜你不夠
愛你不夠
太多理所當然呢？

昌
我好想好想要多一次機會……

沒有阿昌的第九十天
想給天仔最好的童年卻失去你

昌：
今日約了 Milk 的同事
詳談保險及投資的事
我的目標好清晰：
不浪費你留下有血有汗的強積金
不浪費你用生命換來的人壽保險金
不讓你留下給我們寶貴的資金在通貨膨脹中流失
運用投資方法儘量賺取能夠填補現在沒有你的收入
……
我問了不少人
聽了不少 YouTuber 分享
看了好一些書籍
但仍然未找到可行的方案
想到未知的將來已沒有你那份糧
好害怕 好擔心
好快會用完你留給我們的
為什麼以前不懂去學這些理財知識
只想著幫助有需要的人
只想著身邊的人
沒有好好去學習
如果我們早點覺醒去學習理財
學習投資
先照顧好自己的需要
然後生活沒那麼艱苦
你可能就不會患癌
我知我知
邊有咁多「如果」？
我會繼續努力學習
諮詢不同的人
看書 看影片
繼續努力溫習考保險牌
找出路
好困難 好辛苦 好孤單
十九年都有你一起走
可以倚賴你
現在只剩下我一個
還要照顧天仔和媽媽
我真的可以做到嗎？
今天是天仔第三天正式在自校上學
接他放學時
他興高采烈地分享在自校發生的事：
老師陪他去找海星校長邀請做專題研習
跟同學們踢足球
同學們說了什麼
今天成為了數學科科長
選了逢星期四做值日生等等等等
他很快樂地說個不停
你沒機會見他正式上學
但有很多很多的機會陪伴了他整個童年
有時看著這個你和我都願意為他付出一切的寶貝
我心裡很痛苦
你和我為他付出一切
想他擁有最好的童年
最好的教育環境
給他最多的愛
可是
現在他是一個沒有爸爸的孩子
竟然他的童年擁有最好的一切
最終失去了最重要的
就是他所愛的爸爸～你

……

我現在仍然感到很空虛
每天都感到孤單 難受
裡面很痛
仍然要提醒自己你永遠不會回來
仍然不能相信是事實
4 月的時候你仍然可以跟我和天仔
外出食用餐
入急症那天你仍然行得走得
想起你搞笑的樣子
想起你教訓天仔的樣子
想起你陪伴天仔講睡前故事聊天的
樣子
想起你牽著我的手的樣子
想著想著
一切都已為過去
不知道什麼時候到我面對死亡呢？

2022 年 9 月 6 日　晴

第 91 天

沒有阿昌的第九十一天
第一次嘗試健身

昌：
今天我有一個新的突破和學習
我第一次去健身室跟教練做運動
這健身室就在自然學校附近
送天仔上學後我可以來上課
有時想起你的癌症
就想起肥胖可能是其中一個因素
你肥　我也肥
你死了之後
天仔生命中最重要的人由兩個只剩下一個
我想生存下去的意欲不高
因為我好痛苦　好想更快與你團聚
不過為了天仔
我會努力保持健康的身體
希望陪伴他結婚生孩子
有了自己幸福的家
到時我的生命才完結
否則他就太慘　太可憐
去體檢中心說我的 BMI 超很多
要減 30 磅
教練說除去我的肌肉磅數
減 20 磅已經可以
對我來說是很大的挑戰
特別最近失去你的日子越久
我中學時期的暴飲暴食習慣又再開始出現
以前我用過量的食物來得到安慰
一次過吃六、七碗白飯
令情緒好過一點
信耶穌後有很大改善
跟你一起之後完全沒有了
因為有你的愛和陪伴
想不到以為完全戒掉了的壞習慣
最近似乎想發作
失去你的痛苦和孤單
令我很想暴飲暴食
讓自己稍為快樂起來
但為了天仔　我不可以再這樣下去
我會努力找出幫助自己的方法
試試跟健身教練
盡力控制暴食
用工作令自己分心
每天都一百幾十次想起你
你已永遠不再存在
我仍然難以相信
四個月前你仍然能夠與我和天仔出外用餐
現在已經化為一堆灰
今天新聞報導地盤工業意外
幾個年輕人死了
生命實在不是在我們的掌握之中
幾乎每天都有網友私訊跟我分享他／她的家人死了
今天有位網友說爸爸早已離開
上星期連媽媽都因癌症死了
我以前從沒機會接觸死亡
想不到當要接觸的時候
那個就是你
我最愛的
然後網友們的分享讓我實實在在地感受到
死亡真的是每天都在發生
是每個家庭　每個人
終歸都需要被迫經歷
被迫面對的痛苦
人生在世
到底為了什麼呀？

2022 年 9 月 7 日　陰

第 92 天

沒有阿昌的第九十二天 我很努力

昌：
好不容易的三個月
你已死了三個月
6 月 7 日是我一生人最痛苦的一天
但無論有多痛苦　日子仍是要過
我這三個月好努力
盡了我最大的努力
做我能力範圍可做的事
努力照顧好天仔
努力過正常生活
努力嘗試健康地哀傷
努力為天仔安排最適合他的學校
努力幫助天仔適應沒有你的日子
努力幫助自己適應沒有你的日子
努力找尋出路
努力學習更多的知識去賺錢揹起成頭家
努力去習慣一個人處理所有事
努力接受你真的已經死去
努力接受這生都再沒有你在我身邊
努力度過每個沒有你的晚上
努力與孤單和痛苦並存
努力不跌入抑鬱
努力與愛我的人見面傾訴
努力讓自己盡情哭
努力大笑
努力幽默
努力說笑
努力不放棄信仰
努力不消極
努力生存下去
努力不去想從前
努力不去內疚對你不夠好
努力不去後悔過往所作出的每個決定
努力不去怪責自己不懂愛你更深
努力不去想起你痛苦的樣子
甚至
努力不去想起你愛我對我好的所有回憶
……
睡前我告訴天仔今天是你死了的三個月
我邊哭邊告訴他我好掛念你　好想擁抱你　與你聊天
仍然未能接受你真的死去
天仔說自己已接受
他有時會想起你　特別在玩耍的時候
因為你以往就是陪他玩耍的好爸爸
他有時想哭　但沒有哭
我跟他說：「我們過了很不容易的三個月，媽媽感恩仍有你在我身邊，我們可以一起向前走。」
昌
這三個月都深深地折磨著我　將來到底可以怎樣呢？
有網友說：「今天看見很好的一句話：『我比較不喜歡說自己會 move on，但我會說自己每天都 move forward。』還有，『healing 不是一個 linear process，而我每天都在 healing，healing 大概是永遠。』」
很同意她的分享
我這幾個月是用 survive
或有時沒那麼艱難時是用 move forward 的心態
盼望有天能用 move on
失去你之後
單單正常地生存對我來說已是超額完成

2022 年 9 月 8 日　陰

沒有阿昌的第九十三天
加大醫療保險

昌：
送天仔上學後約了 Milk
傾了很多關於保險的事情
因為你
現在保險對我來說
跟以前是完全不同的感受
以前覺得保險是將錢掉入海
你病了之後
我才知道保險很重要
想不到你這麼年輕就患癌
而且 41 歲就死了
縱然你的醫療保險是最基本花最少錢的計劃
但都對我們仍有不少的幫助
本身我的保單受益人是你和媽媽
現在改了是天仔和媽媽
也考慮加重危疾部分
如果我病了　尤其是像你病得那麼嚴重的話
我就不用擔心天仔過得太窮困
也會買一份大額住院保障額給媽媽
你生病的日子
我們一起經歷了政府醫院和私家醫院的天大分別
在養和醫院見到不少長者住很長時間
得到很好的照顧
未來如果媽媽萬一有什麼事
我因工作未必能每天都陪伴她的話
保險能夠讓媽媽住私院
我就會安心好多
不過我們三人加起來的保費也不少
我會努力工作
努力賺錢養起成頭家
希望萬一有什麼事不用住政府醫院
想起你在政府醫院受的苦
我每次都感到很痛心　後悔　遺憾　內疚　自責
有了這些沉重的經驗
希望能夠為媽媽、自己、天仔都做更好的預備
死是人人必經
天仔也說：「媽媽，其實每個人都是等死的。」
不過
可以嘗試減輕那天來到的痛苦
是我現在覺得很重要
以前是想都不會去想的
Milk 亦向我解釋了更多關於保險從業員的工作系統
我的性格、強項亦很適合這個工作
在你患病的整個過程
我見到的一切
我希望更多人會重視醫療保險和人壽保險
亦希望更多人會重視學習理財規劃知識
不要步我們的後塵
盼望我繼續努力溫習
可以儘快考到保險牌
開始這份工作
開始賺取收入養家
開始繼續做服務人的工作
開始繼續用工作去幫助別人
是社工　不是社工
由始至終你和我
都覺得只是一個名字

態度才是一切
……
這幾天我腦裡出現了一些想法
想將寫給你的信結集成為一本書
很多網友跟我說我寫給你的信幫助
了他們
幫助了很多人
能夠祝福人　這是你和我都重視的
價值觀
如果真的有人買這些書
同時可以增加收入養家
或者真的可以一試吧
但我不知道怎樣印刷
怎樣申請版權
成本是多少
希望日後
可以找到合適的人去問問意見吧

2022 年 9 月 9 日　晴

第 94 天

\# 沒有阿昌的第九十四天
學校中秋晚會

昌：
一個又一個朋友移民
以前不覺得有難過的感覺
最多只有依依不捨
因為對我來說
最重要是有你和天仔在我身邊
而我們很愛香港
不捨得香港
也不喜歡在外地長居的生活
經濟狀況也未能選擇移民
所以你和我談過好幾次
總結都是不會移民
只希望完成旅居半年的願望
還有衝出亞洲的願望
……
自從你死後
我看見朋友移民的相片
開始會有難過的感覺
看見他們在外地美麗的風景相
又或者是一家人在景點的合照
我都不禁會問：「我到底做錯了什麼，為何阿昌會這麼早離開我，我們小小的夢想和願望隨著阿昌的死而煙消雲散，兩人一起計劃的未來，卻只剩下我一個人獨自面對？」
雖然我明白
每個家庭 每個人的命運都不一樣
但我真的好想你仍在我身邊
可以跟你一起去
不同的國家拍照拍影片
……
見到有位爸爸快測兩條線需要隔離
媽媽和孩子都好掛念他
我覺得好感觸
因為我羨慕他們一家
在隔離後好快就可見面
好有盼望
而我
永遠都不能再見到你了
……
今晚是自校的中秋迎月晚會
全校老師、學生、家長都走在一起
慶祝中秋
感恩有這樣熱鬧的中秋活動
幫我去稀釋想念你的悲傷
見到蠟燭的火光
就想起你以前為天仔親手做恐龍燈籠的那個中秋
你去紙紮店買竹篾和玻璃紙
好用心好用心的
花了好多時間
當時仍很矮小的天仔拿著到公園玩
非常美好的時光
中秋的晚上
我們一起在家關了全屋的燈玩爉燭
這樣簡單的事情
已經帶來滿分的幸福

2022 年 9 月 10 日　中秋節　晴

第 95 天

沒有阿昌的第九十五天 中秋節

昌：
第一個沒有你的中秋節
不想去面對
之前約好了嚴生嚴太今天上來陪我們過節
可惜嚴太快速測試兩條線
所以還是只有我和天仔、婆婆
一起度過這個沒有你的中秋
今晚的月亮好美麗
我們三個一起賞月
記得你死前我們都有一起賞月
我仍然每天想起你無數次
想起去年你在養和醫院做化療
我帶了月餅和水果跟你在病房做節
我問你：「中秋在醫院過你覺得怎樣呀？」
你眼濕濕說：「家不一定在四面牆那間屋才叫家，有你和我的地方就是家。」
你的說話令我感動
是的
我們一向覺得三個在一起便是家
所以現在沒有你
真的家不成家

2022 年 9 月 11 日　晴

沒有阿昌的第九十六天
很累很累

昌：
這個中秋節沒想像中那麼難捱
昨晚很早便睡
十點便有睡意
覺得很累很累
結果
原來用睡覺去逃避節日的悲傷
是一個不錯的選擇
我很快便入睡
早上五時多才醒來
醒來後　中秋便過了
好像令整件事變得比較容易
不過
當早上想起
突然想起將來會孤零零一個人
感到自己好可憐　好擔心
就算天仔和他未來老婆想跟我一起住
我都不想
不想打擾他們的二人世界
不想影響他們的新家庭
不想令他們沒有空間
所以我預想的是
我將來是孤零零一個
媽媽叫我不要想將來的事
將來的事沒有人能夠知道
她說：「或者神為你預備第二段婚姻呢？」
不去想將來很難
只希望要死時
我可舒舒服服死
輕輕鬆鬆返天堂與你重逢
最好最理想的情況是：睡覺時心臟病發
……
今天一整天都很累
其實自從你死了之後
我就常常覺得很累很累
今天早餐後我去睡
午餐後又去睡
午睡後聽到媽媽講電話
看見天仔在玩
感覺好得多
你也知道我從有記憶開始
午睡後會感覺很不好
會孤單
自從有你
如我有機會午睡
睡醒後見到你
我的感覺會很好
沒有那些過往的負面感覺
有你在我會覺得有安全感
幸好仍然有天仔和媽媽嘈喧巴閉
有點熱鬧的感覺
難以想像
假如你死後我只有一個人生活
那會是有多麼的艱難
而且睡醒後不久
媽媽更陪我去游水
身心都感到很舒暢
感恩
你死了初期
我到泳池感到很悲傷痛苦
但現在不斷有進步

……

你用開的調味料
過期的今天我全都掉了
未過期而我會用的就留下
將來對我來說充滿壓力
沒有你真的太難
天仔投訴最近我晚上睡覺常常磨牙吵醒他
其實我也被自己的磨牙聲吵醒好多次
壓力真的不少
有時我發現心裡面很期待死
死了就不用再面對這樣的折磨和痛苦
可以去樂園與你相聚
可以沒眼淚沒痛苦
但為了天仔
我必須繼續努力捱下去

沒有阿昌的第九十七天
天仔哭了

昌：
今天是中秋補假
天仔心血來潮
請我幫忙將櫃頂上很久沒動的玩具箱搬下來
津津有味地把每件玩具玩玩
當他見到 Hulk Buster 想不到他哭了
但眼淚停留在眼眶裡並沒有流出來
他說：「呢個 Hulk Buster 令我回憶起爸爸。」
他掛念你
我見他表達這樣的情緒有點放心的感覺
因為你和我都觀察到他從小到大都樂觀快樂
很少哭　不喜歡哭　喜歡笑和開心
你死的那天他哭了一段時間
之後就幾乎沒有哭過
這點我是擔心的　常常怕他表現得太樂天
於是我趁機會鼓勵他想哭就哭
我邊說也邊哭了出來
他說了一句：「好想有爸爸陪住。」
我哭著說：「我也是，我好掛住爸爸，好想有佢陪。」
然後他問我可否買一個
新的 Hulk Buster
他想再砌一個去回憶你
我說他完成了編程 32 in 1 的工作
就可以買
希望他每一次小小的情緒表達
可以讓心裡的悲傷和對你的掛念逐漸減弱
……
昌　一個團隊有同事離職
都需要適應
少了一個同事分擔工作
其他同事就會很忙碌
你和我一向是一個團隊
一個完美的 team
我們互相合作　互相補位
還有彼此相愛　扶持
現在這個團隊　這個家　沒有你了
我一個人做兩個人的工作
很辛苦啊
以前　你見我稍為辛苦
就會心痛　一定會幫我
現在
你也無能為力了

沒有阿昌的第九十八天
不敢看相片

昌：
沒有你的日子好空虛
好沉悶　好迷失
我每天很忙碌　處理很多事情
但沒有你的空洞感好強烈
一點也不充實
每晚與天仔、婆婆一起看電視、吃晚飯
已經是一個節目　一種幸福　覺得快樂
想起以前你還在的時候
我們晚上一起吃晚飯
特別是你放假不用趕忙的日子
一起看笑笑小電影　吃飯
是我們好大的樂趣
這種簡單的快樂真的好滿足好幸福
想不到天仔都未長大
現在已經遙不可及
……
天仔開學兩星期
開始適應　漸上軌道
我趁他上學的時間
到圖書館專心溫習保險考試
狂操試題
我要努力！
我要養起這頭家！
我要發展出較有彈性的工作模式
去兼顧天仔
因為沒有你之後
父和母已失去 50%
我就是餘下的 50%
可以的話
不想讓固定的全職工作連他剩下只有 50% 的媽媽都奪去
所以我會盡力兼三份工作
保險　入學校的工作　精油工作
希望可以填補失去你的那份收入
如果未來一年後都不能達標
到時天仔都已升中一
長大了　需要我的陪伴會減少
而一年後的他
相信對於失去了你的適應會有進展
到時如果真的經濟情況有困難
我就找全職工作吧
晚上我照常讀兒童聖經
他很喜歡聽
自從你病了之後
沒精神跟他睡前父子聊天時間
從那時起便換了我讀兒童聖經
一直到今天
他仍然非常感興趣
當我今晚讀到：「凡失喪的，祂要尋回；凡生病的，祂要醫治；凡受傷的，祂要包紮。」
當我讀的時候
我心裡質疑祂沒有醫治你
突然天仔說：「凡死了的，就要復活。」
……
昌　我好掛念你
但自從你死後
我卻不敢看你的照片
電話偶然見到你的相片我會立刻掃走
相簿不會看
因為我太掛念你
你死了我太痛苦

看見你的相片會令我好難受好難受
所以我不看
但有時又很掛念你想看看
好矛盾
有些過來人反而很需要看著死去家
人的照片說話聊天
真是每個人也不同
也有想過要不要在相簿找一張我們
的全家福
貼在牆上
但我還未有這樣做
或者
當有一天我可以這樣做的時候
就是我所謂放下傷痛
所謂恢復正常的時候？

2022 年 9 月 14 日　晴

沒有阿昌的第九十九天
44 小巴

昌：
有機構同事已找我這個學年
在網上開專注力小組
收入增多
讓我感到安心的感覺也增多
這兩天放學後
天仔不想直接回家　先去屯市圖書館瘋狂看書
他看書時也是我溫習保險考試的好時間
從屯市坐 44 小巴回家　心裡感觸、難過
你差不多有 12 年坐這小巴上班下班
頭站去尾站　車程很長
想起你的辛勞　心裡好苦
看著沿路的窗景
不知道 12 年的車程你在想什麼　有什麼感受
今天我坐同一小巴　看著你以前看的風景
百般滋味在心頭
你生病前的大約半年　回家常常說車速很快
司機駕車亡命飄移　你到達家中時又暈又累
每次見你暈我都心痛
但又覺得奇怪
我認識你很多年
你一向不會暈車浪
現在回想
可能那時你的身體狀況
已經開始轉差
我還以為是因為你快要 40 歲
所以體質有變
為什麼我這麼大意
沒留意到你的需要
你死了之後我總是常常自責
如果在你生病前我會這樣常常自責
可能你會更幸福呢
因為我會更留意你的需要
不過今天我看了一集美劇《911》
劇中有句對白是：
「You should forgive yourself.」
相信我也應該學習原諒自己做妻子做得不夠好
有時平衡一點去想
其實你也不是完美的老公
我實在是要放過自己
但談何容易
……
今晚睡前我沒有讀兒童聖經
我在圖書館見到一本很好的繪本《好好哭吧》
是說一個死神到一個家庭
在四個孩子的面前把祖母帶走
天仔一邊留心聽
一邊想找些笑話來說
他始終仍未習慣直接面對失去你的悲痛情緒
不過我不擔心
慢慢來吧
而他也有自己的方式去面對
你那麼了解他一定知道～
就是玩和吃
最後我沒有刻意就故事與他作討論

或說教
讓他從故事中用自己的世界去領略
……
說故事後我照平常的跟他說：
「寶貝晚安，我好愛你呀。」
說完之後 我突然想加多一句：
「爸爸都好愛你。」
他笑一笑便閉上眼睛睡了
你死了 人不在了
在物質世界完全消失了
只剩下一堆灰
但我還是想間中提一下天仔
爸爸很愛他
縱然我知道他永遠不會忘記
不過我還是想說出來
……
明天就是你死去的第 100 天
會是怎樣的一天呢？

沒有阿昌的第一百天
怒罵了天仔

昌：
100 天了
我失去你 100 天了
不能與你聊天　擁抱　100 天了
獨自照顧天仔　100 天了
沒有頭一個月那麼艱難
但不代表變得容易
每天接送天仔上學放學
放學回到家中已兩點
想起我們以前想有車的夢想
兩年前打算開始讓天仔到瑟谷上學
地點偏遠
我們希望你考車牌買二手車後
每天可送天仔上學放學
放學後很餓可以在車裡面吃
吃完又可拉低座位睡覺
回想這個願望真的有那麼困難嗎？
為何我們這麼小的願望都未能完成？
為何我們以前不去照顧好自己呢？
想不到
你死了的第 100 天
我怒爆了天仔
因他沒做好一些小事而令我很憤怒
我說：「你常常問媽媽有什麼幫忙，我每次都答你只要你做好自己責任就可以，媽媽已經壓力很大，現在沒有爸爸，一個人要做兩個人的事，我未想到怎樣才可賺到足夠的錢養起整個家，是否我也死了你才滿意？」

他大哭起來
你都知道他很少哭
甚至連你死的那晚他也沒有這樣子大哭
昌
沒有你我真的很累
很辛苦
我想放棄想死但又不可以
卡住在中間
不過你可以放心
天仔好快就無事
更自己煮晚餐
夾了一些他炒的蛋給我吃
之後我跟他溝通
告訴他我的壓力和情緒
向他道歉
他也向我道歉
我們彼此都承諾會為對方變得更好
我們擁抱　親親大家的臉
昌　我不禁在想
如果有你在那有多好
你會做中間人安慰天仔
又會跟我說知我辛苦
……
天仔好愛我
我好愛天仔
明天又是新的一天！

第 102 天

沒有阿昌的第一百零二天 有一天我離開你

昌：
今天想起你
最後在養和醫院的其中一天
你已很辛苦　突然說想聽天仔讀詩篇 119 篇
是詩篇中最長的一篇
我和天仔輪流每人讀一句
慢慢讀給你聽
……
今日天仔和婆婆都不想游水
我只好獨自一人去游
讓自己靜靜也是好的
雖然很孤單　很想有你陪伴
在游水時我突然有些想法：
過去了便過去了吧
我可以從新學習沒有你的生活的
突然想起
2007 年我寫給你的一首歌
當時我常常生病
一個月總有兩三次要睇醫生
你常常照顧著我
所以那時我覺得自己會比你早死
於是寫這首歌
萬一在我死後　讓這首歌陪伴著你
但萬萬想不到
到最後　竟然是你比我早死
而且死得那麼早
人生無常　哪會想到
……

當時 2007 年聖誕節
我在自己出版的 CD 裡寫下：
「有時想起假如有一天要跟阿昌被死亡分離
只要想一想
我都會哭起來
手冒著汗
然後祈禱求天父
讓我們可以一同離開世界
然而
假如有一天我比他先離開
我總得寫一首歌留下來鼓勵他
有一天我們會在天堂再相遇」
回看自己 15 年前寫的
想不到如今仍然活著的竟然是我
這種撕心裂肺的痛苦
原來
這首歌
並幫不到什麼忙
你死後
其中一件最煎熬最痛苦的事情
是自責過去珍惜你不夠　愛你不夠
但願天下所有仍然有生命的夫妻
可以好好去愛伴侶
好好去珍惜伴侶

〈有一天我離開你〉
曲詞：社工媽媽阿敏
編曲監製：Jone

// 親愛的 別再哭
當天不再藍的時候
我在你的身旁守護著你
為你唱一首愛的歌
有一天 我離開
這世界再沒有光

在黑暗之中想起我們的
很多快樂的日子
親愛的
我永遠愛著你
不管我們距離多遠
我依然深愛著你
親愛的
這世界多燦爛
縱然現在看不見我
但我們 會有那更美的世界
再相遇 //

歌曲連結：

有一天我離開你 / 社工媽媽阿敏原創歌

收看次數：1.8K 次 11 個月前 ...等等

社工爸媽自家教手記 **Socialwork...** 4.39K

2022 年 9 月 21 日　晴

第 106 天

沒有阿昌的第一百零六天
國際象棋

昌：
今天我一個人去超市買食物
想起過往與你一起逛超市的日子
你其中一個最大娛樂就是逛超市
我常常都不明白樂趣在哪裡
超市對我來說只是買完所需品就走的地方
對你來說卻是一個充滿趣味的地方
想著想著　就在超市哭起來
這一刻　只想你在身邊一起逛逛超市
那麼簡單卻又不再可能的願望
……
晚上天仔想捉國際象棋
我勉為其難陪他捉了一局
你知我從小就不愛捉棋
以前天仔想捉棋　都是由你負責陪他玩
中國象棋、國際象棋、
鬥獸棋、黑白棋
現在　就只可靠我了
……
今日我去了一個醫療集團
見中醫和營養師
在網上見到可以免費諮詢
所以去聽一聽
除了超重要減 30 磅之外
原來我有脂肪肝的先兆
身體年齡有 60 歲那麼高
脾胃狀況只有 2-3 分
所以我決定試食中藥一個月
看看可否改善
始終　天仔現在只剩下我了
所以我要努力保持健康
但減肥真是難度太高
我好好努力吧
你去到天堂
會否知道自己患癌的原因呢？
肥胖應該總有些關係吧

沒有阿昌的第一百零七天
天仔好了解我

昌：
今天與陳老師吃下午茶
感恩有她陪我聊天
聆聽我 陪我哭
最後她說了一句：「你的狀態似乎比之前好。」
我跟她說：「在生活節奏上係，但內心嘅痛苦無分別，唔係咁樣其實都唔知可以點樣，無理由真係拖住個仔去跳樓，而且我都真係唔想日日喊苦喊忽，人哋唔煩我都厭呀……」
昌
其實我真心覺得
所謂痊癒
那一天是不會來的
我的確認為
痛苦會到死那一天才會停止
要捱著 忍受著痛苦向前走
盡能力去創造快樂
去稀釋這種深度的痛苦
但願我是錯的
……
晚上 Pillow talk 跟天仔分享
說陳老師認為我好很多了
我還未說下一句
天仔就搶著說：「梗係唔係啦……」
我有點驚訝問：「點解你咁講嘅？」
天：「我見到你仲係成日都唔開心呀。」
這個孩子真是心思細密 善於觀察
對媽媽的情緒非常掌握
我多謝他：「多謝你呀天仔，多謝你咁了解我的情緒感受。」
然後我就邊哭邊讓他知道：「我仲係好掛住爸爸呀，我好想爸爸返嚟，好想爸爸可以陪住我呀……」
我問他：「你呢？」
他說：「ok 啦。」
他說已有 7 分適應了你不在
我問他那 3 分最困難的是什麼
他說現在沒有你陪他玩
特別是那些我沒興趣陪他的東西
例如賽車
……
昌
沒有你 無論對天仔還是對我來說
真的很難
到現在
我仍是要提醒自己
你真的死了
你真的不會再回來了

2022年9月23日　晴＋雨

第108天

＃ 沒有阿昌的第一百零八天
網友牙醫

昌：
你記得嗎？
你病了之後
有一位網友私訊我
她是一位牙醫
在你做電療時需要脫智慧齒
她跟我說可以找她幫忙
但當時你的情況很壞
所以在養和醫院留院期間處理
後來
你死了
她再次出現
告訴我：「我希望你們各方面都有依靠，牙齒方面交給我。」
我覺得很不好意思
所以收到她的愛之後
我回覆感謝便沒找她了
最近當我準備約之前的牙醫洗牙
這位網友牙醫又再出現
事隔三個月
她仍然記掛著我們
擔心我不好意思主動找她
最後我們三個厚住面皮去她的診所
學習去接受這份愛
原來她是一位年輕　非常細心　很有同理心的牙醫
我做勇士　第一個先洗牙
雖然很難為情
不過好感恩
她幫助我消除了對牙醫
那種根深柢固的害怕
手勢竟然好到令我不覺得不舒服
又快又溫柔
最奇蹟的是
天仔本身只檢查牙齒
牙醫建議他要洗牙
我心裡覺得這位 highly sensitive 的小朋友應該受不了
但牙醫非常有智慧
提議先洗兩隻牙　然後休息
每次洗兩隻
我們一起鼓勵天仔嘗試
他洗了兩隻之後休息
然後竟然可以一口氣洗完所有牙齒
我在旁邊捉著他的手仔
他緊張得手心非常濕
到最後竟然可以完成所有牙齒！！
實在太奇妙了！！
我們一起鼓勵他
他也很開心自己的突破
離開前
牙醫更說：「你唔准搵其他醫生㗎！一定要搵番我！」
真的好感動
昌
離開診所後我心裡好感恩
為何有一位這樣充滿愛的牙醫願意這樣愛我們
但同時
為什麼命運要我失去你呢？
我好想好想跟你分享天仔突破洗牙的興奮和喜悅
為什麼祂不給我機會
不給你機會
不給天仔機會
想著想著
前面還有數不盡
天仔不同的成長

永遠
我只能獨自經歷
再也沒有你跟我一同分享他突破的
喜悅

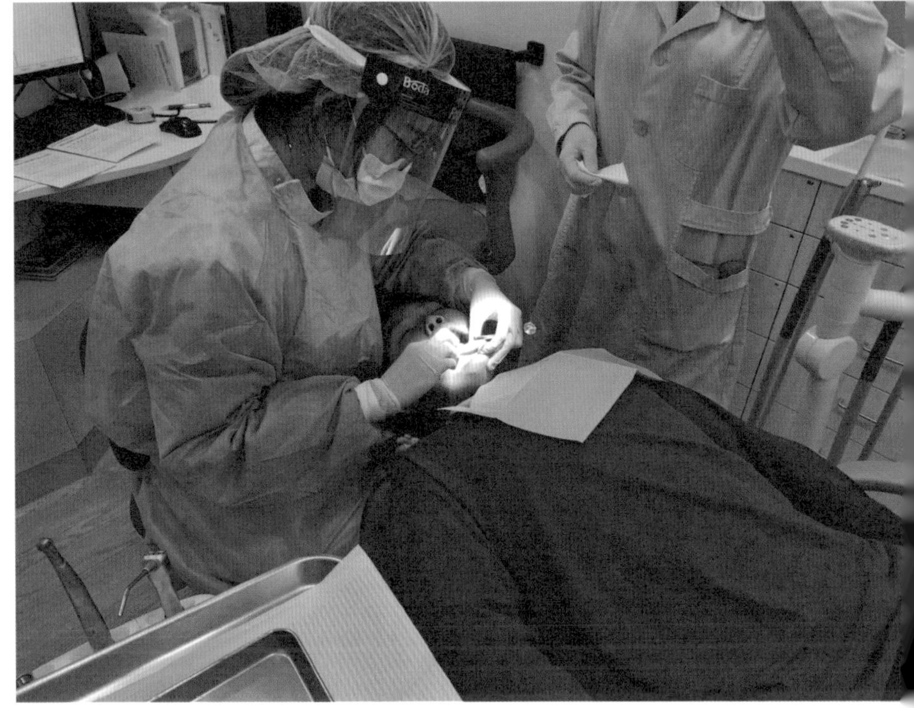

2022 年 9 月 24 日　晴

第 109 天

沒有阿昌的第一百零九天
開關

昌：
新聞說開關了
記者訪問街上途人會去哪裡旅行
九成都答日本
我邊看邊哭
記得上年 12 月你做移植後
我們說你身體恢復後去
一定要去日本
當時你說估計 9 月會開關
想不到真是 9 月
你好叻！
你的分析力和處理資料的能力
真的很好
可惜
我們永遠不能一起去日本旅行了

2022 年 9 月 27 日　晴

第 112 天

沒有阿昌的第一百一十二天 Sheldon

昌：
睡前天仔看了一些我們在 YouTube 的影片
其中一段是你表演搞笑的魔術
天仔和我笑個不停
久違了屬於我們家快樂的聲音
好近但又好遠
我擁抱天仔
他說好想擁抱你
聽到我們的寶貝仔這樣說真的很痛心
我說我也很想擁抱爸爸
可能這樣的感受會是永遠的事
Sheldon 最終都死了
結束了在癌病中的痛苦
當見到這個消息
我立即想起你
有位到過天堂的牧者說
有一班人在天堂門口迎接他
可能你都會在天堂門口迎接 Sheldon
相信你一定會抱抱他
教他玩遊戲
用你有趣搞笑的幽默感逗他
以前你常常逗我和天仔笑
我真的很希望
這世界 真的真的真的有天堂

2022 年 9 月 28 日　晴

第 113 天

沒有阿昌的第一百一十三天
當年今日

昌：
你死後我到今天仍不敢看你的相片
Facebook 回顧當年今日忍不住看
了一看便儘快按交叉
看著你的相片讓我很難受
因為要面對現實
但有時太掛念你又想看一看你的相
很快受不了又會放低
今天 Facebook 回顧是 11 年前天
仔半歲時
你逗他笑的影片
懷念　同時很難堪
與天仔一起看這影片
眼淚實在忍不到流下來

2022 年 9 月 30 日　晴

第 115 天

\# 沒有阿昌的第一百一十五天
沒意義的紅假

昌：
明天是公眾假期
以前我和天仔最期待的日子
就是紅假你放假
可以一家人在一起
可以有你的陪伴
現在
假期對我來說已變得沒有意思
即使是自己不用跟學生開組
不用工作的日子
假期對我來說實在已是意義盡失

#沒有阿昌的第一百一十六天
網友

昌：
今天約了一位未見過面的網友飲茶
那是我們過往常去的酒樓
這位網友在你死去後
間中都會給我訊息
關心著我
突然 我想跟她見見面
你死了之後
我一隻手可以數得出約過幾多朋友
因為實在不想見人
但這位網友是過來人
她與我有相同的經歷
三年前丈夫病死了
丈夫只有43歲
跟你差不多
當時孩子也是10歲 跟天仔一樣
我很想跟這位媽媽聊天
她也是社工
結果我還是由頭喊到落尾
大家的經歷 感受 都相似
我們能夠互相明白
期間她說了一句：「其實真的很殘忍，突然某一天，就不能再見到他⋯⋯」
係！真的很殘忍 很可怕
我多謝她抽時間陪伴我 聆聽我
她竟然也多謝我：「有些說話我今天是第一次可以說出來，你好叻，只是四個月已經可以表達內心的想法。」
原來
我能夠將內心感受說出來
不是必然的
感恩我能夠
而且讓這位網友也能說出來
說出來
真的好重要
如果你是一個能夠把感受說出來的人
也許
你就不會患癌了
「也許你真是哭得太累，
也許，也許你要睡一睡。」
中學時很喜歡聞一多這課書
想不到三十多年後我會在這樣的情況記起

沒有阿昌的第一百一十九天
剜傷

昌：
今日我剜傷了手啊
傷口都幾深
很痛
讓我想起以往每次我不小心弄傷了
自己
你都會很心痛地呵護我
叮囑我下次要小心點
現在我受傷了
就再沒有你在身邊愛護著我了

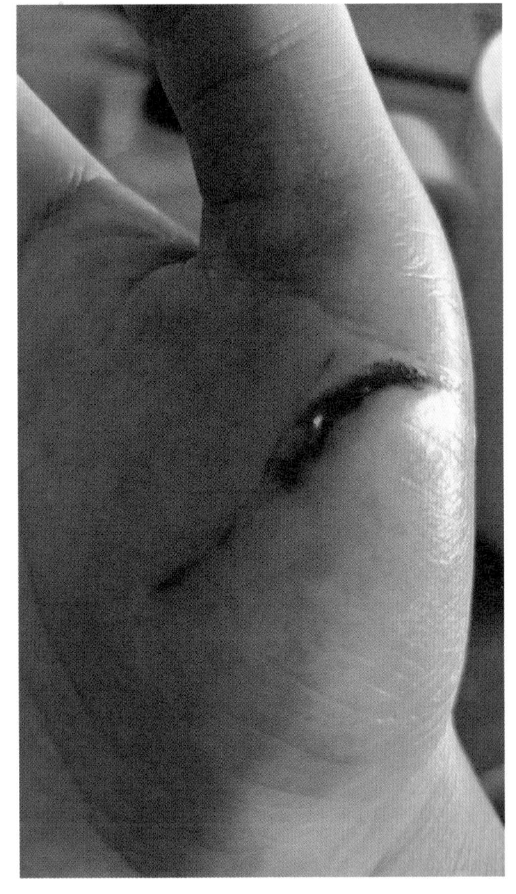

2022年10月7日　晴

第122天

沒有阿昌的第一百二十二天
人總會死

昌：
你已經離開了我和天仔四個月了
我仍然難以想像以後都不能再見到你
仍然不能夠接受2022年6月7日後你就從這個世界消失
只剩下一堆灰
我是否做錯了什麼
要承受這樣的痛苦
最近有網友介紹我follow一位台灣牧者張文亮
他的妻子8月也是因癌症完結了生命
我感到他比我更困難
因為他們結婚已三十九年
相比我們結婚十五年　在一起十九年
相信他比我更難適應
余德淳說　人始終要死
只是看看誰會行先一步
而且最後無論在哪個時間發生
都同樣是極其痛苦
甚至可能在一起的時間越長
年紀越大　就越艱難
這真是說得很有道理
但我始終不想你離開我
又或者是我先死
換你來捱　可以嗎？
你的適應力一向比我強
不過你在7歲時
已經歷過爸爸癌病死了
可能祂不想讓你再經歷多一次
失去最愛的人
所以　就由我來擔當吧

2022年10月8日　晴

沒有阿昌的第一百二十三天
魚仔死了

昌：
我們一家三口
一起去金魚街買的魚仔
那時是2016年
牠們一直都保持生產
有時有些魚仔死了
但每胎十幾廿條新魚仔
總不會全軍覆沒
到了最近
全都死了
最初是天仔想養貓狗
我們當然不想
所以我提議轉養魚仔
容易處理　也可讓天仔嘗試養寵物
這幾條魚仔在過去六年無數次生baby魚
多得我們需要送給朋友
很巧合地　到你復發的時期
有一天你在醫院做化療
最後一條爸爸魚都死了
到你死了之後
魚仔一條一條死去
直到全部都死了
我想把小魚缸送出
打算不再養了
但媽媽突然又買了一些新品種的魚仔回來
說養了這麼多年
不習慣不再養
……

昨天我去灣仔考保險試
想起你仍然很精神的時候
我跟你分享如果你康復後
想試試做保險
因為在你生病的整個過程中
我前所未有地感受保險的重要
也經歷了有一個好agent的重要性
如果我們早就將你的保單保額加大
你在最後階段就不用在瑪麗醫院受那些苦
帶來我一生的遺憾
可惜
以前的我們覺得死亡和重病
離我們太遠
只買了最低保額的保單
一切都已經太遲了
結果你現在死了
我真的決定去考保險試
考之前信心都不大
始終是很不熟悉的行業和知識
記得我當時也跟你說考試方面未知可否應付
你笑咪咪回應：
「某某人都得，你一定無問題啦！」
結果我真的一take過合格了！
不過去到紅隧轉車
還有到灣仔考試場地的路程中
全都是過去我到養和醫院探你的記憶
內心感到很痛苦
又再想起你在醫院的日子
想起你最後一天
在我面前慢慢死去的畫面
好掛念你
仍然不能接受你以後都不再回來

……

下星期考另一份我覺得更加難的試卷

嘗試讓你的笑臉和說話鼓勵著我

「你一定得啦！」

2022 年 10 月 10 日　晴

第 125 天

 # 沒有阿昌的第一百二十五天
我有多謝你嗎

昌：
自從前日去灣仔考試
路程令我憶起很多去養和醫院探你的情景
這幾天我的情緒再次很差很差
那些畫面我很不想再想起
但現實是永遠都會記得
晚上夢見你
你死後的第三還是第四次夢見你
每次都是記憶帶來零零碎碎的畫面
醒來總是難受
這次也是
依稀記得夢裡我跟你說：「原來你的需要是這樣，早知我就……」
醒來後我只記得這些
看來我的內心仍然對你內疚
……
最近我接了很多開組工作
塞爆了時間表
今天跟學生在 Zoom 開組時胃很痛
我以為是因為工作多壓力大所以痛
開組前我突然想起你死那天我沒有好好多謝你
沒有好好多謝你過去為我和天仔所付出的一切
內心突然很難受
幸好集中精神開組令我暫忘這種痛苦的感受
開組後胃更痛
我煮日式牛肉飯　天仔很喜歡的　是你以前教我
我一邊煮一邊跟媽媽說自己沒好好多謝你
她提我
她記得你死那天我有多謝你
我問是你清醒的時候我講嗎
她不記得　我也不記得
然後一邊說我一邊哭得越來越失控
媽媽說：「阿昌知道的。」
然後天仔原本在客廳打機
也走來廚房擁抱著我說：「爸爸知道的。」
原來他都聽到了
我擁抱著他哭
問他：「媽媽以前有多謝爸爸嗎？」
天仔說：「有呀，例如你多謝爸爸辛苦賺錢。」
我一邊哭一邊繼續煮日式牛肉
這餐飯裝滿了眼淚和傷痛
哭完之後　我的胃竟然慢慢不痛了
這時我想起你以往常常提醒我：「阿敏，不要望番轉頭，向前望吧！」
那時我已經覺得難　何況是現在？

2022 年 10 月 14 日　晴

第 129 天

沒有阿昌的第一百二十九天
戴著你到處走

昌：
戒指和手鈪送到了
你的骨灰在裡面
雖然我深知　你根本就是不在這世界上了
如果天堂是真的　你已在天堂
如果人死如燈滅　你已徹底消失
不過　我覺得帶著你的骨灰四圍去
也是好的
你知我我一向不戴飾物
生天仔後連耳環也沒戴了
結婚時我們沒有交換戒指
交換的是銀手鈪
想不到今天我會戴戒指
是在這樣的情況

2022年10月15日　晴

第130天

沒有阿昌的第一百三十天
孤單地快樂

昌：
今天考保險第二份試卷
一邊考一邊覺得很難
信心不大
到最後交卷屏幕顯示合格時
我開心到想尖叫
溫習了兩個月
幾乎無時無刻都做試卷　聽課堂錄音
付出了努力得到好結果很開心
離開試場後
我想起　自從你死了之後
這是我第一次覺得真的很開心
這種久違了的感覺
到附近一間冰室自我慶祝一下
叫了個豉椒排骨炒河和可樂
等待時眼淚就流下來了
想起如果是以往
你一定會請假來接我
帶我去吃頓飯
拖著我的手陪我聊天
今天是星期六
可能我們吃飯後會去看場電影
然後開開心心回家跟天仔玩
但到了今天
現實是
我考完試
見到合格　開心完　獨自去吃個飯
就回家
只有我自己一個了
好孤單　好難受
好想念你
不禁又去想：
「為什麼幸福永遠不屬於我
我人生最幸福就是有你和天仔這個家
但只擁有了那麼短的時間就沒有了」
想著想著
路經跟你一起吃過某茶餐廳的蛋撻
你和我都說好好味
如今卻只有我一個看著那些蛋撻
我也不想買來吃了

2022 年 10 月 16 日　晴

第 131 天

沒有阿昌的第一百三十一天
生氣

昌：
好掛住你
好辛苦
好想你回來
跟我一起生活
像以前一樣
每天有你愛錫
有你一起分擔生命中的喜怒哀樂
有你一起教養天仔
有你陪著天仔講故事玩耍
拖著你的手散步
跟你聊天
一起商量所有事情
……
今晚天仔溫習英文默書的態度不好
令我很生氣
我知道他正式上學只有個半月
是很大的適應
也知道他在半年內失去你
同時又要終止一向的 homeschool 生活改為上學
是很不容易的挑戰
不過　我還是很生氣
跟他說並非要求成績
是要求態度
其實自然學校的默書內容和次數超級少
是他的能力足以應付
我哭著跟他說：「媽媽那麼努力溫習保險，最後能夠合格，
你都見到我只要有時間，無論坐車、在家，就會溫習，失去了爸爸，一切都變得不同，一切都要改變，媽媽那麼努力，你呢？」
他說：「我有努力的。」
我：「你有，但不足夠。」
然後我不再跟他說話
拿起你的手機去看了一些你的相片
邊看邊不停地哭
如果你還在
那有多好？
如果你在 1 月份完全沒有癌細胞之後不復發
我們會有多幸福呢？
但偏偏就不是
……
睡前我不講聖經故事了
也沒有跟他一起聊天　禱告
這時間有你在
就可以跟他聊聊
可惜就真的只有我一個了
他在被窩裡細細聲問我：
「媽媽，你明天會送我上學嗎？」
很可憐
但我很殘忍地沒有回應他
很差勁地完結了今天
……

沒有阿昌的第一百三十三天
性罪犯查核

昌：
又要去灣仔做性罪犯查核了
我印象中從金鐘行過去很快
誰知我兜了半小時還未到
明明手中已拿著 Google map
我靠依稀的記憶
和略為明白的 Google map
最後去到灣仔警署
我嘆了一口氣
原來真的是這麼近
過條天橋就是了
竟然差點行到去修頓
以前每次去哪裡都總會問你
然後你會教我
萬一你教了我　我去到還是找不到
就可以打電話給你
就算是重複去的陌生地方
我每次都不會刻意記著路線
因為每次我都會再問你
有你可以依賴　多好
現在　一切都得靠自己了
雖然是會行冤枉路
不過最後我還是學會了
你常讚我聰明
但我真的很想很想可以繼續依賴你
……
由今天開始
我真的記得灣仔警署怎樣去了
以後的性罪犯查核
都沒問題了

2022年10月19日　晴

第134天

沒有阿昌的第一百三十四天
益力多

昌：
今晚天仔把雪櫃最後一枝益力多留給我
你都知這些無益的零食對他有多重要
正當我有些感動之際
他說：「我無辜負爸爸呀！」
原來他記得你死前唯一囑咐他的事
「要好好愛錫媽媽」
我忍不住偷偷哭了
每次想起你
仍是很痛　很難受　很掛念　很艱難
我之所以偷偷哭
是不想令他之後想分享關於你的事情時會有疑慮
……
天仔這幾日在做功課的態度上有好大進步
昨天的英文功課是要讀出三段文章錄音放上 Google drive 交給英文老師
我覺得他讀得不錯
不像一個從來沒上學的孩子
我讚賞他　也多謝他的努力
再一次強調分數不是重點
而是態度
提醒他：「你之前禱告想有所羅門王的聰明智慧，我認為神有給了你，但請你別像所羅門那樣到最後變得愚蠢，沒好好運用智慧到最後……」
數學老師在課堂問
有誰想出黑板計數
他主動舉手
說用了自己的方式去計算
你知道他從小到大都喜歡用自己的方式計數
當答案正確時
同學們「嘩」一聲
我說嘩是什麼意思
他說意思是「原來這樣計數也可以」
總之
他一臉自豪
而且他強調有同學常常抄他的功課
而他亦常常第一個完成數學堂課或功課
我讚歎 homeschool 的力量
感恩你和我付出的努力
在他身上見到成果
好多謝你教他的數學概念
我記得你最後一次入院前
都有教過他
很想你可以見到天仔的這些事
……
我問他有否掛念你
他說最近沒有了
我說我每天仍然是很掛念你
他沒作聲
睡前他說：
「好期待明天的足球訓練班呀。」
明天是學校足球訓練班的開始
感恩他對明天是充滿期待的
雖然我仍是度日如年
但最少
我們的寶貝仍能活得有盼望

2022年10月20日　晴

第135天

沒有阿昌的第一百三十五天
死人也報稅

昌：
今早起來好突然地感覺到雙眼有眼淚
我在床上坐起來慢慢想想
才記起　我睡醒前的夢是見到兩位舊同事
夢中我見到他們便想起你
在夢裡痛哭
原來夢裡哭的同時
在真實世界的我也哭了
……
考完保險試之後
我有時間可以繼續看那本處理哀傷的書
今天說到失去另一半之後
要慢慢地重新找尋屬於自己的夢想
找尋再沒有你在身邊的夢想
我在睡前跟天仔分享這點：「不過爸爸死了我真的想不出還有什麼夢想了。」
天仔說：「不如你想想未認識爸爸之前有什麼夢想。」
天仔的智慧真不少
不過我覺得那些年青時的夢想
可實現的已實現
沒實現的也再沒興趣了
……
收到稅局的信
原來死人也要報稅
而且要報過去六年
我感到很荒謬
聯絡了你的一位好同事
問問可以怎樣申請你的報稅資料
知道了你在職時那些不好好工作的人
不負責任的人
令你很痛苦的人
常常將責任推給你的那些人
找你出氣的上司
全都離開了
留下來的
也終於承擔了責任和後果
太遲了
你已死了
你看不到這些你期待已久的結果
機構最高管理層介入得太慢
一切都太遲

2022年10月21日　晴

第136天

沒有阿昌的第一百三十六天
簽約

昌：
今天我到保誠簽約了
我真的要開始這個工作
希望這份工作真的可以足夠養家
填補失去你的那份收入

2022 年 10 月 22 日　晴

第 137 天

沒有阿昌的第一百三十七天
藥箱裡的信

昌：
媽媽叫我幫手在藥箱找膠布
我找到了你最初做化療時的大塊膠布
當時醫生放了盒仔在你的心口
我覺得康復後就會拆走
想不到
這人工導管放在你身體裡面
直到最後
我也不知道你火化時
盒仔是否還在你身體裡面
還是醫護有幫你拿走
當我找這些膠布時
突然發現有一封信夾在膠布之間
我嚇了一跳
我見信封面是我畫的畫
是我寫的字
但我卻完全想不起來
我打開裡面
是你第一次做化療時
我寫給你的信
也有天仔的畫
這些信和畫我也是完全記不起來了
很難受　很難過　很痛苦
再一次
為什麼祂不給我們一個機會
讓你康復？

2022 年 10 月 23 日　晴

第 138 天

沒有阿昌的第一百三十八天 同房的昌仔死了

昌：
你在瑪麗時同房的病友昌仔
我間中都會想起他
不知道他的情況如何
想起當時你們同房
你都自身難保
病得很辛苦
但都因著昌仔需要工作人員協助處理大便而被罵
你向病房主管及巡房醫生投訴
為昌仔 voice out
我實在以你為榮
你在困苦當中
仍然為有需要的人發聲
……
最近收到昌仔太太的訊息
原來她知道
我們的社工爸媽 Facebook
她告訴我昌仔今個月都病逝了
知道這個消息我覺得難受
因為我以為他會撐得過
太太跟我說感謝你當天在病房為昌仔發聲
也感謝你常常為昌仔禱告
原來昌仔由病發到病逝只是半年時間
半年內只回家休息過十多天
其餘時間都在病房中度過
我實在不明白祂為何容許這世界上有癌症
帶來那麼多的痛苦
……
慶幸最後一星期
昌仔和家人都有充足的共聚時間
太太說昌仔沒有遺憾
昌
如果真的有天堂
相信你和昌仔已在天家重聚
你在天堂門口接他　歡迎他
昌仔太太和我現在每一天每一刻都是默默地承受
捱下去　撐下去
我們兩位太太都很想快些去到你們的身邊

2022 年 10 月 29 日　晴

第 144 天

\# 沒有阿昌的第一百四十四天
適應學校生活

昌：
天仔到自然學校上學已經兩個月
如你所料
他適應上問題不大
遠遠在你生病前
你說過很多次：「天仔入讀學校一定無問題，甚至會是名列前茅。」
你一直都很信任天仔
對他的能力有準確的評估
不過可能你不會知道
當他到學校讀書時
你已不在我們的身邊
他要適應沒有你已經極度痛苦
就算你沒死
他不可繼續 Homeschool 都難適應
何況是你死了呢？
過程中他有不少埋怨
面對極少量的默書和功課都非常不滿
有時我也發火教訓他：「學費是爸爸留給你的血汗錢！爸爸的 MPF 裡面真的有血有汗的！」
有時我覺得自己不應這樣說話
加重他的心理壓力
但我又想他好好珍惜
有一次我面對他埋怨的態度
難過得不停哭
你死了之後我都不敢看你的相
很掛念你但又不敢看
但那一次我拿出你的手機
看你的相片
哭了很久
我覺得自己好可憐
好想好想有你在一起
一起管教天仔
但事實上真的沒有了
有不少人會對我說安慰的話：「阿昌在你身邊 / 心裡呀！」
其實有時覺得很荒謬
根本就不在！
我就是一個人呀！
孤零零就是事實！
哭到眼都腫後
就跟天仔慢慢傾
最後我跟他說：「無論你的表現怎樣，令媽媽傷心生氣，爸爸和媽媽永遠都好愛你，這件事是永遠不會改變的。」
他就很安心的擁抱著我
想起以前如果天仔激怒了我
總有你與他傾談
幫忙處理
現在真的真的
就只有我了
……
天仔慢慢地不斷適應　成長　進步
他開始笑著做功課
特別喜歡數學
更會主動舉手到黑板前做數
同學都嘩的一聲
因他在 homeschool 裡面用沒有框的方法計數
同學覺得厲害
而且他開始教同學計數
因為同學常抄他的功課
我鼓勵他不如直接教同學
他真的肯嘗試教

說雖然不容易教得明白
但自信地說：「我覺得我教得比老師更好。」
我都信有可能
他教人的步驟很好
好有教師的質素
不過他說沒興趣成為教師
無論將來他的職業如何
他都會是一個善良的好人
你曾經說要生天仔
其中一個原因是
希望這個世界上多一個好人
我相信天仔一定會做得到

沒有阿昌的第一百四十五天
最舒服的膊頭

昌：
不經不覺
我已經連續每天哭 哭了五個月
以前一件傷心的事
哭兩三次就夠
這段時間雙眼永遠都是腫……
我曾經跟你說：「你的膊頭是這個世界上最舒服最安全的地方。」
你的膊頭強壯而柔軟
每次坐車 看電影
我都總會挨在你的膊頭上
很多時候舒服到讓我睡著
自從你生病之後
我都沒機會這樣做
因為化療 電療 移植 腫瘤
令你非常非常累
你死了之後
我就完全失去了
……
2003年我們的愛情開始
十九年來
睡前每晚都與你傾電話
結婚後
每晚都聊天才睡覺
有時會拖著你的手睡著
我實在太習慣每天與你聊天
聽你說笑 談政治 談日常 商量重要事
總之
每天與你聊天
就是我生命的一大部分
每天早上最愛與你說早晨
你總愛故意不刷牙洗臉來親我
因你知我喜歡乾淨 特登整蠱我
很多時候 你會認真的擁抱我說：
「我很喜歡每天早上可以見到你」
你重複做了這些事很多年
回想起來
我很後悔那時覺得理所當然
並沒有好好珍惜
現在已來不及追回
在自責中過渡
希望
每一對夫婦
都能好好珍惜伴侶的每份愛
……
現在每早送天仔上學
一個小時的巴士總令我暈車浪
這天我想起
不知道天仔的膊頭可否讓我挨一挨
向天仔說：「不如你讓我試一試挨在你的膊頭。」
想不到 真的想不到 很舒服
原來這半年他已長大了很多
膊頭已夠壯夠大
去給媽媽挨著
而他的膊頭 總有一天
是給他所愛的女孩挨著
如何面對下半生孤零零的感覺
是我一個極艱巨痛苦的功課
昌 教我怎樣做好嗎？

2022年11月1日　雨

第 147 天

沒有阿昌的第一百四十七天
問主耶穌一個問題

昌：

睡前天仔問我：「媽媽，如果你可以問主耶穌一個問題，你會問咩呀？」
我：「我會問點解佢唔醫好爸爸？」
天：「我會問點解佢要整分辨善惡樹出嚟，畀罪出現。」
其實根本不會有答案
……
晚餐天仔自己煎雞柳
賣相超好
好吃到不得了
煎的時候他跟我說：「媽媽，爸爸煎的雞柳係超好吃的。」
是的
你煎的雞柳好好吃
感恩天仔承繼了你的廚藝
真的很好吃
讓我今晚多吃了半碗飯

2022年11月3日　雨

第149天

沒有阿昌的第一百四十九天 大富翁博物館

昌：
今日向學校請假
帶天仔去了大富翁博物館
之前我們說你康復之後一同去這個博物館
順道在山頂看看風景吃餐好的
現在你不能去
由我們去吧
天仔非常非常興奮雀躍
在山頂的時候
想起
哪會知道有一天來了
你卻不在了
……
在山頂廣場空地時
我跟天仔說：「呢間餐廳我從未去過，原本想結婚二十週年同爸爸嚟慶祝。」
天仔：「無爸爸你都可以去㗎。」
我：「無爸爸就無意思啦，唔通我拎住爸爸袋骨灰擺喺對面座位，然後叫爸爸食嘢咩？」
天仔頑皮地說：「你可以同爸爸袋骨灰傾偈，問佢好唔好食，仲可以向侍應講話老公唔滿意食物水準呀！」
我：「都好喎，然後我仲要講：食物水準咁差我老公好嬲呀，我諗個侍應一定嚇到滴汗呀！」
哈……
昌　我們懂得黑色幽默
很厲害吧！
回家後我忽然想畫漫畫
你死後我都無畫過了

第 150 天

2022 年 11 月 4 日　雨

沒有阿昌的第一百五十天
突發坐飛機

昌：
你死了之後
我覺得我會很久很久都不能坐飛機
不能去旅遊
所以天仔哀求了很多次想去旅行
我都拒絕了他
你復發之後
有猜測過 9 月日本會開關
結果你真的猜中了
開關後天仔繼續哀求
除了擔心經濟　我覺得自己真的受不了沒有你的旅程
所以我鼓勵天仔多等幾年　到時自己與朋友組團
不過世事難料
有些急事令我需要帶著天仔飛到泰國即日來回
過往一直是由你照顧我們
我根本未試過訂機票　過關
好害怕　好恐懼
我嘗試在 Facebook 找同伴但沒聲氣
最後我想到一位未見過的網友 Peggy
你還記得她嗎？
你生病之後　她主動給我訊息
常常為我們禱告
然後她差不多足足一年
經常錄音為我們禱告
是一位非常敬虔　愛神愛人的姊妹
我嘗試問她可否陪伴我和天仔
她二話不說就答應
幫忙處理一切的機票
帶著我們 check in 上機
到泰國後我們吃了一頓午餐便回香港
整個過程順利　平安
感恩有她
沒有她我真的做不到
最後完成了重要的事務
她把我們照顧得好好
……
我知道自己的情緒一定會波動
想不到坐 A43 機場巴
到一號客運大樓
準備落車的時候我就已經哭
以前這個時間一定是你叫我和天仔準備落車的
現在就只有我們
還好　去到機場 Peggy 就在了
最惹笑的是　即日來回但媽媽也有來送機
……
從沒想過沒有你在身邊去坐飛機
也從沒想過有一天會即日來回
更從沒想過你這麼早就離開我
今天偶然見到你手機裡面的記錄
原來　你死前在搜尋去旅行的資料
也有搜尋肌肉流失
腫瘤假惡性的主題
那時
你一定很想很想
能夠再帶我們去旅行

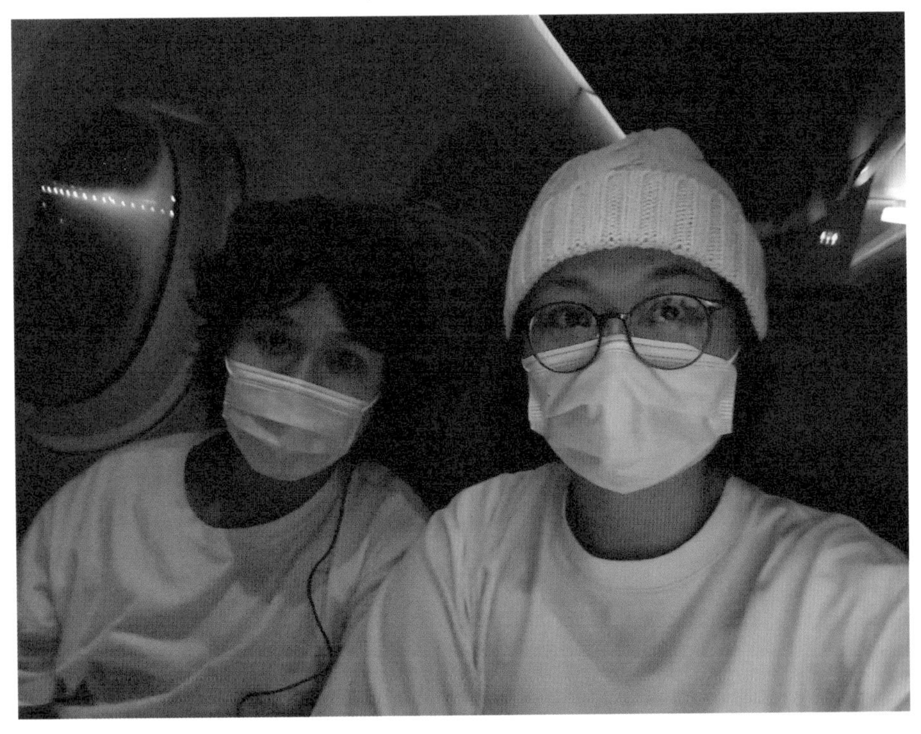

2022年11月7日　雨

第153天

沒有阿昌的第一百五十三天
離開我五個月了

昌：
天仔晚上在我的大腿上放屁
我哭了
因為讓我想起以前
他也曾經故意在你身上放屁
想起你驚叫但同時笑哈哈的樣子
很掛念你
……
我開始到保誠開會了
保險業常用 iPad
你知我一向不用 iPad 喜歡用電腦
不過我會努力學習的
你死了之後
我要學的新事物很多
你留下的 iPad 好新好好用
畫面又夠大
現在我可以用你的 iPad 工作
不用買
在 iPad 見到你死之前開了的網站
見到你看旅遊資料：台北的海洋酒店
很美啊
房間就是看著整個海底世界一樣
你當時一定是很盼望免疫治療會讓你康復
康復後可以帶我和天仔去旅遊
你在天堂有海嗎？
海裡有魚嗎？
我真的很想天堂是真實的
那你就在天堂正在享福
而我也可以盼望著將來有一天會再見到你
……
你死了之後
我才慢慢發現自己身體 情緒
心靈都重創
最近我覺得身體和情緒
都有恢復了一部分
中醫 精油 營養保健品都幫到我
時間 也幫到我
但是
仍然很難
我寫信給你就一定會哭
天仔在旁見到我一邊打電腦一邊哭
他很冷靜地問：
「你寫信給爸爸嗎？」
我答：
「係呀。咁醒嘅你？
你唔會估我睇感動的電影嗎？」
天仔說我這是悲傷的哭
不是感動的哭
這樣的哭就一定是爸爸了
……
一切都在他掌握之中
厲害的高敏小子

2022 年 11 月 8 日　晴

沒有阿昌的第一百五十四天
遺產承辦處

昌：
雨下了很多天
今天終於有陽光
你死了之後
我已立刻打電話去遺產承辦處預約
當時 6 月
預約要等到今天 11 月 8 日
才輪到我
當時覺得要等很久
但不經不覺就到了
想不到
足足花了三小時才完成所有手續
想起你最後一個月時催促我幾次
去將你的強積金申請拿出來
醫生也早已寫好信給我們
我一向不是個拖延的人
而你也甚少催促我做一件事
卻不知道為何
我當時沒去做
結果 現在要這麼麻煩
手續辦好還
要等四至六個星期取文件
然後才可到積金局處理你的強積金
處理你辛苦留下的血汗錢
或者
是因為當時我仍深信你不會死
你會康復
所以就拖著吧

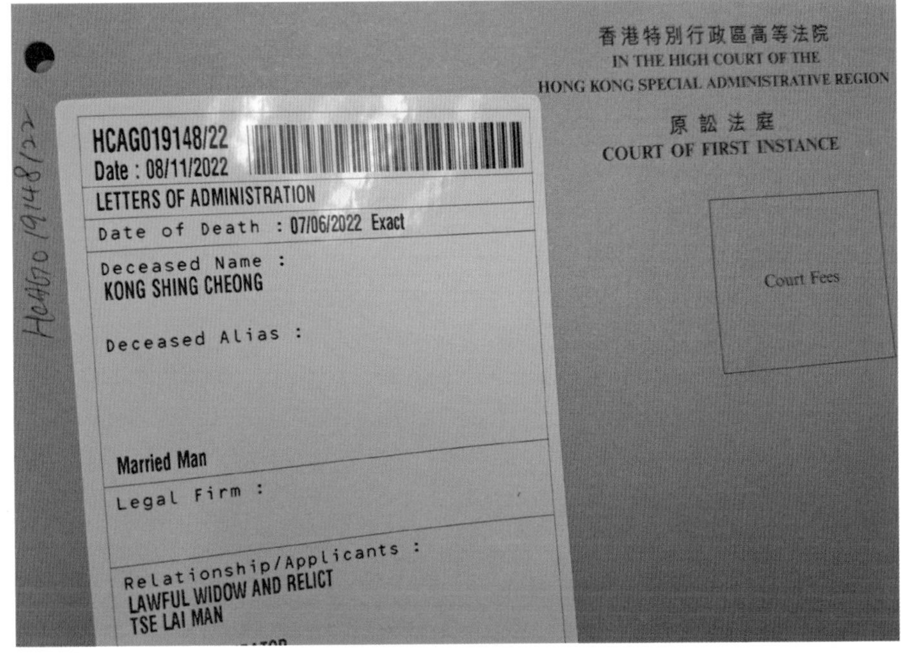

香港特別行政區高等法院
IN THE HIGH COURT OF THE
HONG KONG SPECIAL ADMINISTRATIVE REGION
原訟法庭
COURT OF FIRST INSTANCE

Court Fees

HCAG019148/22
Date : 08/11/2022
LETTERS OF ADMINISTRATION
Date of Death : 07/06/2022 Exact
Deceased Name :
KONG SHING CHEONG
Deceased Alias :
Married Man
Legal Firm :
Relationship/Applicants :
LAWFUL WIDOW AND RELICT
TSE LAI MAN

2022 年 11 月 9 日　晴

第 155 天

沒有阿昌的第一百五十五天
睇屋

昌：
你離開後
我已決定租約滿就會搬屋
少了你　多了一個房間
找更細的單位可節省租金
今日地產代理帶我們睇了差不多十個租盤
但感覺都很不舒服
代理說：「如果感覺不舒服真的不要勉強。」
他很中肯
我也是這樣想
在睇屋的過程
想起去年 12 月你做移植那二十三天
我處理了所有睇屋和搬屋的事
以為你移植完　康復了
一家人便能在這舒適的房子
安安樂樂的生活
想不到你 1 月尾就復發
快到難以想像
當時打算最少在這裡住兩年
讓你好好休養後才再作打算
誰知租約一年後
你已死了半年
感覺好悲傷　好心痛
這次搬屋
將會是失去你之後的第一次
有去年的經驗
我相信今次會處理得更順利
只是心裡面的痛
這一生也不會消失

沒有阿昌的第一百五十六天
知道他愛上了我

11 月 10 日
對很多人來說只是一個平常的日子
但對我來說
是一個對我人生很大影響的一天
在 2003 年 11 月 10 日這天
我確實地知道阿昌愛上了我
……
那時我們可以說是同事
他代表教會　我代表機構
一同合作做社區工作
服務小朋友　青年人　長者　家長
當年大約 10 月份的時間
有一天的星期六下午
他準備要入禮堂帶領青年崇拜
突然走到我工作桌旁邊
放下一本打開了的聖經
叫我看一節經文
然後他就入了禮堂
「耶路撒冷的眾女子啊，我囑咐你們：不要驚動，不要叫醒我所親愛的，等她自己情願。」 雅歌 8:4
我靜靜地看了這節經文
明白了他想表達的
其實之前已有一段時間感受到他對我的感覺
不過那時我還未愛上他
身邊有幾位可考慮發展的男孩
不過唯獨阿昌驅使我心裡這樣禱告：「天父，如果這是你為我預備的男人，請改變我的心，讓我深深愛上他。」
收到阿昌擺低的聖經之後
我便進入了一段深思的時間
要深思
是因為我從小就見證很多比死更難受的婚姻
見證很多同學失戀的悲傷
所以　我很小心選擇
盼望第一個男朋友就是我將來的丈夫
要達到這個目標
深思熟慮是非常重要
而我的性格
是很清楚的　不拖泥帶水的
以往曾愛過我的男孩
如我不愛
便會狠狠的拒絕
一餐飯也不會吃
永不單獨見面
只在一大班朋友時會接觸
相反　如我愛的　對方不愛我
他有女朋友之後
我會保持極遠的距離
一切關係
都清清楚楚的
……
經過一段時間的深思和禱告後
我在 11 月 10 日約阿昌到 IFC 看電影
看的是《Matrix》# 奇洛李維 C
散場後
我們在香港公園的奧林匹克廣場坐下
我直接問他：「你係咪鍾意咗我？」
他點點頭　沒太多言語
阿昌的風格就是這樣
口中從來都無廢話的

除非跟學生吹水講笑
否則 他的說話總是 簡潔 到point
清晰
這是我其中一點非常喜歡他的地方
我好怕男人說話過多 雜亂 欠組織
講來講去都講不到重點
……
我很喜歡坦誠
直接表達內心的想法
情感方面也是
喜歡 不喜歡
非常清楚
亦會直接表達
我說：「我都係鍾意你，我之前未係，但禱告後覺得慢慢改變，我而家係鍾意你。」
阿昌常常說
他很喜歡我甚麼都直接說出來：「你唔會好似好多女人咁，講果句成日同心果句唔一樣，同你一齊好舒服，唔使乜都要估估吓咁煩。」
然後 我提出
不如一起禱告四十天
每天都禁食兩餐專心禱告求問神
也好好考慮
我們是否適合成為大家的伴侶
也邀請牧者為我們禱告
他說好
結果
四十天之後我們決定走在一起
這四十天發生了什麼事
或者 12 月 21 日再跟大家分享
有一年拍拖週年送給阿昌的歌

很多年後我問他：「如果當日我睇咗節聖經 get 唔到咁點算呀？」
昌說：「你咁醒，一定知嘅。」
我：「咁如果我唔鍾意你唔畀反應你呢？」
昌說：「咁咪當教會朋友分享聖經囉，無事發生。」
我笑了
佢話我醒
佢醒我好多！
……
想起這些往事
難免會想
神呀
為什麼你讓我愛上阿昌
讓我經歷刻骨銘心的愛情之後
最後會這樣結束？
劇本真的有需要這樣寫？
我是不是做錯了什麼？

沒有阿昌的第一百六十三天
開始保險工作

昌：
天仔突然發燒　差不多 41 度
這是你離開我們後
他第一次的高燒
我也是跟以往一樣用自然療法
用香薰治療
不一樣的是
沒有你的關心和協助了
……
我完成了訓練
正式開始保險的工作了
其實真是想不到會有這一天
你離開之後
我人生所有的事情都變得完全不一樣
我熬過了很多個夜晚
亦學習不斷向前走
學習面對失去你那種毀滅性的痛楚
學習更少注視它
繼續向前行
希望我能夠繼續成為別人的北斗星
成為保險界的社工　保險界的清泉
繼續貢獻社會
幫助別人
能夠代替你養起這頭家
同事們說我很適合保險的工作
其實跟社工很相似
只是幫人的工具和範疇不一樣
你知道我的所有優點
喜歡服務人、責任感、真心、有心、聰明、有影響力、陪伴和照顧、知識傳遞、同理心、理解別人的需要
我相信可以在保險這工作上好好發揮
多希望有你在身邊
一起討論這個工作
給我意見

2022年11月20日　陰

第166天

沒有阿昌的第一百六十六天 阿昌離開後第一次發燒

昌：

天仔今早跟我說發夢跟你一起出發去機場
去日本旅行
而我則有工作要做　直接在機場等你們
我問：「爸爸是健康的還是生病的？」
他說是健康的
我的眼淚忍不到爆發出來
我擔心他會誤會令我不開心
所以我多謝他告訴我
……

下午感到有點不舒服　量一量體溫
原來我發燒啊　很久沒有發過燒
你離開之後我第一次發燒
以前我病　你總在身邊照顧我　煲粥給我　陪伴我
現在沒有你　也是照樣會病的

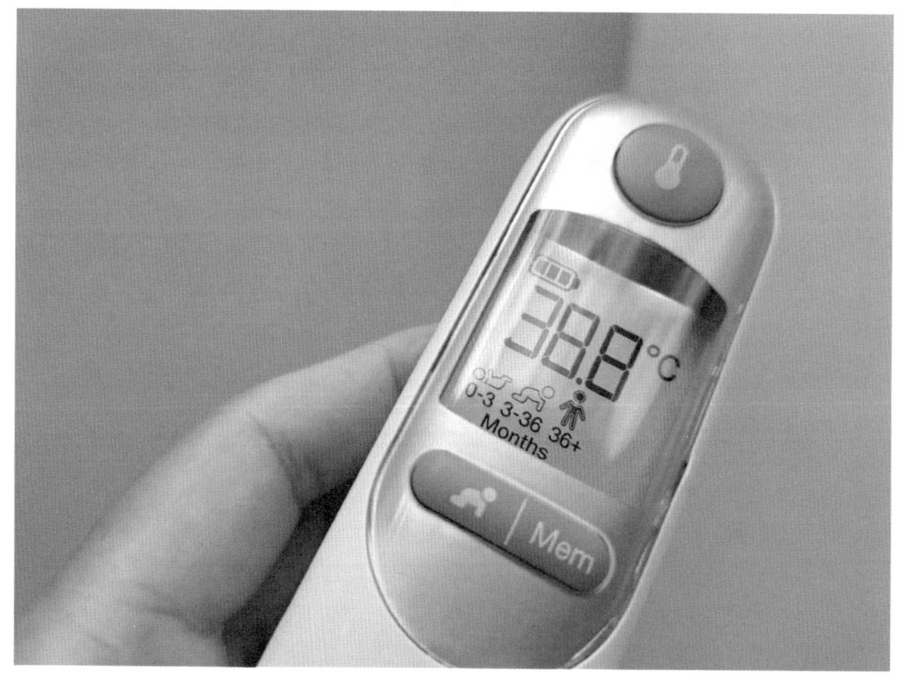

\# 沒有阿昌的第一百七十三天

Covid

阿昌死了之後
我未準備好生病
未準備好
是因為過去每次我生病　阿昌都把我照顧得好好
他會煮好粥讓我睡醒時吃
不用我說些什麼　他總會知道我的需要
有時工作上沒有 program
他會請大假回家照顧我和天仔
這是我失去他之後的生病日子　而且病得非常嚴重
印象中
已經有五、六年沒病得辛苦過
自從學習香薰治療和自然療法　很少生病
今次中了 covid
其實第三天已經好得七七八八
但可惜那天我做了一個
非常沒智慧的決定
一向甚少睇中醫的我
突然找了樓下中醫視診
想去一去濕火
誰知飲了一劑中藥後　所有 covid 病徵在幾小時後大爆發
口腔　舌頭　喉嚨潰爛　頭痛　瘋狂咳咳到不能睡覺
每一刻睡著就咳醒
飲水需要極大意志力　因為每一口都令喉嚨如刀割
又痛又咳　又不能睡　好可怕
除了身體的痛苦　心靈也同樣痛苦
病徵與阿昌之前做化療電療會有些相似
潰爛　不能進食　不能入睡
很難說話
加上我在阿昌的房間隔離
很多傷痛的畫面
內心和身體都充滿著劇痛
晚上我在床上不停咳不停痛的時候
我就想起　命運很不想放過我
它很想我受折磨
只要我過得好少少
它就會感到難受
……
發燒了七天　第八日終於退
瘦了 10 磅
第二條線開始淺色了一點
只是病十日八日已為我帶來那麼大的痛苦
想起阿昌死前所受的苦
不敢回想但卻永不能忘記
一切的痛楚都往我心裡走
他的痛苦　只有我一個親眼目睹
最清楚的就只有我
這是每位親密照顧者永遠地承受的內傷

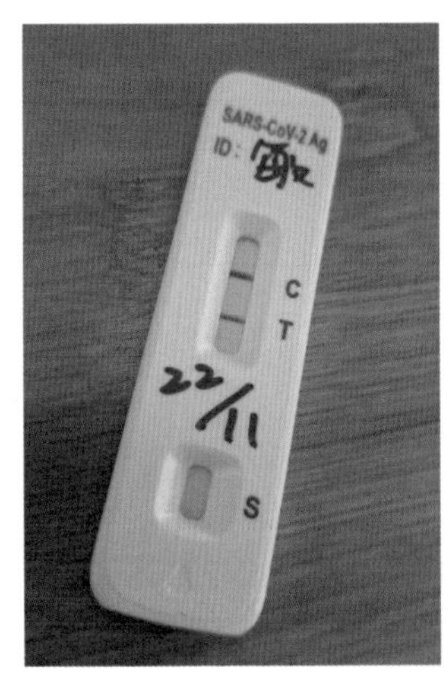

2022年11月30日　晴

第176天

沒有阿昌的第一百七十六天
不將重擔加在孩子身上

阿昌剛剛死去的頭一星期
天仔有日跟我說：「媽媽，我會代替爸爸照顧你的。」
我請他看著我的眼睛
很嚴肅及堅定地跟他說：「寶貝，爸爸係爸爸，你係你，爸爸係我老公，你係我個仔，你永遠不能代替爸爸的，這不是你要負擔的責任，面對失去爸爸，是媽媽自己要學習的功課，我和你要做的，就是繼續彼此相愛，媽媽愛你，你也愛媽媽，這樣就夠了。」
天仔點頭表示明白
自此他再沒這樣說
我慶幸自己親手釋放了他
讓他不用在這種意念的捆綁中成長
……
我認為在這世上唯一擁有無條件的愛是孩子們
他們是實實在在地　無條件地
愛著自己的父母
當父母心靈不健康　性格扭曲
利用了孩子永遠義無反顧對父母的愛與忠誠
孩子的一生　就活在痛苦中
難以自救
大家總會聽過這句：「幸運的人用童年治癒一生，不幸的人用一生治癒童年。」
前者是天仔
阿昌和我則是後者
我們都是長期在身心被虐下成長的
……
很多父母合理化自己對孩子的所有期望或要求
但其實很多時只是為了滿足自己
又或者是透過孩子填補自己童年或人生的缺失
讓孩子成為了自己的靈魂奴僕
身體自由
心靈卻鎖在父母不健康的
心理監牢裡
一生為父母不合理地
貢獻自己的一切
我曾深深經歷過這種創傷
當我清醒的時候
一切也來得太遲
……
天仔失去了爸爸　是他人生的不幸
但天仔有我這個媽媽
卻是他人生一個很大的福氣
我愛他
清楚母子之間應有的健康界線
也理解　見過
親身經歷過相關的種種
深明父母不應該將不屬於孩子的責任放在他們身上
很多人想安慰我說我還有天仔
天仔會好好照顧我
天仔怎樣怎樣
但我裡面很清楚

天仔是天仔
他是我的寶貝仔
但我的心靈問題
失去丈夫的痛
是不應該讓一個孩子去為我擔當
讓天仔在失去父親中得到療癒
讓他在母親喪夫的缺乏中
繼續自由地活著
享受生命給予他的種種恩賜
幫助天仔的心靈每天都活得自由
是我的願望 相信阿昌也是一樣

2022年12月2日　晴

第178天

沒有阿昌的第一百七十八天 / 隔離第十天 我要感謝的人

踏入聖誕月　我想感謝一些朋友
今個月可能會是很難熬的月份
聖誕節　本是記念主耶穌愛我們的日子
但卻因為與阿昌的回憶
令聖誕節變得十分悲傷
是的　我害怕著今個聖誕的來到
阿昌和我是在 2003 年的聖誕開始拍拖的
那實在是一個難忘又溫暖的聖誕
在節日的悲傷裡面
我想幫一幫自己～
就是去感謝　感激
自從阿昌死了
我確實地發現自己有些部分達到智障級水平
生活裡的一些大事小事我真的不懂
需要問不同專長的朋友
那些部分以前是全交給阿昌去處理和做決定的
大的包括整個家庭的生活方向
國際及香港政治形勢的分析
小的包括是怎樣網上訂購貨品
iPad 是怎樣使用
有一天我提到不懂用 iPad 上網的時候
我的保險 agent Milk 呆呆的看著我說：
「你原來真的連這些都不懂？」
我：「是的，這些事情一向都是阿昌處理，他把我寵得很壞，簡直寵到我變了智力有問題。」
這半年
我惟有努力地
一步一步地學習
暫時我滿意自己各方面的進度
我不斷向前行　不斷學習
學習那些一向由阿昌處理
而我以前是從不認識的範疇
四隻手變了兩隻手
真不容易
一個 team 有同事離職未請到新人
同事都忙死了
何況　是一個家？
……
在此
我很想很想感謝在這半年裡面
曾經解答我各方面問題的朋友
沒有了阿昌
還好仍有你們教我

多謝路德會同事阿菁——阮姑娘，你幫了我很多，不是人人都夠膽給我的意見，但你一直與我同行，像家人一般不怕揹責任地幫我分析，無數個來自英國的 WhatsApp 錄音，讓我在黑暗和孤單中有了你這明燈，多謝你的陪伴，讓我走過最艱難和最混亂的時間，並為整個家庭做了最好的決定。

多謝越己堂同事 Cannice，在使用 teams 軟件跟學生開組上，你支援了很多，以前是靠阿昌幫我處理這些軟件問題，但今個學期全靠有你，你永遠溫柔和默默支援我們前線的同事，感激有你，也在我 covid 的日子為我找了很多堂代課同事，那真是十分麻煩的工作，感謝你。

感謝 Peggy，那天我有急事要即日來回泰國，我從未試過自己訂機票，未試過沒有阿昌在身邊坐飛機，你二話不說幫我處理所有訂機票等的事情，陪我和天仔即日來回了泰國，感謝你 Peggy，那天我們在機場才第一次見面呢！網友變朋友，這是這樣奇妙！

感謝豬昕
教天仔處理訂玩具的事。

感謝自校老師海龜，
幫了我很多，
解答了很多我不知道的事情。

感謝自校校務處職員貓頭鷹，
幫我解決 IT 問題。

感謝 Mrs Chan
解答我揀中學的問題。

感謝 Gloria
解答我銀行的問題。

感謝 Jerff
幫我分析香港情況。

感謝陳珍、容摩摩、Nico
解答天仔的聖經問題。

感謝二丁哥哥
協助天仔砌完爸爸未有時間
與他完成的 Lego 槍。

可能會有漏了感謝的朋友
如有 我惟有把責任推給腦霧了
朋友們 一切在心中
聖誕月快樂！

2022年12月5日　晴

第181天

沒有阿昌的第一百八十一天 / 隔離第十三天 熬過了新冠

昌：
我差不多康復了
熬過了第一次沒有你在身邊照顧我的生病
病裡面我不斷去想
如果有你在 那有多好
也不斷想起你的痛苦
有很多天因口腔和喉嚨潰爛
我只吃到粥
但都瘦了很多
有十幾磅
讓我想起你最後在瑪麗醫院的二十幾日
醫生不給你吊營養
說你不吃那麼多日 也是沒問題的
結果我接你到養和時
你瘦到皮包骨
只是沒見你二十天
你被他們折磨到這樣
想起 我的心真的很痛很痛
連我吃到粥都短時間內瘦了那麼多
何況你當時有癌症呢？
何況是完全不能吃呢？
如果你沒有到瑪麗
會否不死
又或者沒死得那麼慘？
好掛住你
好想見到你……

2022 年 12 月 6 日　晴

第 182 天

沒有阿昌的第一百八十二天 / 隔離第十四天
學校法庭

有一天我去接天仔放學
離遠見到他打了一個同學一拳
是很輕力的　如果他出盡力
那同學可能要入醫院
因為天仔遺傳了阿昌
非常孔武有力
當時見到他打人
我覺得是一種很陌生卻有少少正面的感覺
因為我從未見過天仔打人
而且阿昌和我一直都擔心他太遷就別人
他打完同學後來到我身邊
我問發生什麼事
他說自製了玩具「苦無」
有兩位同學無禮地叫天仔把玩具送給他們
天仔覺得他們無禮貌所以拒絕
那兩位同學就在樓梯拉扯他的背包
令他感到十分憤怒　於是反擊
我表示明白他的感受
同時提醒他自然學校有學校法庭
何必要動手打同學呢？
寫狀紙控告兩位同學
老師會開庭處理
而且在法例上
就算是自衛也可能要負上法律責任
還手是不明智的做法
除非當時有生命危險需要作出即時的反擊
天仔聽完我說的話
他說：
「多謝你呀媽媽，你提醒了我！」
於是他興高采烈地
跑去校務處拿了狀紙
寫好交給老師後
就等老師開庭
在開庭前有一天學校出外行山活動
天仔說其中一位同學在山上哀求他
不要告上學校法庭
而且當場向天仔道歉
天仔表示不接受
堅持要告上學校法庭
而在狀紙當中
除了寫下事發經過　感受等等
也需要寫出天仔期望對方怎樣為事件負責
天仔的請求是兩位同學在早會公開交代事件
並當眾道歉
到了開庭當日
天仔說其中一位同學知道他的期望
要求他們在早會公開道歉
其中一位同學立即哭了
問可否在法庭道歉
本身天仔不接受
不過最後由老師及高年級同學組成的法官及法庭大使團隊
判決了現場道歉就可以
不需在早會上道歉
天仔最後亦接受了這個判決
之後他們幾個孩子在學校再遇到時
亦回復以前的相處
我非常喜歡自然學校

或瑟谷學校的學校法庭
這是非常難能可貴的制度
我感恩
天仔能在這個學校生活
在學校法庭
不單讓學生們能夠學習以正面及有效的方法解決衝突
而且有很多課本學習不到的事情
在整個過程中充分體驗人生
學習負責任
為自己權益發聲　處理衝突
自我控制　面對後果
有效溝通　尊重
等等等等
如果更多學校有學校法庭的制度
我相信欺凌事件也會大大減少

2022 年 12 月 7 日　晴

第 183 天

沒有阿昌的第一百八十三天 / 完成隔離出關 六個月沒與你見面

昌：
六個月前的今日
你永遠離開了我和天仔
很掛念你　日子很難過
有時我在洗碗　突然想起你真的不在了
有時我坐巴士　突然想起你真的不會再回來了
有時我走在街上　突然想起你真的死了永遠再見不到你了
其實不是突然
卻有時真的不願去清楚地記起
……
我完成十四日隔離
今日可以出關
天仔可以上學了
我染 covid 前他已發燒好幾天
所以他差不多有一個月沒上學
你知他是宅仔　喜歡宅在家
他說很享受隔離的日子
希望可以繼續隔離
如果你仍在我們身邊
一定會取笑他　開他的玩笑
……
早上天仔告訴我他發了一個很開心的夢
夢中我們一家三口去了郵輪
郵輪之旅是你病了之後跟天仔說
癌症康復後就一起去
那時我還說你們父子兩人去吧
我暈船浪真的受不了
現在天仔惟有在夢境實現這個願望
他說夢中在郵輪上很多美味的食物
有牛排　意大利粉
基因改造　非基因改造的食物都有
西瓜汁任飲　笑死我
房間好大好大
是職員帶我們到房間
他叫你陪他玩荒野亂鬥
你說好肚餓
要先吃飽再玩
天仔說你在夢中　是健康的　沒病的
一邊聽　我就一邊偷偷流淚
這一刻我真的覺得天仔好可憐
因為他只可以在夢中實現與你去郵輪玩的願望
你死後我都不敢回憶以前我們一起去旅行的快樂片段
當聽天仔分享他的夢境
其實真的令我很難受
因為
你永遠都不會再回來
永遠都不可以再帶我們去旅行了
真的很折磨啊
……
但我慶幸天仔所有關於你的夢境
都是開心的　都是你沒病的樣子
我們給他的愛　給他很美好的童年
健康的教育環境
給他多得滿瀉的快樂回憶
令他心裡有強大的樂觀力量
面對一切的逆境
就像 Harry Potter 用快樂的回憶去趕走催狂魔
我相信你對他的愛

過去說的每一個故事
陪他每一次的玩耍
帶他每一次的旅行
給他的每一個擁抱和親吻
縱然日後意識上 他可能會忘記
但在他潛意識
你對他的愛
是永遠會藏在他的靈魂深處
為他帶來足夠一生使用的力量
昌 我愛你 掛念你
阿敏

2022 年 12 月 13 日　雨

第 189 天

沒有阿昌的第一百八十九天
練歌

昌：
今個星期日自然學校籌款日
我會在音樂會時段唱幾首歌
到時在 Facebook 直播
希望可以為學校籌款
我邀請 Jone 和 Alan 彈結他
他們很樂意
讓我感動
感恩有他們的陪伴
今日練歌
聽到他們的結他
令我的心靈感覺被療癒
這兩位兄弟也是你所欣賞的人
除了練歌　我們也聊聊天
很愉快的一個下午
很久沒這樣夾歌了
想起年青時的我
想起了我們
常常到處分享音樂
你打鼓　我唱歌
自從天仔出世
我們很少夾 band 了
想起來
真是很遙遠的回憶

2022 年 12 月 18 日　雨

第 194 天

沒有阿昌的第一百九十四天
自然學校籌款日

昌：
今天就是自校籌款日
天氣好好
但是非常非常冷
Alan 和 Jone 都擔心
手指太僵難彈結他
感恩去到音樂會的時段
相對暖些
很久沒有這樣夾歌
而且這個籌款日好熱鬧
好多美食　遊戲　攤位　賣物會
好多人
讓我的感覺有好起來
在人群中
在活動的熱鬧裡
在音樂會
突然
覺得自己很正常呢
你死後我未試過覺得自己這麼正常
地生活著

沒有阿昌的第一百九十九天
爺爺

車廂中
有一位大約 70 歲的爺爺
和大約 2 歲的孫仔
他們吸引了我的注意
因為爺爺說話很有條理
而且語氣非常溫柔且充滿愛
每當孫仔說話
爺爺便會立即挨近他的臉旁
把耳朵貼近他的嘴邊
這個年紀的孩子 說話不太清楚
我習慣與孩子溝通
也有聽不明白的地方
爺爺就會很柔和地跟他說：
「爺爺聽不明白啊，你再多說一次
讓我聽清楚。」
縱然孫仔說的話
最終爺爺有些還是不明白
但我相信孫仔被尊重
及被聆聽的需要
已被爺爺填得滿滿的
……
爺爺很快樂、很溫柔地跟孫仔說：
「爺爺今日帶了四種食物給你啊，有麵包、提子……朱古力就沒有了，媽媽說朱古力會蛀牙，所以今日沒有朱古力，爺爺下星期再帶朱古力給你啦……」
爺爺呀爺爺
下星期的朱古力就不壞牙嗎？
我在口罩下會心微笑
……
阿昌 沒有爺爺的
天天 也沒有爺爺的
將來天天的孩子 也沒有爺爺
我 也是沒有爺爺
這是我們的命運
……
去年的今天
12 月 23 日 是一個很開心的日子
阿昌艱苦地捱完了二十三天自體幹細胞移植
是出院的日子
那天 我們很快樂 充滿希望
……
感激今日在車廂中遇到的兩爺孫
他們帶了一絲的溫暖給我
20 分鐘跟他們同一車廂
能量夠我用了一天
跟他們同一車站下車後
看著他們慢慢消失在人群中
祝福這位爺爺健健康康
見到孫仔長大成人
甚至成家立室
感到溫暖而孤寂的我
慢慢走向辦公室
努力做好今天的工作
繼續準備好自己的心
好好去面對 今年殘酷的聖誕

2022年12月24日　晴

第200天

沒有阿昌的第二百天
平安夜

昌：
今天是平安夜
很痛苦
午餐約了陳珍在又一城
天仔想去吃日式豬排飯
便去了之前我們一家三口去過的那間
這日子實在很難捱啊
十九年前我們在聖誕開始拍拖
24 號就是我們第一次
正式約會的日子
地點也是在又一城
那天晚上我們含羞答答地
吃了個晚餐
然後在上水一個無人的球場坐通宵
真是個聊不完的晚上
……
這天
由你的迦密中學校友
曾與你在教會一同服侍
曾與我們一同在愛民邨服務街坊的同事
陳珍
陪我和天天吃平安夜午餐
是命運一個特別的安排
而且
陳珍成為了
我在保險工作上的第一個 case
感恩她很支持我
感恩有她的陪伴
……
晚上我跟天仔分享：
「沒有爸爸的第一個聖誕真難捱，你覺得怎樣？」
天仔說自己想像你是去了公幹
那裡沒有訊號和 WI-FI
我聽到覺得有點擔心
因為想像你去了公幹
好像有一種不接受現實的感覺
不過我當時沒給他反應
只是說了一句：
「但事實是爸爸不會再回來。」
天仔說日後在天堂會見到你
只是你像移民一樣先到天堂等我們
天仔睡了之後
我想著想著
覺得自己要放鬆一點
最初你離開
天仔說玩耍　打機　吃美食
和朋友見面
可以幫他舒緩悲傷
現在已半年
他進入了另外一個階段
需要透過想像你去了公幹
去幫自己過渡
而不是沒去面對現實吧
想著想著
我就睡了
你死了
我仍能每晚成功地睡覺
這已是很難得的事

2022 年 12 月 25 日　晴

第 201 天

沒有阿昌的第二百零一天
聖誕日

昌：
今日我約了 Gloria 和柏柏陪伴我和天仔過聖誕
我們在尖沙咀玩冒險樂園
玩 K11 的長滑梯和彈床
玩到晚上我們睇燈飾　吃晚飯
兩個孩子非常快樂
我們已經很多年沒有在聖誕日去尖沙咀活動
也很多年沒睇燈飾了
因為你和我都怕多人
這些擠擁的人群
縱然真的是擠迫得很辛苦
卻讓我少了一點孤寂
有他們的陪伴
減輕了我的痛苦
當然
見到很多的家庭都是齊齊整整的
有爸爸　有媽媽　有孩子
不其然
很難不去渴想你能夠在這裡
……
我們很晚回家
洗澡後已是半夜 12:00 了
天仔竟然視像柏柏一起倒數
我問聖誕有什麼好倒數
又不是除夕
他們說總之就是要倒數
而且他們錯過了最後 10 秒的時間
笑死我了
……
這樣
就過了第一個沒有你的聖誕節了
朋友真重要

2022年12月27日　晴

第 203 天

沒有阿昌的第二百零三天
自助餐

昌：
今天我們去金鐘享受自助餐
這間酒店是我和你十年前來過食下午茶自助餐的
想不到那棵超大的聖誕樹還在
當年我們在聖誕樹前拍照留念
想不到十年後
人面全非
如今在我身邊一起拍照的
就只剩下天仔

2022 年 12 月 28 日　晴

第 204 天

\# 沒有阿昌的第二百零四天
網友 Peggy

昌：
今早到灣仔寄養服務組
完成了最後一個訓練課堂
我們終於正式成為了寄養家庭
你病之前
我們也有一起去過聽簡介會
當時因為沒有足夠床位
和空間給寄養孩子
所以最終也沒能做到
雖然現在沒有你
但我也很想嘗試
……
午餐約了 Peggy
她請我吃午餐
陪我聊天　陪我哭
不經不覺就六小時
有朋友陪真好
而且由網友成為好友
很難得啊
但是
有你陪伴
才是我最渴望的事

2022 年 12 月 29 日　陰

第 205 天

\# 沒有阿昌的第二百零五天
貓咪大戰爭

昌：
天仔今早起來就跟我說再次夢見你
夢中你陪他玩貓咪大戰爭
是你健康時的樣子
他所描述跟你的對話
就是以往你常常跟他對話的風格
我很難才把眼淚忍進去
因為我不想他之後
不敢跟我說關於你的事情
所以不想這時在他面前哭
他在夢裡跟你玩得很開心
自從你死了之後
我只夢見過你幾次
而且都是你生病的樣子
不過可以的話
我不想夢到你
因為醒來的時候會太難受
永遠不會再見到你是個事實
我必須要去認清

2022 年 12 月 30 日　陰

沒有阿昌的第二百零六天
漢堡包

昌：
天仔今早起來告訴我
他又再夢見你
今次是你們一起在廚房
你問天仔漢堡扒在哪裡
他說在夢中感受到你是生病
所以他很努力去幫你找
不想你辛苦
找到後給你
你很用心弄好漢堡包後
就在客廳的沙發慢慢吃
……
你死了之後
天仔每次夢見你都是與玩和吃有關
但夢見你是生病的是第一次
每次他夢見你的一切
我覺得都是跟你在現實生活中的回憶
濃縮在夢境中
……
有些人說家人死後總感受到仍在自己的身邊
我從來沒感受到
自從你 6 月 7 日在我面前死去之後
我深深覺得你永遠地離去
火化之後更是徹底地消失在這個世界中
我丁點兒也沒有感受過你仍在身邊
是痛苦的
但我卻覺得是好的
因為
這就是現實

2022 年 12 月 31 日　陰

第 207 天

沒有阿昌的第二百零七天
第一個沒有你的除夕

昌：
除夕
又是要過的一關
每年的除夕
你和我都會一起分享過去一年的感恩事情
和未來一年的願望
今年我知道
必須要有朋友陪伴
才可熬得過去
所以邀請了
嚴生嚴太 Gloria 和孩子來吃晚飯
多謝嚴太煮好嘢
一邊吃飯
我們一邊分享 2022 年的感恩事
我也很努力分享
感恩　我無痴到線　無跳樓自殺
感恩　我努力處理到抑鬱的情緒
感恩　我沒需要用精神科藥物
感恩　我有能力處理了很多事情
感恩　我有工作能力　同時做三份工作
感恩　我有勇氣放下社福工作轉行保險
感恩　我是一個勇敢的人
感恩　我幫助天仔過渡得很好
感恩　我有很多好朋友
感恩
我仍有能力幫助其他有需要的人
最後　也是忍不住大哭
我見到嚴生很心痛很難過
我在長者長輩面前通常會忍著哭
因為知道他們會很難受
但這晚真的忍不住
……
天仔堅持要倒數
快到 12 點時他視像 Gloria 的孩子
兩個孩子一起倒數
感覺又搞笑又無聊
倒數後天仔說：
「媽媽，不如我們一起分享 2023 年的願望。」
我腦袋一片空白
跟天仔說：
「爸爸不在身邊，我似乎已經沒有願望了，我試想想，你先說吧。」
天仔說了一堆離不開玩耍
飲飲食食的願望
讓我笑了
就這樣
熬過了
很想可再一次與你一起過除夕
一起感恩　一起說說願望

2023年1月1日 陰

第208天

沒有阿昌的第二百零八天
元旦

情緒很抑鬱
很想念你
很想念你
很孤單很孤單
很沉悶 很沉悶
天仔說新一年很開心
他總是樂觀 快樂 正面

2023年1月2日　陰

第209天

沒有阿昌的第二百零九天
剪頭髮

昌：
自從你死後
天仔都沒剪過頭髮
你知他一向不喜歡剪頭髮
冬天後他更說要保暖不肯剪
就算不斷被一些人認錯是女孩子
他仍然堅持不肯剪
不少人說他留長頭髮好看
最近更有女孩子跟他說喜歡長髮的男孩
我問他：「那算是示愛嗎？」
他很冷靜的回答：「她喜歡長髮的男孩不代表她喜歡我的。」
他的小總結令我感到讚歎
很有思考力的腦袋
很像你
感謝你遺傳這麼好的分析能力給他
……
在女孩讚過他之後
我以為他會一直不肯剪
不過今天他突然說要剪頭髮
沒原因的　他說突然想剪
仍然未想去找髮型師剪
所以仍是我幫他剪
……

我覺得感恩
他不受別人對他外表的評價所影響
你和我都很想建立這個寶貝仔有健康的自我形象
無論外在條件或能力如何
他也是寶貴的
他就是他
我們愛他　愛他是他
不是因為他靚或叻
不是因為任何條件
我們一直都是這樣告訴他
在剪頭髮這件事上
我見到他健康的自我價值觀
盼望到踏入青春期的路程中
他繼續擁抱這樣的價值觀
你和我對他的愛
永遠在他心靈裡發揮深遠的影響力
即使你離開了
「那記憶　最後還是愛」

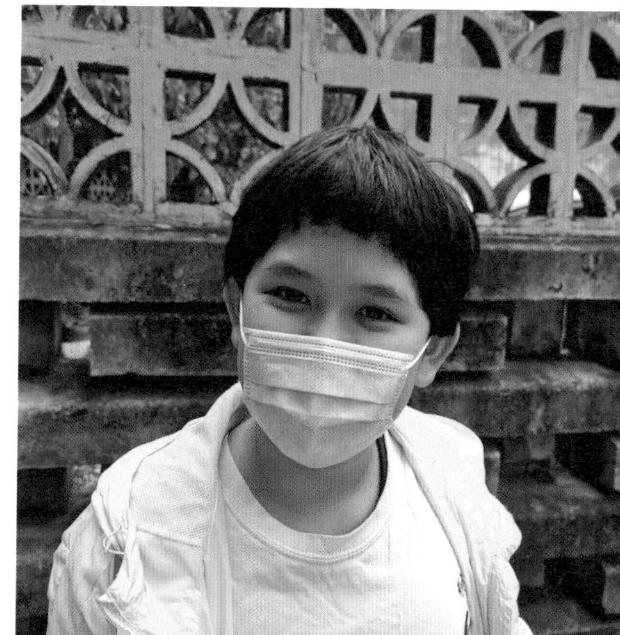

2023 年 1 月 3 日　晴

第 210 天

沒有阿昌的第二百一十天
禱告

昌：
已經有好一段時間沒有跟天仔一起禱告
今天睡前他問我：「媽媽，我們可否重新開始禱告呀？」
我心裡覺得難過　因為我真實的感受是不想再禱告了
想了一會
我坦誠地跟天仔說我很難禱告
問可否由他禱告
他把手放在我的頭上　祝福我能再次禱告
並祝福我可以開心
我感到溫暖　也感受到他的愛
但心裡很難過
我問他為何仍然相信
他說他相信此刻是最好的安排
我說為何主耶穌不醫治爸爸　可以一家人快快樂樂
他說：「我相信爸爸此刻在天堂是最好的，爸爸已經在最美好的地方。」

2023年1月6日　陰

第213天

沒有阿昌的第二百一十三天 食物裡有愛

有些時候
我會覺得自己不能控制抑鬱的情緒
這時我會邀請天仔幫忙煮餸
這餐西芹炒雞柳
是天仔看 YouTube 學
每次見他在廚房切嘢炒菜
我總覺得有種被療癒的感覺
心情會變得平靜
情緒會變得好一點
可能
是因為阿昌過往很多下廚
廚房帶給我很多溫暖的回憶
他離開之後
廚房失去了他的身影
天仔下廚時
帶給我這種溫暖的感覺
有一個愛你的人
把愛都煮在食物裡
阿昌說
有愛在食物裡是可以食得出來的
我常常問他：
「為什麼你煮得那麼好吃？」
他每次都這樣回答：
「因為我是用愛去煮的，
裡面有我對你的愛。」

2023年1月8日　毛毛雨

第 215 天

沒有阿昌的第二百一十五天 第一個搵我處理保險的網友

昌：
保險工作不容易
壓力也不少
幾十歲人從新開始
由頭嚟過
都不是最大挑戰
最辛苦的是
是常常會捲入
再沒有你在身邊的苦澀
如果你康復了
有你繼續跟我走人生的路
一起擔起這頭家
一起工作
一起分擔
那有多好
……
開始保險工作已經一個月了
有不開心 哭起來的時候
有些人對我不太好
如果你仍在
知道了一定會很生氣
有人這樣對待你最愛的老婆
不過感恩今天遇到一個好好的家庭
她是我們社工爸媽 Facebook
的 follower
主動聯絡我想幫 BB
處理住院和危疾保險
天仔跟我到他們的家
這對夫婦 大仔對我們很友善
對我們好好
令我感到很溫暖
他們成為了我歷史上第一個網友客
戶
感恩總有人對我好
但我仍然深深覺得
我寧願失去全世界人對我的愛護
去交換你能夠復活
只想你回來我身邊

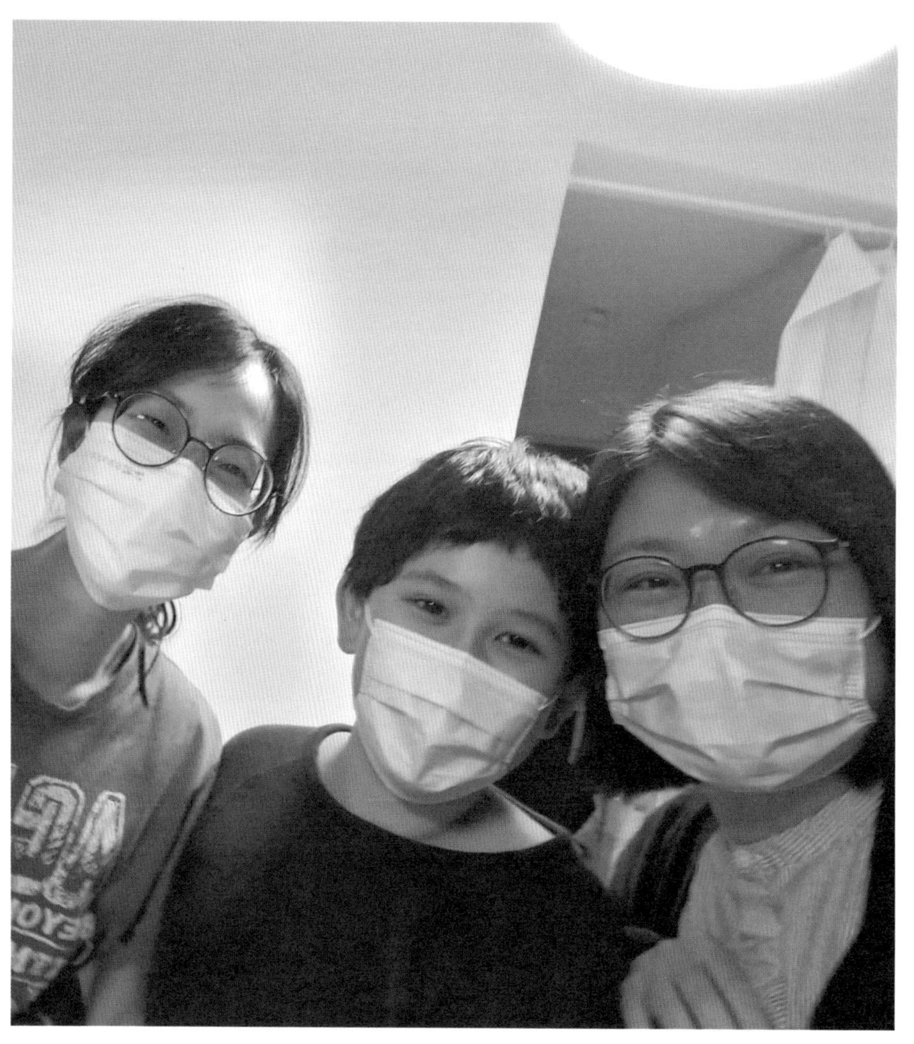

2023 年 1 月 16 日　晴

第 223 天

沒有阿昌的第二百二十三天 交升中表格

昌：
今日與天仔去兩間學校交升中表
不知道哪一間學校最適合天仔
也不知道哪一間學校會收
不過天仔和我都覺得先試主流中學
到時他真的覺得不適合
才再考慮回到
非主流學校或 Homeschool
別人的 gap year 是在主流中跳出來另類教育
我們的 gap year 則是從另類教育中跳出來主流
感恩天仔有這些選擇和機會
沒有你一起商量真的很困難
但我每次去思考天仔的教育方向時
我總記起你死前一星期
那時你正在交帶身後事
我哭著問你：「你想天仔的教育方向是怎樣？讀什麼學校？」
你說：「佢開心就得喇。」
我會以你這個意願
去幫他安排學校的

2023年1月17日　陰

第 224 天

沒有阿昌的第二百二十四天 iPad

昌：
我現在用你的 iPad 處理保險工作
今天我忽然見到 iPad 裡
有個 file 是你在最後的日子
在醫院寫下的一些東西
也見到你最後兩星期
交帶最後的說話時
寫下的內容
因為當時你說話好辛苦
所以你大部分時間是用寫的
見到這些字　我秒速關掉畫面
很痛苦
……
你的 iPad 很重
周圍帶著它工作我有點辛苦
同事建議我 trade 一部輕便點的

我說：
「係阿昌留給我的，我不捨得。」
大家都靜了
……
是的　我不捨得
連你死前打開了的網頁
你搜尋的 record
我也不捨得按交叉
想留著

2023年1月18日　晴

第225天

沒有阿昌的第二百二十五天
漫畫 - 掛念爸爸？

2023 年 1 月 19 日　晴

第 226 天

沒有阿昌的第二百二十六天 網友搵我處理保險

昌：
今日有第二位網友聯絡我
處理醫療保險
她在你死前的一個月曾 inbox 我
當時她的爸爸在危險的時期
今天見面的時候
他的爸爸　你　都已經離開了
我們彼此細訴著在醫院的經歷
和種種的感受
大家都哭個不停
彼此明白
那種揮之不去的畫面
處理不掉的創傷
彼此支持著
……
保險只處理一小時
傾訴是四小時
昌
我很感恩
保險這份工作
除了幫助他們有醫療保障
有儲蓄帶來的好處外
我很想能做社工做的事
去聆聽
去支持
去讓他們感受到有人明白
今天
我做到了
如果你還在
一定會讚我叻叻

2023年1月20日　晴

第227天

沒有阿昌的第二百二十七天
嚴太盤菜

昌：
今天是年廿九
我今年決定不慶祝農曆新年
因為沒有了你的新年太難過
不過嚴太收到很多盤菜的訂單
順道煮多一點來跟我們一起吃
Gloria 和柏柏都來了
我們一起分享新一年的願望
大家主要都是希望身體健康
我說笑地問：世界和平呢？
大家都急著說不是交行貨　因為身體健康真的很重要
是最重要
像你一樣　沒健康　沒生命
還說什麼願望？

2023年1月21日　晴

第228天

沒有阿昌的第二百二十八天 天仔說更相信

昌：
睡前如常跟天仔聊天
他說你死後他更相信神
我感到很驚訝
因為你死後
我覺得自己很難再相信神
現在　我不會說自己是相信神的
也不敢說我現在是不相信神的
我就是夾了在中間狹小的小坑中生存著
我問天仔為何你死了他反而更相信
他說不知道
但他相信一切都是最好的安排
對你是最好
我問：
「是否因為你很想可以在天堂再見到爸爸？所以你更需要相信？」
他想一想
答是
他不懂像我一般去表達對你的掛念
但他真的很掛念你
很想再見到你

2023年1月26日　晴

第233天

沒有阿昌的第二百三十三天
保險界社工

昌：
今日我幫兩母女處理醫療保險
媽媽是一位長者
她們兩母女之間有些糾結著的地方
但其實她們很愛對方
我用輕鬆的手法引導她們的溝通
讓她們有個外人幫手做中間人
我覺得效果好好
之後阿女都不斷說多謝
昌
我好開心呀
可以透過保險
硬件上去幫助人有穩健的保障
同時又可在軟件上幫助人的心靈需要
甚至是幫助親子關係
會越來越好嗎？

2023年1月28日　晴

第235天

沒有阿昌的第二百三十五天
我們的舊同事

昌：
今天是年初七
約了你和我的舊同事們吃晚飯
陳珍、Nico、容摩摩
一同細說當年一同工作的回憶
重拾年青時的火熱
也分享近況
屈指一算
原來我們已認識大家二十年了
二十年前就是我們開始一同工作的
時間
這餐飯最大的缺失
就是沒有你

2023年1月30日　晴

第237天

沒有阿昌的第二百三十七天 團隊最高業績新人獎

昌：
今日團隊會議中
我得到最高業績新人獎
沒有太高興
因為主要是靠朋友的支持
希望將來我不需靠朋友的支持
也能夠在這個行業有好的發展
代替你擔起這頭家
可以幫助更多的人
如果你仍在
我們一定會在會議後大吃一餐
好好慶祝
今天
我只是跟平常一樣
開完會便回家去

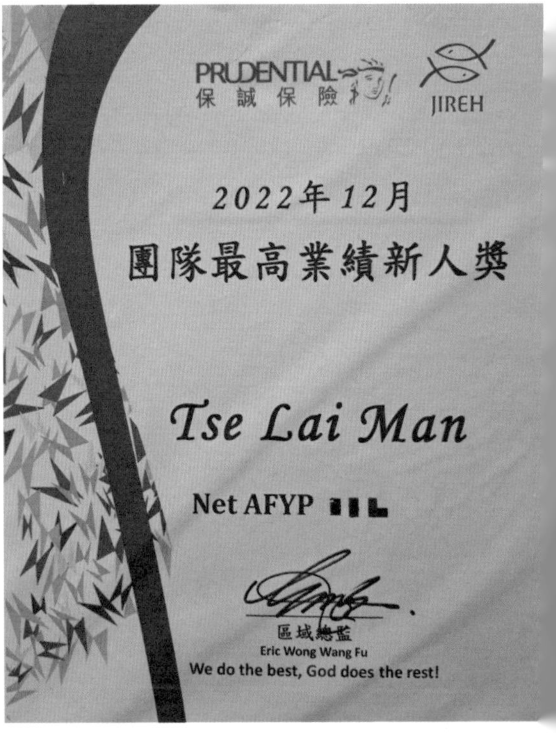

PRUDENTIAL
保誠保險
JIREH

2022年12月
團隊最高業績新人獎

Tse Lai Man

Net AFYP

區域總監
Eric Wong Wang Fu
We do the best, God does the rest!

沒有阿昌的第二百三十六天
天仔發夢擁抱你

昌：
今日天仔陪我去跟一個網友
處理醫療保險
步行去餐廳的途中
天仔突然跟我說：
「我早上睡醒前夢見爸爸。」
在夢中
他從房中睡醒起床
打開房門見到你在門口
他問：「爸爸！ 點解你喺度嘅？」
你沒有說話
只是微笑
擁抱著他
天仔繼續說：
「我在夢裡很害怕一眨眼爸爸就會不見了，所以我拚命睜開雙眼不敢眨眼，然後就醒了。」
在街上我控制不到瘋狂地哭
到達餐廳坐下仍然眼淚不住地流
網友來到很安靜地默默等候我
等我哭完了
才處理保險的事

2023年2月1日　陰

第239天

沒有阿昌的第二百三十九天
如何捱下去

昌：
昨天年初十是我的農曆生日啊
天仔與媽媽為我訂了一個芒果蛋糕
好新鮮好好味
少 cream 係我最喜愛的
很想你也在場跟我們一起吃
……
今天情緒很差　好掛念你
最近我都刻意不哭
不斷 stop 自己去想起你
一想起就截停
因為已哭了大半年
雙眼每天都腫
這樣再哭下去也不是辦法
……
你離開的時間越長　就越掛念你
差不多八個月沒見你了
那種掛念到底我可以怎樣捱下去呢
如果我長命少少的話
還有幾十年啊
……
但是周兆祥的影片中
他分享說：
「哭一次　就做少一次手術。」
我想他的意思是
將情緒哭出來是很重要的
那麼　我要繼續哭嗎？
以前甚麼都可以問你的意見
我還是要回到未認識你之前
甚麼都自己做決定吧！

第240天

沒有阿昌的第二百四十天
課金

昌：
前日天仔因陪我去跟網友
處理醫療保險文件
餐廳的 wi-fi 收得不好
令他 click 錯 button
失去了一個遊戲中好珍貴的道具
加上他夢見你令他情緒很差
而他亦提出數以百次可否課金
買回那道具
我感到十分掙扎
因為以前你和我都討論過
不容許天仔課金
你當時很堅決的說不許課金
但是
天仔現在失去你的痛苦
令我有所動搖
感恩我想起了豬昕
這位社工朋友
你死後曾主動留言說可以作天仔的
生命導師
我打電話給他問意見
果然　無搵錯人
他給我很好的意見
首先他也不贊成課金
亦認為天仔面對失去你的事情上
不一定要透過課金去舒緩
但是
今次因為天仔陪我去工作
而間接導致他失去道具
這個位置可以考慮酌情處理
跟天仔說明清楚
用自己零用錢課金一次
豬昕又提議我和天仔
討論為何你不想他課金
我覺得豬昕給我的意見好好
平衡到整件事
而他本身亦有打機
很了解天仔心態
感恩　有他的幫助
……
之後我與天仔分享豬昕叔叔的建議
也跟他一起寫下我們猜猜為何你不
想他課金的原因
也寫下一些檢討和反思
……
昌
沒有你一起繼續教養天仔
真的是一個很大的缺失

2/12/2023

2/12/2023

我們猜爸爸不想我課金的原因：

1. 浪費金錢
2. 擔心沉迷，上癮，不停課金
3. 鍛鍊毅力
4. 學習正確使用金錢

課金的注意事項

1. 檢查清楚貨幣（例如能是日圓）
2. 檢查清楚價值
3. 要記得密碼

反思：打機要成長的地方

1. 要控制自己
2. 要學習管理時間
3. 要將焦點放在其他事情

第241天

沒有阿昌的第二百四十一天 實體小組

昌：
三年的疫情都沒有跟學生實體開組
今天終於第一次恢復實體
感覺好開心
跟學生現場一同玩遊戲
帶給我很多生命力
……
有個小一學生寫字條給我
說愛我
他是一個肥仔
眼大大 好可愛
讓我想起了你

2023年2月4日　陰

第242天

沒有阿昌的第二百四十二天 捱過了農曆新年

昌：
終於捱過這個農曆年了
經過聖誕和除夕的經驗
我發現自己不可於節日留在家中
那種想你的痛苦撕裂感覺會加幾倍
所以農曆年前我已約不同的朋友
塞爆了年廿八至年初十
每天都與朋友在一起　結果真的讓我過得容易一點
加上我調整自己
不看為過年　當作平常日子去過
家中跟平日一樣　沒有任何過年的佈置
派利是則不能免
不過　今年是我第一年派單封利是
感覺是難受的
唯獨是你的三個舊生
還有 Milk 的三個孩子
我會代你派利是給他們
因為他們的身分是比較特別的
是跟你有著連繫的人
……
那三位舊同事
二十年前跟你和我一同服務愛民邨的街坊
那時　我們五人真的是一個 Dream Team 夢幻組合
是我經歷過在社福界工作中
最快樂的團隊
照片裡缺少了你
其實　何止是照片裡呢
我的人生這個缺口
這個永遠修補不到的缺口　是不能補救的
就算網友　朋友　天仔　工作　帶給我的不同色彩
那份漆黑都會將它們掩蓋
……
前幾天晚上我太難受　致電一位網友
她是同路人
比我早三年經歷這種地獄式的痛楚
她在電話聽我哭了一小時
我印象中自己只是哭　沒有說很多
感謝她用心聆聽我的哭聲
和重重複複的句子：「我捱唔到落去，我好痛苦，我接受唔到阿昌以後唔返嚟……」
……
年初三
你的三位舊生上來我們家打邊爐
他們都已經大學畢業　入社會工作
而且思考能力和分析能力都非常高
我只在你火化那天見過他們
一直期待他們分享與你的相識和回憶
原來　我從你口中聽過不少他們的事情
現在終於知道他們是誰了
其中一位葉同學
他在談話之間哭了好幾次
我感受到你與他們之間的深厚感情
他們經歷了

非一般社工與學生之間的事
讓我感動
……
打邊爐期間鍋子熱湯面充滿油
其中一位陳同學
他被稱為「撇油小王子」
葉同學說：
「撇油等他來吧！他最拿手 ~」
當陳同學一邊撇油
我的眼淚就一邊流下來
因為以前所有撇油工作都是你負責的
自從你死了　我才開始學習撇油
見到陳同學撇油
令我感到溫暖又難過
……

最後
他們三個陪天仔玩戰國風雲
以前這桌遊是你陪天仔玩的
我覺得非常沉悶也不懂玩
你死後
天仔有好幾次問我可否陪他玩
我都拒絕了
這次他們三個陪天仔
玩了差不多三小時
天仔感到好滿足　我也是

2023年2月6日　晴

第244天

沒有阿昌的第二百四十四天
最重要的10件人事物

昌：
天仔放學跟我分享
今天在課堂老師邀請他們寫下
十件對自己最重要的人事物
他首先說：爸爸 媽媽
我的心當然痛
有時看著他要面對每天都不能再擁抱你
好痛好痛
……
我感謝他對我的重視
他繼續說其他事項
包括：屋企 大腦 濾水器 煤氣爐
好好笑 好可愛
之後老師要他們想想
哪一些是相對沒那麼重要的便刪除
最後他逐一刪除
最後只剩下你和我
而且
他在「爸爸」旁邊畫了一雙天使的翼
也在上面畫了天使光環
如今
他就只剩下我了

2023 年 2 月 9 日　陰

第 247 天

沒有阿昌的第二百四十七天
畢業專題

昌：
今日是
天仔人生第一次的 presentation
自然學校六年級生有一份畢業專題
研習功課
每位同學選擇自己感興趣的專題
做 research
製作 PPT 和 Log Book
最後在全校師生面前 present
每位同學都邀請一位
自己喜歡的老師作 mentor
給予引導
天仔選了閃避球這題目
……
他人生第一次面對這麼多人演說
學校邀請家長到場見證
天仔表現得自信　沒怯場　輕鬆
而且懂得適當位置搞搞笑
盡得你和我的真傳
I am so proud of him!
如果你仍在
相信你也會為他感到自豪

鄉師自然學校 / 六年級畢業專題報告 / 天仔第一次演講 / 社工媽媽 / 天仔 / ...

收看次數：838 次　8 個月前　#閃避球　#自然學校　...等等

社工爸媽自家教手記 **Socialworke...**　4.4K

2023 年 2 月 10 日　陰

第 248 天

沒有阿昌的第二百四十八天
終於第一次招待寄養孩子

昌：
我終於做了第一次寄養家長
前日收到寄養社工的電話
有一位高中學生需要搵地方住一晚
好感動　我終於做到了
是你以前和我想一起做的事
這位青年人也祝福了我們
自從你死後就感到屋子裡是死氣沉沉的
瀰漫著失去你的痛苦和哀傷
這次第一次有訪客住進來
增添了一份不一樣的生氣
彷彿幫了我一把　去把掛念你的痛苦稀釋一下
……
天仔好興奮呀
因為哥哥陪他玩 Roblox
你死後
他很掛念與你一起打機的日子
但你知我不懂也不喜歡打機
沒有你陪伴他　我是感到心痛的
這晚上他與哥哥玩得很開心
感恩了超過 100 次 好誇張
下星期如無意外會有個 5 歲孩子來住四天
好期待
……
無論我有多痛苦也好
我總覺得不能成為不去繼續幫助別人的藉口
相信如果是我死了　你仍在
你也會這樣想

2023年2月11日　陰

第249天

沒有阿昌的第二百四十九天
遇挫折的時候更掛念你

昌：
今天我在保險工作上
遇到了一些挫折
而且天仔做了一些
令我非常不開心的事
沒有你與我一同教養他
我覺得很孤單
遇上挫折沒有了你的安慰
人生路很難走
今天我聽了很多次
〈Tears in Heaven〉
想起你
如果有天我在天堂與你再見面
你仍會記得我叫阿敏嗎
會記得我曾經是你的老婆嗎
你仍是我記得的你那個樣子嗎
在天堂你會拖著我的手
就像以往一般嗎
你會擁抱我嗎
想著想著
在火車上
在路上
哭起來

2023 年 2 月 14 日　晴

第 252 天

沒有阿昌的第二百五十二天 情人節

昌：
到晚上才記起
原來今天是情人節
我們過去不怎麼慶祝情人節
覺得是一個無聊的節日
所以這個沒有你的第一個情人節
我不太感到難過
早上與 Gloria 吃早餐
傾吓傾吓
連午餐也一起吃
到晚上我發現今天是情人節
便在 WhatsApp 給她：
「情人節快樂！
我沒有情人
但有朋友」

2023 年 2 月 15 日　陰

第 253 天

沒有阿昌的第二百五十三天 你要好好愛錫媽媽

昌：
怎麼最近常常都是陰天的
以前都不覺得香港這麼多的陰天
或者以前你在我身邊的時候
你帶給我很多快樂
所以讓我都沒怎麼留意陰天還是晴天
你離開我之後　我特別留意沒有晴天的日子
……
今晚天仔做了一些讓我很不開心的事
他已經好幾晚拖延睡覺時間
令我很累地等他
跟他睡上下格床
如果我先睡　他入來就會把我吵醒
然後我就會很辛苦
加上他也要求我等他　不要先睡
如果你在　你一定會幫手教訓他
我哭著跟他說：「爸爸死之前跟你說要好好愛錫媽媽，你沒有做好。」
他沒作聲但樣子很難受
我知道自己不應該這樣說出來
但同時又覺得應該說出來
這真的是你對他唯一的託付
我知道他這個年紀仍在發展中
還需要很多時間去學習體諒媽媽的感受
但我覺得我真的需要這樣說
昌
沒有你與我一同教育天仔
我真的很難

2023 年 2 月 16 日　晴

第 254 天

沒有阿昌的第二百五十四天
新人獎

12 月是我人生的新開始
開始了新的工作
感恩有朋友　網友的信任和支持
我得到了這個新人獎狀
記得在 10 月份
我考試一 take 過 pass 之後
正式入行前我立了一個志：
// 在社工界做到最好
在保險界我也要做到最好 //
做媽媽　做太太　做女兒
也希望做到最好
盡力　用心　幫助別人
是我的人生信念
在任何崗位都要帶著愛
……
特別感謝網友們的信任和支持
我處理過的保險申請有 90% 都是社工爸媽的網友
感謝你們！
特別感謝阿勤
——第一個搵我處理保險的網友
當天我帶著天仔跟她見面
路上天仔突然跟我分享夢見爸爸
夢中他問爸爸為何在家
爸爸沒有作聲
只是微笑看著他　擁抱他
天仔說在夢裡不敢眨眼
怕爸爸會不見
……
我聽完天仔這個夢後　失控地在餐廳哭
這時阿勤來到
我感受到她的體諒和明白
沒有任何催促　只是靜靜地等候我
我抹乾眼淚便開始跟她處理保險的申請程序
……
感恩我當初入行立志想做保險界的社工
結果
在處理保險的過程
我有機會解答她們關於孩子教育方向的疑問
又有機會幫兩母女正面溝通
解開了一點點她們關係之中的糾結位置
讓我感到好開心好滿足
硬件上　關於穩健的保障　我幫到人
軟件上　關於心靈　教育　親子關係
我也幫到人
這種有意義的感覺
可以幫我沖淡一點兒悲傷和痛苦
而這份工作支持著我代替社工爸爸擔起這個家
……
這工作有不少挑戰　困難
甚至是難堪之處
社工與保險的身分
待遇大有不同
或許存在著職業歧視
社工絕大部分的時間都受人尊重
而保險從業員有些時間讓我感到不受歡迎
甚至是白眼

這些身分上的轉變
要努力慢慢去適應
亦要繼續努力學習
每天都做得更好
阿昌還在的話
他一定會讚我：「叻叻。」
有時他會喜歡用 BB 話跟我說話
事實上他很多時當我是小朋友般愛錫
……
而且他一定會跟我說：「無嘢難到你嘅，你個心又好，能力又好，老婆你一定得㗎。」
我靠他以前常跟我說的話
堅持下去
一步一步的
向前走
……
寫到這裡又再哭
如果可以選擇的話
我好想他真實地在我身邊再一次說這些話
而不是靠回憶
回憶他曾怎樣對我說話
……
請大家珍惜你身邊的伴侶
有些話
真的不知道是不是還有機會再聽
……
願你們平安　健康　幸福　相愛

2023年2月17日　晴

第255天

沒有阿昌的第二百五十五天
天仔轉眼長大了

昌：
今日突然想將天仔小時候的相片拼
貼
轉眼間　他就長大了
你和我已經花了大量的時間陪伴他
特別是我
他一歲時我便開始辭了全職工作
轉 Freelance
用很多時間陪伴他成長
多謝你　老公
你擔起這個家那麼多年
讓我可以陪著天仔成長
多謝你
高質素地陪伴他十年多
特別是每晚說故事
說你為他獨創的即興故事
多謝你
多謝你係一個好好好好的爸爸
見到你對天仔的愛
讓我明白到好爸爸是怎樣
多謝你

LFP

天，你肥咗喎
係你嘅世界觀錯咗，我其實係瘦嘅.

天，你好似肥咗喎
係你瘦，你先覺得我肥

天，你肥咗啲喎
你要學習說話中肯，唔好歪曲事實

天，肥咗好多喎
小心我告你誹謗.

多謝網友 Andrew Wong 提供獨特見解
天，好肥喎.
我唔係肥，只係唔瘦，同瘦得唔明顯.

2023年2月27日　晴

第265天

沒有阿昌的第三百六十五天
生日

昌：
今日我生日了
第一個沒有你在身邊的生日
還記得去年你身體虛弱
沒有什麼慶祝活動
睡前我問你可否為我禱告
你用柔弱帶點吃力的聲音為我禱告
後來才想起為什麼當時不錄下來
可以重複再聽
或者是因為我想不到
那是你最後一次開聲為我禱告
如果我知道
我一定會錄下來
現在已忘了你當時是怎樣為我禱告
很難過的生日
還有三小時我就捱過了

2023 年 2 月 28 日　晴

第 266 天

沒有阿昌的第二百六十六天 Tears in Heaven

想將這首歌送給每一位
失去摯愛的網友
〈Tears in Heaven〉
失去了丈夫的你　失去了太太的你
失去了伴侶的你
失去爸爸的你　失去媽媽的你
失去兄弟姊妹的你
失去親人的你　失去朋友的你
失去孩子的你
……
以致失去靈魂只剩下軀殼的你
願這首歌能為你帶來一點點的療癒
就算只是一丁點
這首歌陪伴了我很長的時間
每次聽　每次哭
有位學者說：「眼淚流多了，疾病就會少了。」
各位網友
讓自己好好哭吧
要哭就哭
我已經每天哭了八個月
真相是
痛苦和折磨未必會減少
我也不會告訴你：有一天會好起來
不過　需要哭就去哭
讓裡面的苦　流走一點
哪怕只是一點點
……
有不少網友 inbox/WhatsApp 跟我分享他們失去摯愛的痛苦
有些不敢告訴別人失去摯愛
害怕別人怎樣看自己
害怕別人不明白
你們讚我勇敢公開自己的經歷
網友們～
我們不需要為著失去摯愛
而感到羞恥！！
而且　我們可以悲傷
我們可以痛苦
我們可以難以振作
我們可以感到沒有希望
我們可以感到人生再沒意義！
的確
有些人會未必明白你
甚至說一些令你難堪的話
他們可能是從沒經歷過摯愛的離開
所以不理解
又或者他們經歷過
但卻用自己的處理哀傷的方法硬套在你身上
……
總有人會明白你的
最少我會是其中一個
雖然我未必有時間
跟你們每一位詳談
甚至見面
但我真的明白
……
願我們在哀傷中找到出路
找一個可信任的人分享你的心情
或找一個適合的人去陪伴你
……
～社工媽媽 阿敏 28.2.2023

#TearInHeaven
#cover #byEricClapton

感謝作曲人 Eric Clapton
這首歌療癒我們有相同經歷的人

Tears in heaven / 請開啟字幕 / 給所有失去摯愛的你 / 社工媽媽阿敏 / Eric ...

收看次數：851 次 7 個月前 #cover ...等等

社工爸媽自家教手記 Socialworke... 4.4K

2023 年 3 月 1 日　晴

第 267 天

沒有阿昌的第二百六十七天
口罩令取消了

昌：
口罩令終於取消了
我發現跟你一起外出的印象
全都是你戴口罩的樣子
特別是你生病後
我們進出醫院的日子大約有 150 天
以上
多想可以跟你一起
不戴口罩地出外走走
聊聊天 拖拖手

2023年3月3日　晴

第269天

沒有阿昌的第二百六十九天
撞車

昌：
今早送天仔上學
巴士出公路口轉富泰邨
被私家車撞到車尾
幸好沒有任何人受傷
所有乘客落車
巴士剛好塞住公路出口
後面全塞　那些人真辛苦啊
想起你以前每天上班從上水到屯門
常常告訴我塞車好煩躁的過去
……
天仔感到非常有趣
要去親眼看看巴士車尾
整條路都再沒車可通行
所以我們惟有走路上學
大約要一小時
天仔好興奮
興致勃勃的不願跟車路走
要行小路說要探險
陪伴他這個小探險之旅
他表現得極度愉快
還一邊唱最近瘋狂 loop 的迷因歌
rick roll
我聽了差不多有 200 次以上
整個腦都是這首歌　哈哈
你還記得我們以前被他不同階段喜歡的歌洗腦嗎？
首先是 Thomas 火車
然後是 Think Big
還有傑志主題曲
……
走了大約 45 分鐘
我肚子非常餓
還有一段路才到自校
剛好經過景峰
我提議這麼特別的一天
不如坐下吃個早餐吧
天仔那麼喜歡吃
當然秒速回應說好
雖然他在家已吃了早餐
但他聲稱早餐分量很少
想再吃
於是我們好好享受了這頓特別的早餐
笑說我們一同逃學
他整個過程雞啄唔斷
Bi li ba la 說個不停
開心死了
結果我們度過了一個特別的早上
如果你都在巴士的話
甚至會提議去吃個自助餐吧

第269/270天

2023年3月4日　晴

第270天

沒有阿昌的第二百七十天

Antman

昌：
今日我終於完成了
一連八堂的投資課程
本身每堂三小時
但由於老師很用心教
所以其實每堂都係四小時
中間只有十分鐘小休
對你來說應該很容易
但對我來說好大的挑戰
以前投資類別的工作全都是由你去處理和安排
股票對我來說是火星文
我記得以前有跟你說過：
「不如你教我股票啦？」
但你說我的性格特質和能力
不適合處理股票
說：「交給老公吧！」
現在沒有你了
我一定要好好運用你留給我的強積金血汗錢
還有就是你用生命換給我的人壽金
所以我迫自己一定要突破
一定要成長
一定要好好學習股票投資
感恩老師教得好好　大部分我都明白和掌握
我相信我可以把你的錢管理好的
……
放學後　約了我們的舊同事睇戲《ANTMAN》
如果你還在的話
一定會是我們一家三口去看的電影
天仔現在長大了　入戲院不會害怕
而且非常享受 Marvel 的電影
可惜你病之前
天仔還未喜歡去看電影
也未適合看 Marvel 的電影
我們沒有機會一家人去享受看電影的樂趣
……
與這三位舊同事走在一起吃吃飯
看看電影　感覺很好
以前你和我們一起工作的感覺
和回憶
那種氛圍就會瀰漫在我周圍
天仔也很喜歡跟他們相處
天仔喜歡他們善良
而且我們這個 Dream team
其中最強就是服務邨內的孩子
大家都很懂得與小朋友相處
天仔更會感到自在　有安全感
我們度過了一個愉快的晚上
……
有時想起
你真真實實的已經不在這個世界了
仍然好像發夢一般
你真的消失了？
你真的不會再回來？
有一次上課中
我突然想起你以前常常很溫柔地叫我「老婆」
靜靜地一邊聽書　一邊哭了出來
幸好所有同學都很專注聽書
所以沒有人留意到我在哭

第 270/272 天

2023年3月6日　晴

第272天

沒有阿昌的第二百七十二天
病友們的訊息

自從阿昌病了
我不時會收到網友的訊息或電話
問我一些相關的經驗
直到阿昌死了之後
都一直收到
他們往往是病友　又或者病人的親友
我會盡我所知的去解答
希望可以幫到仍在世的人
有時收到一些訊息使我感到很難過
那是一些已到末期
步入善終階段的病友
他們會問我一些問題
例如明白到自己將會離開
想知從政府醫院轉到私院的程序
怎樣安排醫療車
大約費用是怎樣
是否要安排醫生跟車等等等等
最難受的往往是問我：「最後一天會是怎樣？用甚麼藥？」
我會儘量控制自己用一個平和的聲音去講出我的經驗
將所有我知道的
經驗過的
都說出來
阿昌將要死的階段
沒有人具體告訴我會怎樣
感覺上　醫生護士的眼神變得閃避
我感到他們
也很不想面對阿昌的死亡
畢竟
醫護都不喜歡面對死亡吧
……
不過
既然命運對我這麼殘忍
讓我有這些經歷
我希望好好運用去幫助別人
讓他們有些心理準備
掌握多一點點有可能會發生甚麼事
但願我當時也有人說給我知道
死亡過程的這些事
……
這些病友往往心地好好
他們已經到了很辛苦的階段
但當他們真的很想問我時
他們仍然會關心我：
「如果這些問題讓你難受，你不用回應我，知道要你回憶阿昌離去時的情景一定是痛苦的。」
我每次都會說：
「是的，我平日會 stop 自己去想阿昌最後一天的畫面，但為了你，我會願意再說一次。」
每一位走到最後與我聯絡的病友
通常之後
我便再不會收到他們的訊息
……
人生
就是這樣
聖經傳道書說的：
「生有時 死有時」
沒人逃得過
但願這些病友們離去的時間沒痛苦

內心平安
他們的家人 朋友
能夠繼續走下去
靜靜等待死亡來到的一刻
就像我一樣
靜靜地等待
……

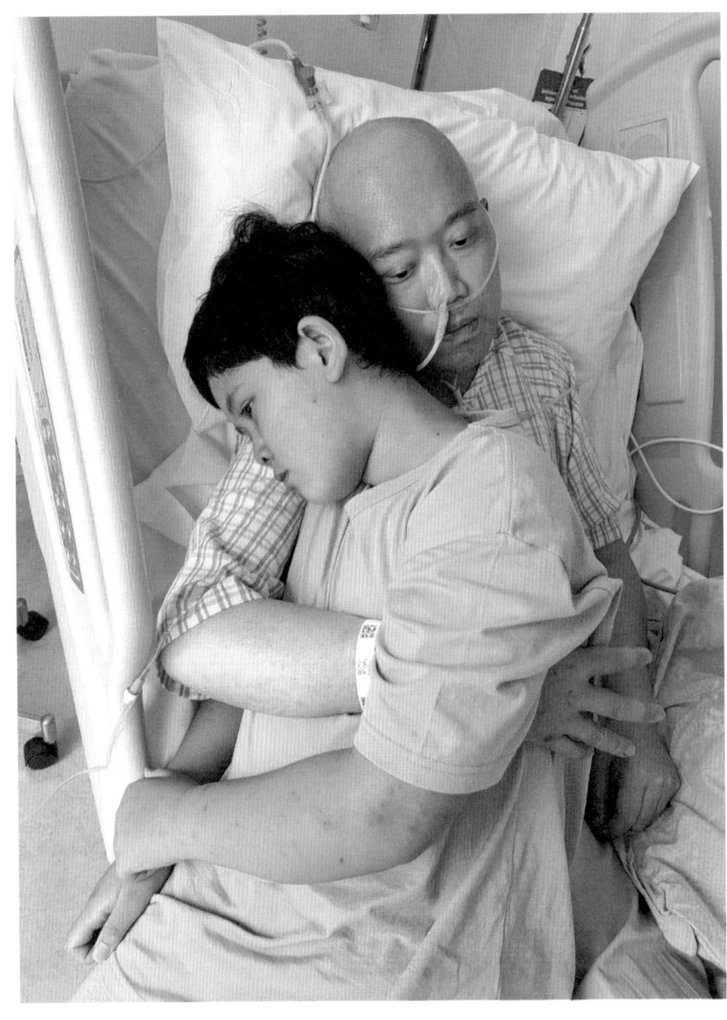

2023年3月10日　晴

第276天

\# 沒有阿昌的第二百七十六天
5歲寄養孩子

昌：
這幾天有個寄養孩子
來我們家住五天
她是一個小女孩
住在你的房間 睡你的床
每天晚上睡前我會跟她說故事
當我跟她坐在你的床上
突然想起你在這房間的回憶
哭了出來
幸好小女孩沒有察覺
好掛念你
……

這個小女孩的背景很可憐
沒有爸爸媽媽
在院舍度過了頭三年
之後就在寄養家庭生活
這次是寄養姨姨需要放假
所以她來我們家
當她帶去遊樂場玩的時候
也是我們以前常帶天仔去的遊樂場
想起很多以前你跟天仔玩的畫面
心裡面很痛
很想回到去那時
好好的去擁抱你
多把關注放在你身上
減少花在天仔的時間
可惜
一切都太遲了

沒有阿昌的第二百七十八天
失去孩子的夫婦

昌：
今天與網友見面
他們是一對夫婦
跟我一樣
經歷了很傷痛的事
他們得來不易的孩子只有2歲
跟你一樣突然有天身體不舒服入院
以為是普通發炎之類的問題
很快就知道是癌症
而且還未有機會接受任何治療
就在爸媽懷中離開了
他們流著淚說：
「我們也不想他辛苦。」
如果命運讓小朋友必須離開
沒有經過化療 電療 鏢靶
免疫治療……
的確是好的
不用跟你一樣受盡藥物折磨
……
昌
如果你在移植後沒有再接受這些治療
用自然療法
你會否不用受最後階段的那種種的折磨？
我們會否爭取多一點點的時間相處？
甚至會康復？
真像一場賭博
天仔常常勸我：
「媽媽，唔好望番轉頭喇，
無如果的。」
個仔的思維還真像你

2023年3月15日　陰

第281天

沒有阿昌的第二百八十一天 沉悶

昌：
沒有你的日子真的好沉悶
同事問我有無安排時間放假
保險這個工作
可以二十四小時也在忙
所以她這樣問
我跟她說
現在假期對我來說是沒有意思的
以前我好珍惜好珍惜放假
因為放假就是可以跟你在一起
吃飯也好　看電影也好
跟天仔家庭樂都好
現在　放假真的好無聊
除了工作
我對一切娛樂都失去了興趣
而且　人生變得沒有意義　沒有目標
除了養育好天仔
儘量做一些有意義
幫到人的事情之外　便什麼也不是
人生變得無聊
旅行　旅居　這些你生病前我們想去做的事
我已經完全沒有興趣
我真的要這樣等死亡那天來到嗎？
但天仔說想我陪到他變老
我也很想陪伴他
但是
我怎樣面對永遠沒有你的日子呢？
每晚天仔睡了
以前是我們最興奮的時間
因為可以二人世界　聊聊天　看電視煲美劇
有時食吓宵夜　每晚都不捨得去睡覺
現在　天仔睡了　整個房子都靜下來
好難受　好沉悶
好想你回來　我們還會再見嗎？
等耶穌返來那天　你就會復活嗎？

2023年3月16日　晴

第 282 天

\# 沒有阿昌的第二百八十二天
與其中一位我尊重的牧者重遇

阿昌死了之後
我不想與神職人員接觸
但上月保誠團隊週年感恩宴
老闆竟然邀請了寶麒來分享
他是其中一位我很尊重的牧者
寶麒思想闊　不控制　具分析能力
而且勤力　有心　真誠　謙遜　博學
同理心極強　有愛心　有智慧
他在我 20 歲讀神學時
是我小組的導師
當年他做搞手
常召集基督徒音樂人玩 band show
2001 年我寫了好幾首歌
寶麒邀請我上台玩吓
誰知當晚有共享詩歌的音樂監製在台下
我唱完落台後　這位監製上前來跟我說想幫我出隻 CD
於是我出版了
人生第一隻專輯《爸爸》
寶麒不玩弄權威　做實事
他在我年輕時告訴我重要的真相
對我很大的幫助
多謝寶麒　讓我重新願意接觸牧師
他不會迫我返教會
不會迫我積極　迫我正面
不會迫我要點要點
他關心的是我這個人
不是結果
他告訴我：「視阿昌為祂送給你十九年的禮物。」
但我很想擁有這份禮物再多四十年
無論怎樣
感謝寶麒的聆聽和明白
分享我的眼淚

2023 年 3 月 17 日　陰

第 283 天

沒有阿昌的第二百八十三天 粟米軍艦壽司

昌：
今日自校全校師生
一起去南生圍野餐
班主任叫同學們自備午餐大家一起
開心 share
天仔特意提早 50 分鐘起床
親手整粟米軍艦壽司
我問他是否在 YouTube 學的
然後他靜了幾秒
說：「是爸爸以前教我整的。」
我聽到覺得心好痛
加上他難過的表情
好難受好難受
為什麼我們最愛的寶貝仔
要這樣承受失去你的痛苦
為什麼我要承受失去你的痛苦
好掛住好掛住你
如果你去年康復了
今早在廚房整壽司的就會係你
點解呢？
點解會係咁呢？

2023 年 3 月 18 日　陰

第 284 天

沒有阿昌的第二百八十四天 音樂考試滿分

昌：
天仔音樂考試滿分呀
他好開心好興奮
接放學後拉我去壽司郎說要慶祝
其實係肥仔自己想吃　找個藉口吧
^^
他說自己從未試過滿分
真的好開心　好有滿足感
班主任給我音樂老師的錄音
老師激讚天仔做得好好
唱得好有動感
完全了解歌曲內容
能表達歌曲情感
音調和節奏正確
歌詞全部唱正確
……
自校的音樂考試好自由
學生可以自選喜歡歌曲／樂器
有個同學他搬了一 set 電子鼓回來考試
好厲害啊
天仔選了 loop 到我頭都爆的迷因歌 Rick roll 呀
如果你仍在
一定會同佢一齊癲
兩父子一起瘋狂唱
現在這些都只能靠幻想了
仍記得疫情初期
你跟他一起唱 ABCD 好急屎
很快樂的日子

2023年3月19日　陰

第285天

沒有阿昌的第二百八十五天
升中面試

昌：
天仔第二次升中面試
今次的經驗非常好
我們與兩位資深的老師面談
老師很友善 有質素
對自然學校感興趣
我們一起交流
天仔的表現非常好呀
他自信 真誠 認真 回答到題
老師也有邀請我分享 Homeschool 的情況
他們認為天仔
具自發的學習動機 正面 樂觀
相信是因為 Homeschool
建立了他這些好的特質
過程中讓我發現原來天仔的中英文程度比我想像中好
臨場答問是他的強項
而我最喜歡他的表現是
當他面對不懂的中文或英文字
他真誠及不自卑地說：「我不懂這個字。」
視不懂一些知識是一件平常的事
不用裝強夾硬扮自己什麼都懂
這樣真好！
……
相比上次的面試經驗
天仔入課室上了一堂中文及英文課
就完成了面試
沒有與家長或學生進行直接的交流
這次天仔覺得感覺好好
而且充滿自信
自信到鼻孔也要脹大
笑死我了
昌
你以前常常說天仔的學術能力高
似乎真的被你看準確了

2023 年 3 月 20 日　晴

第 286 天

沒有阿昌的第二百八十六天 得到幾個獎

感恩我能夠
再得到好幾個保險的獎項
獎品方面
我特別喜歡的是
刻了我名字的兩枝筆
送了一枝給天仔
答謝他常常陪伴著我工作
——向網友講解保險資訊
多謝寶貝仔的付出
他覺得好開心
說：「這枝筆好好寫啊。」
多謝所有支持我和信任我的網友們
我處理過的保險申請中
有 90% 都是社工爸媽自家教手記的網友
多謝社福界的社工網友支持！
你們佔了 30% 啊！
多謝教育界的網友支持！
大學教師、小學教師，
你們也佔了 30% ！
也多謝其他界別的網友支持：
包括地盤兄弟、全職媽媽、
髮型師、會計、設計師、
醫生等等
多謝你們對我的愛
對我的支持
好珍惜你們信任我
……
我覺得很喜歡這份工作
很喜歡對人的工作
喜歡與你們同行
喜歡與你們一同哭 一同笑
聆聽你們
陪伴你們
……
多謝所有幫過我 鼓勵過我
夜媽媽車過我返屋企的同事
多謝 Milk, Christine,
Carson, Alice, Esther, Carmen,
Janice……
最後多謝我自己
我每天都付出最大的努力
去做好每一個工作
學好每一件事

第 291 天

沒有阿昌的第二百九十一天
多謝你咁體貼

2023 年 3 月 25 日　雨

昌：
接天仔放學回家後他先洗澡
他說想吃 pizza
我幫手買了外賣之後
為他擺好桌子
像餐廳一樣
他洗澡後出來見到
大聲說：「媽媽！多謝你呀，你好體貼呀！」
聽到真的心都甜
多謝他知道我體貼他的需要
其實我們一家人都是屬於體貼的人
……
想起你的體貼
想起你對我的愛錫

沒有阿昌的第二百九十五天
沒有夢想

昌：
今天再與寶麒見面
自從與這位牧者重遇
他每週都跟我見面
好想幫助我走返出嚟
無論我最後走唔走到出嚟　都好感謝他的陪伴
……
今天他鼓勵我要重新尋回夢想
但我失去你之後
亦同時失去了夢想
沒有夢想的感覺對我很陌生
由中學開始我便擁抱夢想
認識你之後
我的夢想慢慢變得全部都與你有關
你生病前我們打算帶天仔去日本旅居一年
過程中拍片放在 YouTube
現在沒有你
我已沒有夢想
每天做好工作　照顧好天仔
好好睡覺　好好起床
已是超額完成
……
你死了之後我不想見人
其實我也不知道為什麼
保險的工作幫我很自然地重新與人見面
也同時將我對你的感覺壓抑下來
我不知道是好事還是不
但我總得生活下去

2023年3月31日　雨

第297天

沒有阿昌的第二百九十七天
沒有收到中學電話

昌：
差不多兩星期沒有見到太陽了
今天用你以前送給我的雨傘
想起你對我的愛錫和體貼
因你知道我怕揹重物
所以為我在網上訂了
這把超輕的傘送給我
而且按一下就可以開或者關
下大雨時也不用狼狽收雨傘
很方便的
還記得你送給我時
很雀躍地介紹這些功能
你快樂的樣子
這把傘不只是一把傘
藏著的是你的溫柔　你的體貼
你對我的愛
不過
當有一天這把傘壞了不能再修
我不會執著於留下它
應該丟的就會丟掉
你已不在我身邊
對我來說
留著你的物品
對我的意義並不大
因為我只是想你在我身邊
而不是物件
……
今天沒有收到兩間面試中學的電話
天仔要等大抽獎
看看怎樣吧
或許主流真的不適合我們
用二十世紀的方式
來教廿一世紀的學生
其實我也很掙扎
就算收　是否真的要讀
我會記住你死前
當我問你天仔的教育怎樣安排
你對我說：
「只要天仔開心就可以喇。」
我會永遠記住的

2023年4月1日　陰

第298天

沒有阿昌的第二百九十八天 網友的訊息

昌：
早上起來便見到一個網友給我的訊息
是凌晨一時多
丈夫這晚在瑪麗醫院離開了
死前丈夫 Facetime 跟她說呼吸困難
但病房護士說不需要給予呼吸機
就這樣
他眼角有淚
辛苦地離開了
比你年輕很多的一位爸爸
……
我怎能不想起你？
你在瑪麗經歷的痛苦
是我一生的遺憾　傷痛
讓我內疚　自責
揮之不去的後悔
……
我跟這位媽媽說有什麼需要都可以找我
至少有我明白她
最近不少網友　朋友失去家人
他們來到我的生命中
我希望用我生命僅有的力量
去陪伴他們
有時我在想
自己都甩皮甩骨
失去你就像活在黑洞一樣
孤單　痛苦　出不了來
真的能陪伴他們行這一段路嗎？
我不知道
但我會嘗試
用生命影響生命
由始至終都是我們的理想
何況
他們總跟我說：「我不知可以跟誰講。」
既然命運帶到我來這步
便盡用我的生命不浪費

2023 年 4 月 3 日　陰

第 300 天

沒有阿昌的第三百天 街頭遇見的網友們

網友無處不在 # 感謝你們一點一滴地照亮了我

今早到一間新學校開專注力小組
集隊時　隔籬班導師主動跟我打招呼
說一直 follow 社工爸媽 FB
關注我和天仔
他也是社工同事
還說：「我們一起加油啊。」
嘩　真熱血的年輕社工
照亮了我
……
上星期與天仔在屯門吃早餐後準備返自然學校
離開茶記時突然有一個陌生人跟我打招呼
我呆一呆正在想她是誰的時候
她說是我們的 follower
也是社工
我自然反應擁抱她一下
希望無嚇親佢
……
前兩個星期與天仔路經大圍
之後收到一位網友的 IG msg
說在大圍見到我們
……
最近在學校附近過馬路
遇到一位路人跟我們打招呼
我當時以為她是自校的家長
後來收到她的 msg
原來也是網友啊
……
多謝你們每一位主動 say hi 或 msg
照亮了我
有時我在想
社工爸媽自家教手記的 followers 不多
為何平均每星期都會遇到網友呢？
而且在不同的地區都會遇到
可能
命運知道我孤零零
想透過你們去照亮我
給我一點溫暖吧！
多謝你們的愛

2023 年 4 月 4 日　陰

第 301 天

沒有阿昌的第三百零一天
你的衣服

昌：
你死後我把你大部分衫褲都交給勵
行會回收
留了一少部分給天仔長大後穿著
最近天氣比較熱
天仔去年的短衫已穿不下
我讓他試穿你的 T 恤
想不到不夠一年
他已能穿得下
最近半年他真的長大得好快
跟過往比較
這半年是最大變化
他正由兒童慢慢成長變成青年
多渴望你能見證他這個階段的成長
有你在他身旁陪伴他　指引他
……
十個月後的今天
我仍然難以明白
你和我不是完美
但絕對是好人一個
天仔也是一個好孩子
為何命運要這樣對待你　對待我
對待天仔
為何要這樣對待我們一家
特別要我和天仔留下來
這樣沒完沒了的痛苦

2023年4月5日　陰

第302天

沒有阿昌的第三百零二天
Christeen

這位很少見面的同事
曾經給我一個長訊息
訊息讓我感到好溫暖
感受到愛
今天早上會議中
Team leader 邀請我們分享最近
工作中特別的個案
我分享最近遇到一些
正在經歷極度哀傷的網友
他們覺得只有我明白他們的感受
雖然我覺得自己甩皮甩骨
但可以陪伴他們 聆聽他們的哀傷
我覺得是有價值的
同事回應我說：
「阿敏你帶光給人們……」
我說：「我只覺得自己被一團團黑雲籠罩著，不認為自己能帶光給別人，最多只是一份陪伴。」
同事說：「在你不知道的時候，你已把光帶出去。」
我與同事擁抱
Team leader 為我們拍下了
這個溫暖的畫面

多謝這位同事
Christeen #ILoveYou

2023 年 4 月 6 日　陰

第 303 天

沒有阿昌的第三百零三天
每天醒來的空虛

昌：
每天早上醒來張開眼
都覺得很空虛
人生的意義和夢想
都隨著你死了而離去
有時我張開眼的一刻
可能是因為朦朦朧朧
突然想起你已經死了 不再回來
感覺像一個失憶的人
忽然想起了一些忘記的事情
那種感覺
又或者像一個腦退化的病人
想找尋某個家人
但忽然想起那人已死了
重新再一次傷痛起來
……
這種空虛很難纏
到底我還可以做什麼　怎樣生活
每天面對不同的任務
照顧好天仔
處理好保險工作
學校小組工作
我覺得綽綽有餘
但是　無論這些工作做得有多好
我仍然覺得人生很空洞
每一分每一秒都是沉悶
一個人吃早餐
一個人散步
一個人坐車
一個人看電視
一個人入睡
沒有了你的陪伴
那種蠶食著我的孤單　黑暗
真的很可怕
捱過每一分每一秒
還有無窮無盡的　每一分　每一秒

2023 年 4 月 8 日　陰

第 305 天

沒有阿昌的第三百零五天
結婚 16 週年

昌：
很難熬啊
第一個沒有你的結婚週年
還好我們的儀式感不是太重　否則這刻的我必定會更痛苦
……
早上跟天仔一起看電視　節目是關於生死教育　生前派對
天仔說：「我用盡一生的運氣，去得到這麼好的爸爸媽媽。」
他將焦點放在擁有　而不是在你的離開
昌　我們做到了
我們把最好的都給天仔
我們讓他在愛中成長
所以面對你永遠離開我們這種痛苦
他都能夠用這種思維
……
今天約了 Manden、菁吃午餐
你的暫別會那天　還有天仔生日正日
都是他們陪伴著我們
請我們吃大餐
痛楚會減輕一點點　會容易一點點
所以今日結婚週年我也約他們
他們取消了原本有的約會
跟朋友說：「我們約了一位很重要的朋友。」
我聽到覺得好感動

或許是我從小開始都捱了很多苦頭
而你離開我　是終極悲慘的結局
命運見我太慘了
給我身邊很多愛我的人
可能是這樣
………
在這樣的日子　一定要跟一些很愛錫自己的人在一起
Manden、菁就是了
我不停地哭時　他們只會安靜地陪伴
也不會批評我為何過了很久仍會哭
又或者叫我要積極　要對神有信心之類的
他們很理解我　體諒我
結婚週年這種痛苦的日子
感恩我生命中有這兩位長輩陪伴寵愛
說起上來　他們從我 20 歲出頭開始就一直在不同的階段扶持著我（和你）
二十多年　都仍在我身邊
………
想起去年的結婚週年你在瑪麗做化療十日
因 covid 不能探望你
如果當時已像現在一般可以探望
可能整件事也會變得不一樣　你會捱少了很多苦
但是命運不容我們選擇
那天我買了一份禮物給你　透過醫院送到你手上
那是一條來自日本　印有富士山圖案的毛巾
你 msg 跟我說很喜歡
我知道你一定喜歡

你很喜歡日本文化
我當時也鼓勵你康復後一起去富士山旅遊
之前都未有機會去那兒
現在回想起　實在是過分抱有希望……

Facebook 貼文

結婚 16 週年
努力捱過每一分每一秒 ...
2021 年 4 月 8 日
寫了這個婚禮貼文
20 日後 4 月 28 日
阿昌就確診淋巴癌 4 期
各位網友
請珍惜還在你身旁的伴侶
一切都非必然

< 沒有婚紗和擺酒的另類婚禮 >
#1 年 po1 次
今天是社工爸媽結婚 14 週年
時間真的像空氣一般的蒸發掉
好似流水一般流過雙手卻無法捉住
實在是提醒自己
要好好珍惜眼前的一切
無論是家人 青春 或是健康……
由於社工爸媽都喜歡創意
也喜歡有自己獨特的風格
比較抗拒人哋係咁我哋就要係咁
所以我們的婚禮沒有穿婚紗
赤腳　也沒有擺酒
我們 Plan 婚禮時
最希望婚禮是人人來到都開心
好似參加 Party 一樣
有一種歡樂的氣氛

在婚禮邀請短片中
我們建議朋友們著便服輕輕鬆鬆來參加：

婚禮地點在
烏溪沙青年新村的小教堂
方便婚禮完結後給賓客 BBQ
（邀請卡註明不用俾人情 / 不需送禮物怕浪費）
當日賓客可提早入 camp 享用營地設施
夠鐘先去參加婚禮
教堂門口是棉花糖機和 Popcorn 機　賓客想吃便吃
回禮禮物是珍寶珠
步入教堂是現場 Full band 伴奏
每位賓客都有一把汽球劍
隨意揮動 畫面又繽紛又開心
社工爸媽很喜歡這樣的氣氛
婚禮當中有 Dancers
有演唱
我們最想就是賓客覺得豐富 精彩 開心
而不是沉悶睇錶
社工爸媽不喜歡戴戒子
所以我們交換的是銀手鈪（婚姻是共負一軛的）
牧師證婚和祝福禱告後
切的是我們訂的小店雙層蛋糕
是我們吃過最美味的蛋糕

而那間小店
也已經因租金貴而結業了
真可惜……
那晚我們沒機會燒烤
因為與不同的朋友傾談
時間火速的這樣過去了
揀復活節主日結婚
喻意婚姻要無限復活
否則難以走一生
已進入婚姻的朋友一定明白！
婚禮完結後
很多的朋友說我們的婚禮是他們參
加過最開心
最特別的婚禮
就算事隔多年
有時在街上遇見朋友
他們仍然提及
對我們婚禮的快樂回憶
That's all we want!
感謝當天嚟祝福我哋嘅每一個
感謝幫手的每一個…
雖然當中有的已返天家
有的已嫁外國
有的不再是朋友
有的仍是好友
大部分都老了
………
總之
感恩
It's life
結婚週年快樂！

2023 年 4 月 9 日　晴

第 306 天

沒有阿昌的第三百零六天
復活節

昌：
今天是復活節
想起我們結婚是在復活節主日
也想起去年復活節
你在養和住了幾天
白血球跌到 1 以下
要輸血
那時我們仍覺得會康復
你的身體會復活

2023 年 4 月 12 日　晴

第 309 天

三　沒有阿昌的第三百零九天
生命導師

昌：
很久沒晴天
今天終於出太陽了
每次見到太陽都總會想起你
你很喜歡曬太陽
最後那兩個月都在醫院度過
沒機會曬太陽
想起心痛
慶幸最後在養和你床位的玻璃窗很大
你可以感受到太陽
……
最近差不多每個星期
都會有網友告訴我他們的摯愛死了
有失去丈夫的
有失去孩子的
有失去父母的
又或者處於末期的階段
他們找我傾訴
讓我可以稍為陪伴著他們　給予微小的支持
昌
死亡真的很恐怖　很殘忍
突然　有一天　你就在這世界消失
我就再也不能夠見到你
很多的同路人
正在跟我一樣
經歷這種沒完沒了的痛苦
最近聽了一個影片
講了很多關於環保的數據
地球越來越不適合人類居住了
有時真的很想地球大爆炸
直接完結了
那樣倒也不錯吧
如果真的有天堂
爆炸那一刻
我便可以立即再次見到你
……
今日豬昕帶了天仔去大尾督 BBQ
真是一種緣分
你　我　他　因為音樂而認識
他仍然記得我們一起去中學
分享音樂和生命見證的回憶
他拉小提琴　你打鼓　我唱歌
不熟絡　很少聯絡
他卻主動答應
可以做天仔的生命導師
在你的暫別會完結後
留低跟天仔建立關係
又在天仔生日正日
一家四口請我們吃飯為天仔慶祝
今日天仔好開心
Bi li ba la 的分享 BBQ 好好味
豬昕跟他聊天　也鼓勵他好好運用時間
當豬昕問他關於你的事
天仔說已適應
沒有太掛念你了
或許
小朋友真的比成年人容易適應
我也不斷學習不要將自己的哀傷
放在他身上
或者　他真的沒我想像中那麼困難
他的適應力
抗逆力真的高到一個點
連你死去這麼大的創傷也能夠消化
……
我跟豬昕說想他幫手與天仔傾一傾

幾件事：
打機 性教育 面對你的死亡
未必一次過可以傾好全部事情
但開始了這些主題
未來豬昕都會幫助天仔
又或者約一個時間一起幫天仔訂立
一些目標
失去了你
我們真的很困難
很多時間我都不知道怎樣一個人去
做決定
例如一些給天仔的界線
以前總有你跟我一起商量
現在常常一個人去考量
總擔心自己視覺不夠全面
不過有朋友支援
而且是有心 有能力的社工朋友
總會好一點

2023 年 4 月 13 日　晴

第 310 天

沒有阿昌的第三百一十天
天仔創業

昌：
記得你以前說過　不贊成天仔課金
幾個月前我打電話給豬昕問意見
他傾向跟你一樣不贊成課金
而且建議我和天仔討論你為什麼不想天仔課金
我跟天仔討論之後請他寫下來了
……
最近　我放寬了這一點
天仔問了我好多好多次　他真的很想課金
你知道他對自己喜歡的事情一向都非常堅持（笑）
就是在不可用零用錢
也不可以放售我們過去買給他的圖書或玩具
在這兩個前提下
他可以靠自己賺回來的錢去課金
運用他的雙手　還有就是他的創意
於是他開始了織手繩的生意
出 po 後接到不少訂單　賺了一千多元
其中六分一捐給癌症基金會
對一個小孩來說已是很不錯的收入
他立即去便利店買點數卡使用
這樣放寬
是因為我在想
與其不停地拒絕他課金的要求
倒不如好好運用
他這件他很想做的事
讓他去學習有用的技能
——做生意
在過程中學習定價　寫宣傳廣告
接訂單後做記錄　記帳
與客戶溝通　處理郵件等等等等
這個時代　懂得做生意更重要
而且　萬一我也早死
他自小就學懂這些技能一定是好事
……
昌
你會否仍然不想他課金
還是你也會跟我一樣的想法？
在過程中我心裡有掙扎
現在我不能再聽見你的聲音
不能問你的意見
也不能再跟你一起
討論教養天仔的方法
未來
仍有無數的想法
我要靠自己去決定

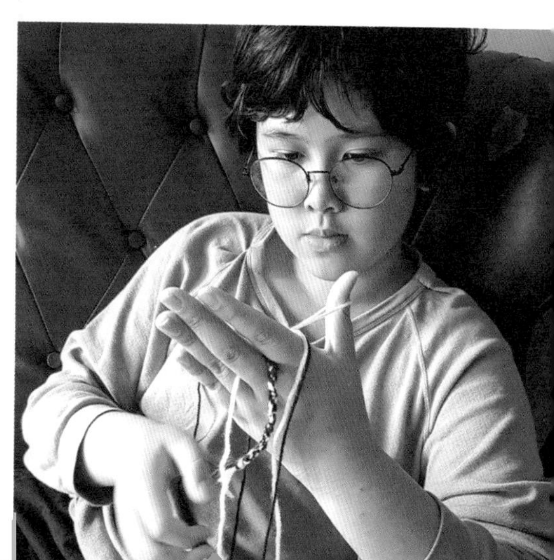

2023年4月14日　晴

第311天

沒有阿昌的第三百一十一天
有蚊

昌：
最近天氣變熱
有些晚上有蚊吵醒了天仔
我起來跟他一起打蚊
想起以前你是捉蚊能手
有蚊的時候我根本不用操心
交給你就可以了
記得你其中一個方法是躺在天仔旁邊
等蚊飛到你身上吸你的血
這時你就會把握機會拍死牠
現在
我只有自己一個去捉蚊
有時捉一小時都不成功
見到蚊飛來飛去都總是撲個空
最後我只可以靠打開房門
用扇不停揮
將蚊趕出去
始終拍不死
昌
你可以回來幫我嗎？
我知道是完全沒有可能
說說也可以吧？

2023 年 4 月 15 日　晴

第 312 天

沒有阿昌的第三百一十二天 超市

昌：

今日我獨自去超市買日常生活用品
和零食
感覺真的很難受
沿路一個人
真的好孤單
總想起以前你和我手拖手去超市
一邊走一邊聊天
然後一起逛超市
最後我離開超市兩手空空
因為每次你都會負責拿起所有東西
一來你實在天生力氣很大 很強壯
二來
是你真的太愛錫我
不想我辛苦
現在
除非天仔跟我一起去超市
否則
所有東西
都是我一個人自己揹起了
但你放心
我總會用背包
不會用手抽
這樣
便沒那麼辛苦

2023年4月20日　晴

第317天

沒有阿昌的第三百一十七天
世界上多一個好人

某個早上
天仔突然跟我說：
「媽媽，我用盡了一生的運氣。」
我：「Roblox 抽到果實嗎？」
天：
「我用盡了一生的運氣，
可以擁有咁好的爸爸媽媽。」
我好感動 擁抱他
他將焦點放在「擁有」
而不是「失去」
在他眼中
他擁有深愛他的爸爸媽媽
而不是失去了爸爸
天仔的內在力量是多麼的強大
那股從心發出的正面能量
就算此刻連我也死了
讓我也不太擔心
至於天仔的將來
是充滿著光彩
知識和學術能力
永遠都有大量時間去增加和儲存
但內在的力量 快樂質素
抗逆能力
健康的身心靈
在 10 歲前的童年
是打好根基的關鍵時刻
阿昌和我的努力 付出 甚至犧牲
Homeschool 的選擇
每天的睡前故事
每次對孩子尊重的態度
每個擁抱
每次的陪伴
每一份愛
都是有價值
都是非常值得
阿昌的學生曾經問他
為何選擇做爸爸生孩子
他說：
「其中一個最重要的原因，是我希望在這世界上多一個好人。」
昌
多謝你
敏
我也多謝你

2023 年 4 月 21 日　雨

第 318 天

沒有阿昌的第三百一十八天 Mario

今天的分享
可能好多網友會感到開心
特別是那些一直記掛著我
好錫我　好想我好
甚至每一晚仍為我和天仔禱告的網友們
……
早兩個星期的某一天
那天下大雨　學校有行山活動
我跟天仔說不如請假去睇戲
天仔當然秒速回應說好
《Mario》電影
他已說了很久想去看
這天碰巧我沒有任何工作
事就這樣成了
…………
自從阿昌死後　我很怕見到戲院
因為阿昌和我很喜歡看電影
第一次約會就是看電影
之後每次約會
或結婚之後的二人世界活動
都總是去看電影
當他死了最初那段時間
我連經過戲院都很難接受
心會被抽住
在戲院附近瘋狂哭
後來　有阿昌和我的舊同事們陪伴
又或者是天仔的朋友仔陪伴
我覺得勉勉強強都可以睇吓戲
因為一班人會比較熱鬧一點
感覺會好一點點
…………
今次突破了
只有我和天仔兩個人入戲院
在過程中我沒有特別難過
也沒有很痛苦地想起阿昌
能夠 enjoy the movie　全程投入
而且《Mario》
又都真係幾好睇
好輕鬆
又會勾起陪伴天仔打機時的情節
碧姬公主是我常用的人物
所以非常有趣
完場後
我們去了一間未去過的天婦羅店
也是天仔期待很久想試的食店
就這樣　我們度過了快樂的一天
……………
雖然每次想起阿昌都會很痛苦
內疚和遺憾亦常伴著我
但最少今天我能夠
Enjoy the movie

第 319 天

2023 年 4 月 22 日　陰

沒有阿昌的第三百一十九天
彈琴

阿昌死了之後
我失去一切夢想　也失去一切興趣
每天在床上醒來
工作　責任　幫助別人　貢獻社會
這些就是我的任務
這些任務我做得很好
但　它們只是 task 而已
任務跟夢想是很不一樣的東西
我心裡已失去了從前那種有夢想的人生
夢想　已隨著阿昌的死而離去
聖經有一句說話「二人成為一體」
當阿昌死了　我感覺就像被活生生地被割走了一半
割走了一隻眼
割走了一隻耳朵
割走了一隻手
割走了一隻腳
割走了半邊身
唯獨是心臟
那不是割走一半　而是完整地整顆心都割走了
活著
就只是等死亡那天來到之前
讓我的生命不浪費
由於我做到的事情真的很多
我的經驗　能力　才幹　恩賜
都可以幫到很多不同的人
絕對不可浪費的
不過　我失去夢想
沒有自己想做的事了
十分不習慣這樣的自己
由中學開始
一直以來　我都是一個有夢想的人
不同的時期　就有不同的夢想
而且持續追夢
………
阿昌死了之後
我很抗拒與神職人員接觸
就是牧師　傳道人之類
誰知　有一天
在保誠團隊感恩週年晚宴中
老闆竟然邀請了一位
我很尊重的牧師來分享
當我打算靜悄悄地帶著背包離場時
這位牧師竟然
由遠方慢慢步過來並向我揮手
他的名字是寶麒
我 20 歲出頭就認識他
他曾經對我有很多重要的影響
寶麒那份牧者的愛　讓我難以抗拒
所以我與他談了一個晚上
那晚團隊做過什麼我也不知道了
我只是忘我地跟寶麒談個不停
後來　寶麒約我幾次見面
他想幫我走番出嚟
其中一件事
他鼓勵我從新找回夢想
我說真的做不到
他鼓勵我先做些喜歡的事
我說已經沒有
所有喜歡做的事都有阿昌在身旁的

我 已經沒有喜歡的事
寶麒一臉哀傷
………
後來 我回家跟天仔分享寶麒跟我說的事情
我說：「媽媽已經沒有夢想了。」
天仔說：「媽媽，不如你回想你未認識爸爸之前，你最愛做什麼。」
我說：「好吧，我試想想。」
我看著客廳的電子琴
那是幾年前一位網友
Juliana 送給天仔的
他們已不再需要這琴
天仔那時沉醉於
用 simply piano 這個 app 學琴
之後沒再繼續彈下去
我看著這個有點灰塵的琴
想起我小時候很喜歡彈琴
只因聽了貝多芬的〈For Alice〉
我就從小二開始 求媽媽給我學琴
一直求她到中二 她終於讓我學了
我一心只想彈〈For Alice〉
很快就彈到了
半年後老師叫我考三級
其實當時我不明白為什麼要考
但我是很乖的那種學生
老師叫我考我就考
考完之後 老師又叫我考七級
說我跳級上去考就可以
或者我都算是有點天分
但當我練考試歌一段時間後
我感到非常沉悶
不是我喜歡的樂曲
那時我在想：
「為什麼我要考級？我又不是想做教琴老師，教琴咁悶，我又已經識彈〈For Alice〉，咁考乜鬼呢？」
然後我跟老師說我不想考試
也不學了
而且學費越來越貴 媽媽很難負擔
我家中又沒有鋼琴 吓吓要租琴室
又是辛苦了媽媽的錢包
老師黑一黑面
我就完了最後一堂 跟他說再見了
之後我就轉了學結他 彈結他
又便宜 又方便
………
想起寶麒說的話
便打開琴譜
彈〈For Alice〉
一轉眼已三十年沒有彈琴
手指硬了 已生疏到不得了
但今天我做了一件事
做了一件我認識阿昌之前
已喜歡的事

2023 年 4 月 23 日　陰

第 320 天

沒有阿昌的第三百二十天
內疚地吃和睡

昌：
有個外國的網友
告訴我她的丈夫因腸癌 4 期
已進入最後的階段
不能吃　不能正常睡覺
當她吃和睡的時候
她說會感到內疚
想起你在最後的日子
也是不能吃和不能正常睡
想起便哭
對你內疚的感覺揮之不去
我沒有好好珍惜你
沒有好好愛你
回望的時候
永遠也不會覺得夠
你現在會知道我和天仔發生什麼事
嗎？

2023 年 4 月 24 日　陰

第 321 天

沒有阿昌的第三百二十一天
離婚

收過不少網友的訊息
她們想用一些很善良但卻很悲傷的方式來安慰我
大概的意思是
我能夠經歷過阿昌這麼好的丈夫
已經是很幸運
她們的另一半還未死
不過彼此之間的婚姻已經名存實亡
甚至有位網友用「比死更難受」來形容
其實　我明　我真係明
我自小親身見證婚姻可以有多恐怖
而跟阿昌十九年的關係裡面
也不是一帆風順
我們努力用愛和智慧去建立這段愛情和婚姻
………
當見到這些網友的訊息
無限的感觸
想起中學老師在阿昌死後曾跟我說：「為什麼關係不好的夫婦白頭到老，像你和阿昌這麼好的夫婦卻這樣呢？」
老師為我感到很悲痛
………
對於婚姻關係不好的網友
我好想祝福他們能夠透過婚姻輔導或其他方法
讓婚姻可以有改變
好想大家可以
好好珍惜彼此仍有生命
不過很矛盾地
我又深知婚姻問題帶來的痛苦是深不見底的
特別是當 Day 1 揀錯了
之後就有很多的苦要受
所以
到最後
我就只能默默祝福著這些網友
至於最終選擇了離婚的網友們
送上我的祝福給你們！
在我的角度
其實離婚不比喪偶好受
那種痛苦我相信是沒差很多
只是痛苦的地方不同
…………
香港每年結婚 5 萬多人
離婚 2 萬幾人
離婚率接近 40%
美國 53%
內地 38%
比利時 73%
資料來源周華山博士兩年前影片
有需要的朋友可以聽他在 YouTube 的離婚系列

但願天下間所有夫妻 伴侶
都能夠彼此相愛到老
好好珍惜對方
免得像我一樣
想珍惜
卻已經再無機會了

2023 年 4 月 26 日　晴

第 323 天

沒有阿昌的第三百二十三天 媽媽你要陪著我

昌：
天仔這幾天傷風咳
都是跟以往一樣用精油就很快康復
以前天仔病的時候
有你跟我一起照顧他　陪伴他
現在就只有靠我了
………
晚上講完聖經故事
他躺在床上準備睡覺
但咳嗽了一段時間未能夠入睡
我給他一杯暖水
喝水後天仔說：「媽媽，我要攬攬。」
然後他擁抱著我很久都沒放開
還在我耳邊講了一句話：「媽媽，你要陪著我。」
我領略到他的意思是害怕我會死亡
於是跟他說：「你是想媽媽陪你很久很久嗎？」
他說是
……
其實今天我也在想
萬一連我都死了
他就真的很慘
但我不能確保自己的生命
所以我只能跟他說：「媽媽也很想陪你更長的時間。」

2023年4月27日　晴

第324天

沒有阿昌的第三百二十四天
又再夢見你

昌：
很久很久沒有夢見你
因為我內心很抗拒夢見你
夢裡的你總是生病
而且醒來的時候發現是個夢
就好像要再一次接受你永遠離開的事實
所以我不希望夢見你
可能是因為這想法　讓我沒怎麼夢見你
但昨晚又再夢到你了
夢裡同樣是你生病
但你堅持要返中心幫學生做一些事
我不斷叫你不要返中心留在家休息
說著說著就醒了
我常常都在想
假如你沒那麼瞓身去做一個社工
沒有衰上司
你是不是就不會患癌
你是不是這一刻就在我的身邊
陪著我　跟我聊天
訴說今天發生的事

2023 年 4 月 28 日　晴

第 325 天

沒有阿昌的第三百二十五天

去年今天你上救護車就再沒回來

很難受的一天
去年今日 4 月 28 號
阿昌在家中暈倒
救護員將他送上救護車後
自此他就再沒回家
那天 是他最後一次在家中出現
當時我實在不知道　原來那天之後
他就再回不了家
……
到今天我仍然清楚記得
當時我親眼見他倒下的那種恐怖的
驚慌
我用顫抖著的雙手撥 999
過了大約兩分鐘
阿昌半醒之間向我說：「我愛你。」
當時或許他覺得　自己可能是最後
一次跟我說話
他就是說這一句
每次想起 我都會哭
他在半死之間仍是只想跟我說他愛
我
我真係好掛住好掛住好掛住阿昌
好想好想再一次聽到他說愛我
……
在他入院後情況較穩定的幾天
他 P 了一張圖給我
腫瘤令他講說話十分辛苦
用訊息跟我說
當他暈的時候：「眼前一黑就開始
發夢，夢見與你一齊行緊山，跟住
見到好靚嘅太陽，就聽到你把聲，
跟住就醒番。」

那張 P 圖就是他和我在山上
當時他和我都夢想著
他康復後我們要一去行山
一直以來　我們都未曾試過一起去
行山
每當我們行山　往往是因為工作帶
學生行
又或者帶表弟表妹　帶天仔行
我們約好了他康復後一起　二人世
界去行山
可惜這個是永遠都不能實現的夢想
……
在這個痛苦的日子　剛好寄養小男
孩緊急地來了我們家
讓我的視線可以稍為拉開一點點
照顧有需要的孩子總能讓我 focus
冥冥之中 像是有安排似的

2023 年 4 月 29 日　晴

第 326 天

沒有阿昌的第三百二十六天
夢見你腫瘤縮小

昌：
我竟然短短幾日內又夢見你
夢中我跟你說：
「老公，你的腫瘤細了很多啊。」
你摸摸條頸
我就醒了
……
很討厭這樣的夢
醒來知道是假的更痛苦
更掛念你

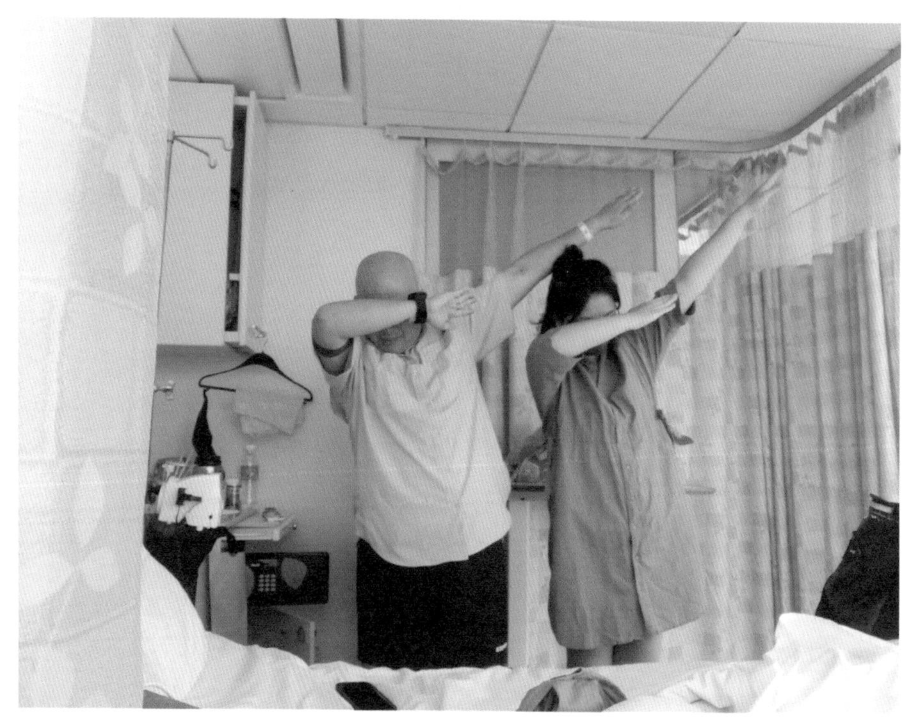

2023 年 4 月 30 日　晴

第 327 天

沒有阿昌的第三百二十七天
升中表格

看著學校派回來的升中表格
實在不知道應該怎樣填
沒力量沒精神沒能力去研究天書
立即向中學同學陳智健求救
陳 sir 教書廿幾年
經驗非常豐富
而且他有一顆很願意幫助人的心
每次我遇到有關主流學校的事情
需要搵人教我
他都秒速回應
………………
在餐廳坐下
他便把電腦拿出來
打開一個非常正式的 PPT
慢慢向我講解
舊同學特權：個人專屬講座！
按著天仔的情況
將他建議的學校及特質細心講解
幫我排好選校次序
過程中亦非常尊重天仔的取向
會耐心邀請天仔分享對選校的期望
又會教他一些學習的道理
這位同學的教學工作十分忙碌
每天十幾小時工作
是一位盡心盡力的教育工作者
待人接物誠懇　熱心　心地善良
好多家長　學生都十分喜歡他
忙得累死了也義不容辭
二話不說就來幫忙
感激這位中同
他實在幫了我一個很大的忙
他在選校方面的經驗
是我難以用短時間的努力來
追得上的
知識無價！
感謝老同學～
拖著累得快死了的樣子
花了兩小時
幫我們處理填寫升中表格
在我們努力的時候
天仔大吃大喝
吃完意粉飲完凍朱古力
還要叫多一份心太軟
陳 sir 幫了我們一個大忙
仲要爭埋單
我搶不贏他
惟有下次我再請吧～

懇切祈求
香港教師可以脫離非人生活
能夠擁有正常的工作時間

中學一覽表
Secondary School List

沒有阿昌的第三百二十八天
天仔的夢

昌：
你知道天仔的夢
一向都是正面 奇幻 快樂
遊玩的夢
但今早他跟我說
他在夢中是一個嬰兒
在水裡溺斃
四周圍都沒有人
沒有任何一個人可以幫他
連我也不在夢裡
聽完他的夢我感到心痛 擔憂
他內在正經歷著怎樣的困難
還是
這只是一個普通的夢

①有一天，同天仔傾開男女关係、拍拖呢個話題
……
……

②
媽媽，爸爸應該無讚過你靚掛……
想笑媽媽
黑心的小朋友

③
爸爸常常說：「我好愛你、我好喜歡跟你在一起、你在我心中永遠都係靚……

④天仔聽完過來擁抱我

2023年5月7日　陰

第334天

沒有阿昌的第三百三十四天
婆婆入院

媽媽最近說幾處地方不舒服
包括胃　腎　心臟
先見外科醫生做初步檢查
然後隔一星期到私院住兩日一夜
做腸胃及膀胱鏡　心臟檢查等等
最後醫生發現腸裡有五粒瘜肉　立即切了
其中一粒再不理會很大機會變為癌症
最後大約八萬元的醫療費全數 claim 到
手術前後的覆診費用也在保障之內
而且整個手術前中後過程
都可按自己的意願去安排時間　感覺舒適平安
加上同事介紹的外科醫生是無國界醫生
對長者非常有愛心
媽媽覺得醫生對她的親切態度令她十分安心
……
前兩年幫媽媽買了較為基本的自願醫保
阿昌死了之後　我幫媽媽轉了一年 1200 萬保障額的醫保
媽媽怕我負擔太大叫我不要買
我跟媽媽說：
「我再也不能忍受多一個家人，在政府醫院醫病，那種創傷我不能再承受第二次，你當為了我，簽名吧，因為到時你死的時候，在你身邊主要的就是我和天仔。」
媽媽就再沒意見
……
聽過不同病友　朋友分享
他們父母在政府醫院的慘痛經歷
甚至有些認為假如父母在私院的話
不會死得那麼快
又或者甚至不會死
他們這些想法
我作為過來人又怎會不明白
當然也有網友分享過在政府醫院遇到好醫生
醫得好好　最後康復
那就要睇彩數了　有時候　有點像賭大細吧
正如在課室裡
假如一個老師要照顧 1000 個學生
場面會怎樣？
現實就是如此
醫療方面真的要靠自己
……
醫療保險
是一個家庭／一個人的基本保護網
每年只付出有限的保費
萬一有起事上嚟的天文數字醫療費
就由保險公司承擔
將自己的風險轉嫁給保險公司
為何不做？
這幾年癌症越來越多　多到很恐怖
以前我覺得癌症離我很遠很遠
現在親身經歷了
又有很多網友 pm 跟我分享種種自己／家人患病的經歷
原來有時癌症／重病
可以突然好近

盼望每人
都有足夠的醫療保障
有兩手準備
遇到突然生病
但沒有足夠保障額
那份徬徨和恐懼
我永遠都不會忘記
……
今天的我 cut 咩都得
醫療保險就一定唔可以 cut
這是我所重視的
阿昌死了之後
我亦再加多一份危疾
及人壽保險
萬一連我都死了
婆婆和天仔很難維生
所以我一定要做足準備
萬一那天早來到
我能走得安心

2023年5月9日　陰

第 336 天

\# 沒有阿昌的第三百三十六天
長頭髮

有一日
天仔回家跟我講起
有個女孩子見到他的頭髮很長
跟他說：
「嘩！你的頭髮好長呀！
我好鍾意長頭髮的男仔！」
那個女孩子在我心目中
內外都是超高質的
我認真問：
「咁佢算唔算向你示愛？」
天仔思考了幾秒，非常冷靜地說：
「咁佢鍾意長頭髮的男仔又唔代表
佢係鍾意我嘅。」
當時我心裡十分讚歎天仔的思維
他這句說話極之有阿昌的影子
是阿昌的多元思維
……
後來我在想
天仔踏入青春期了
會否因為這女孩的說話
他更加不想剪頭髮呢？
天仔從小到大
其中一件令我困擾的事
就是他很不喜歡剪頭髮
他從未去過髮型屋
一直都是阿昌或我操刀
幸好他的天然鬈髮
是旦求其剪都有他的獨特 style
總之不是林作那種亂就可以吧
每次頭髮長了
我都要再三請求他剪頭髮
今次有這女孩的說話
我心諗　應該更加不會剪吧
意想不到
三日後他竟然主動說要剪頭髮
非常罕有
……
阿昌和我都是有自己理念的人
不太受人影響
不會因別人讚賞而去做更多
也不會因別人批評而不去做
自己知道自己做緊咩
係阿昌和我非常鮮明的做人態度
盼望我們的生命價值觀
能夠成為天仔的人生導航
為自己的信念而活
而不是為別人而活
自己的價值並非建立在別人對自己的看法
也不是建立在別人是否喜愛自己
這樣的心靈　是自由的

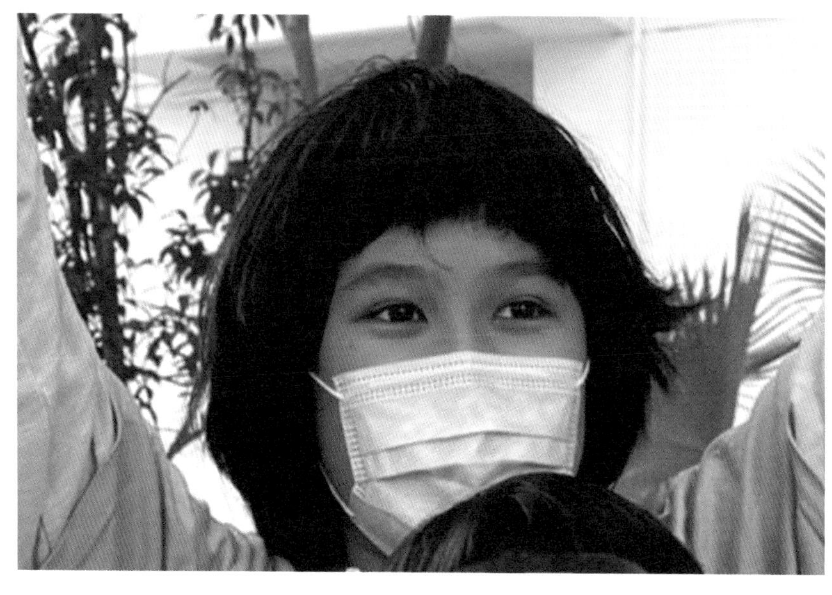

2023年5月10日　陰

第337天

沒有阿昌的第三百三十七天
說感謝的網友

昌：
今早有個網友 pm 我
問關於轉院的事
想問意見
我請她打電話給我詳細講
我跟她分享當日
我幫你從瑪麗轉去養和的經驗
與兩邊醫生溝通
聯絡醫療車　聯絡 ICU 醫生跟車
所有流程細節等等
很難受　想起你當天的樣子
網友哭起來
我在聽筒陪著她
最近越來越多網友跟我聯繫
她們當中有失去丈夫的
有正經歷家人末期的階段
有剛剛辦完身後事的
甚至有外國人 msg 我
最初以為是網騙
說女友患淋巴癌
但當他仔細講出
逐個階段所用的化療藥及鏢靶藥名
我就知道不是網騙
因為全部都是跟你用藥的次序一樣

我便將我知道的
和我的意見告訴他
這世界每天都有人正面對所愛的人
患重病
每天都有人失去摯愛
跟我一樣
在痛苦當中
身心都甩皮甩骨的我
竟然仍能陪伴傷痛的人
//The sun is alone too but it still shines.//
或許我的 destination 是照耀別人
但自己卻活在痛苦
這是我的命定吧
……
跟網友講電話到尾聲
她說了一句：
「多謝你和阿昌用生命幫了我。」
我立即哭了出來……
傍晚關心她家人的情況
她再 msg 我說多一次多謝
……
昌
我不想這樣子去幫人
但卻是這樣發生
而你的生命
已經化為灰十一個月了
但你仍然在幫助別人
其實我很希望我們什麼人都幫不到
去換取你仍然在我的身邊
為什麼
命運要這樣揀選了我呢

2023 年 5 月 12 日　陰

第 339 天

沒有阿昌的第三百三十九天
爸爸死了多久

昌：
今日跟天仔吃飯時
他突然問我：「爸爸死了多久了？」
我：「已經十一個月了，好像很久，
但又好像很快。」
從他不時回憶與你相處的時光
似乎他絲毫沒有忘記你
就像昨天仍與你一起那樣

2023年5月14日　雨

第341天

沒有阿昌的第三百四十一天
母親節

昌：
今天是母親節
沒有你在身邊
天仔一向都是跟你商量怎樣為我預備禮物
所以他沒有為我預備什麼
我們輕輕鬆鬆去冰室吃個早餐
……
多謝你　多謝天仔
讓我能夠成為媽媽
是多麼幸福的事
記得那時婦科醫生說我因子宮轉彎不易懷孕
等待了好幾年都沒懷上
某一天
我跟你說我們一起禱告
如果這個月仍沒懷上
不如下個月試試人工受孕
誰知下個月就真的懷上了天仔
第二個月的某個上班日
正在中學教成長課
忽然有血流出
差點失去了天仔
當時有你的陪伴
讓我在驚恐之中有所倚靠
……
天仔是個神蹟
不過神蹟卻沒發生在你身上
可能
一切都只是巧合

天仔學你咁
鍾意整古做怪想影張正常相都好難

2023 年 5 月 17 日　雨

第 344 天

沒有阿昌的第三百四十四天
Star Lord

昌：
今日天仔跟我到保誠開會
之後我們去了吃那好吃的日式炸豬排飯
第一次是你帶我們去
天仔吃得很開心啊
我記得你上救護車前的兩天的午餐
就是我們一家三口來這間店
那天是 2022 年 4 月 26 日
我和天仔陪你到養和覆診
我仍記得當時其實你吃得有點辛苦
不過你仍想吃
原來
那天就是你最後一次可以跟我們一起吃炸豬排
想起心裡很痛苦
你點了炸豬排餐
我點了炸蠔炸蝦餐
很後悔
當時忘記問你
要不要分我一件炸蠔和炸蝦
對不起　有時我就是很不細心
就算你病得那麼嚴重
我竟然有時仍會忽略了你的需要
其實你已經很辛苦
等車回家時你已受不了
……
很快我叫自己的思緒停下來
想起這些畫面心內很痛 很苦
吃完炸豬排我和天仔去看電影
是《銀河守護隊 3》
1 和 2 是你和我去戲院看的
今次 3 比 1 和 2 更有趣
我幾乎從頭笑到尾
自從你死後
我是第一次在戲院能夠笑
……………………
很想再跟你一起去看電影

沒有阿昌的第三百四十八天
智能手錶

昌：
我問寄養孩子有甚麼願望
因為想幫助他對人生有希望
他回答我說只有一個願望
就是希望有一隻智能手錶
於是天仔將自己的智能手錶送了給孩子
孩子好開心
然後　天仔搡你的櫃桶
找到了你的智能手錶
自從你死了　便一直放在櫃桶裡
今日天仔戴起你的手錶
說了一句：「我係戴智能手錶嘅男人！」
他的意思是有智能手錶才是一個真男人
我笑到碌地
就算他不是我的寶貝仔
我都會覺得他好可愛

2023 年 5 月 25 日　陰

第 352 天

沒有阿昌的第三百五十二天
海洋公園

昌：
今日天仔跟學校去海洋公園
我直接送他來門口集合
沒回校跟車
你死了之後　我們都沒來過了
以前你帶我們來這裡 staycation
今日再來　竟然就哭起來了
天仔見到酒店　也說很掛念你
我們坐在酒店大堂　擁抱了一會
我哭了一會
老師和同學們就差不多到了
幸好我們早到
有一點空間
去哀傷
去掛念你

2023 年 6 月 1 日　雨

沒有阿昌的第三百五十九天
M+ 博物館

昌：
今早 4 時多下很大雨　好多次打雷
吵醒了
想起以前下大雨打大雷的日子
擁抱一下你就安心
……
今天學校到 M+ 博物館參觀
我直接送天仔到博物館
出門的時候下著微雨
天氣有點熱然後很濕
想起去年這個時間
我每早趕去醫院儘量 8 點前到
陪伴你到晚上 8 點
很想二十四小時陪著你
但當時你和我都知道
這樣我一定撐不到
……
去到九龍鐵路站
想起這個商場新開時
我們山長水遠專程來這裡看電影
也想起我們
曾帶天仔來 W hotel staycation
如今來到這裡
環境沒怎麼改變
但一切都已轉變
……
今天第一次來到這個博物館
如果你還在
可能送完天仔給老師
我們會手拖手在這裡逛逛
到圓方一起飲茶吃點心
網上工作一下
然後去看場電影
輕輕鬆鬆接天仔放學
今天
我就惟有獨自一人到酒樓吃點心了
沒有你跟我一起分享
只能叫兩個點心
一個人怎能吃到多款呢？
一個人
能做什麼呢？

2023 年 6 月 2 日　晴

第 360 天

沒有阿昌的第三百六十天
手繩生意

昌：
天仔的手繩生意做得不錯啊
總收入差不多 $2000
希望在我到天堂跟你會合前
我能夠將所有的技能教好給他
為他將來能夠獨立奠下好根基
學懂做生意　理財　規劃人生
自己照顧好自己
日後跟你會合
有很多的事情等著要告訴你
雖然我不知道
這世界上到底是不是真的有天堂

2023年6月3日　陰

第361天

沒有阿昌的第三百六十一天 讓世界好少少

分享與寄養小朋友的經歷
主要是以下幾個目的：

1. 召集更多有心有質素的網友加入成為寄養家庭（感恩社工爸媽這裡很多高質網友）
2. 監察作用——令大家留意身邊的寄養家庭，發現有狀況向社署舉報，不能只靠社署
3. 為孩子發聲

感恩我分享 L 的事情後
大約有二十位網友私訊我說已報名加入／準備報名寄養家庭
也有不少私訊詢問寄養家庭的細節
亦有不少留言表示會考慮加入
我就是想見到這些事情發生！！
……
就算 我現在是一個甩皮甩骨的人
也不是全職社工
但我仍很清楚自己在世界上的 position：
我是一個天生具有影響力的人
這是我從讀中學時已開始知道的
我的 destination
是每天做一些事 讓世界可以變得好少少
這是無論什麼情況
我都註定要完成的任務
The sun is alone too but still shines.
我條命生成係咁
……
有好多網友 朋友 也有記者問我
點解你咁慘
仲做寄養家庭幫小朋友？
你好好呀 好感動呀～
其實
我心裡滿是疑惑
因為我覺得自己正在做的
與寄養孩子的相處
是很普通的事
就像呼吸 吃早餐 那麼普通
是每個人都會做到
只要願意便可做的簡單事情
好基本 不複雜
或許
世界太多壞事發生
所以大家特別珍惜
一些人與人之間的愛
當你讀到這裡
想跟你說：「其實你也可以跟我一樣，每天做一些小事，就能讓這個世界變得好少少，只要你是普通人就合格了。」
……
至於為什麼我那麼明白孩子的心情
首先因為我是一個服務青少年二十幾年的社工
不包括入課室教成長課
小組和個別輔導過的學生大約超過 3000 幾個
所以我很熟悉他們
而更主要的是 因為我有一個地獄的童年
從來沒有任何人介入救我出來
那時也沒有一校一社工
直到 17 歲

才有機會將我的痛苦告訴別人
開始了用一生去療癒童年的旅程
我自少親眼目睹了不少邪惡的事
在社團中成長
初小有段時間
曾被迫參與不合法的活動
沒有正常的課外活動
我深深明白大部分寄養孩子的心情
作為一個孩子是不懂求助
不懂發聲
很需要成年人幫助 愛護
……
大家背後都有一個故事
不少網友私訊跟我分享
有不少是千字文
感謝大家對我的信任
我好珍惜你們願意跟我分享
既然我都得
一個童年在地獄長大的小女孩
中學時在性別混亂中東歪西倒地向前走
最後沒有走歪過路
成為社工
今天已是社福界老鬼
卻從沒失去熱誠
發光發熱去照耀別人
後來 難得找到一個好丈夫
有個健康快樂的寶貝仔
終於可以有個幸福的家
最後老公又要死了
如果 連我都可以繼續
「每天做一些事 讓世界可以變得好少少」
連我都可以……
我都得？
你點會唔得呢？

睇緊我文章的你 對嗎？
……
當然
寄養家庭的條件真的不是人人可以
但每天做一些事
讓世界可以變得好少少
就每個人都做得到
如果想將好種子播入小孩子的心裡
除了寄養家庭
也可以做社區保母
暑假的需要更大
最近浸信會愛羣社會服務處 pm 我
想我幫手分享社區保母的需要
大家可以看看留言處的圖片
也可在自己區內的中心問問有沒有
社區保母義工培訓
……
讓我們減少 focus 自己的問題
多一點看看這個世界的需要
看看在無助中 痛苦中孩子的需要

2023 年 6 月 4 日　晴

第 362 天

沒有阿昌的第三百六十二天
輕輕親吻我的頭髮

昌：
今日坐巴士送天仔上學的時候
因冷氣吹正我的頭很不舒服
所以我挨近了天仔
當我挨近的時候
他把手臂環繞在我的肩膀
然後用手掌摸著我的頭
非常溫柔地輕輕親吻了我的頭髮
然後他一直沒放開手臂
自己望著車外的風景
我心裡呆了一下
因為這套動作
是你以前在坐車時常對著我做的
你從沒教過他長大後要這樣對媽媽
今天他卻這麼做
身教真的很震撼
沒言語的教育深深影響著孩子
……
晚上我教他有關歷史的課題
他表示明白　並記得清楚
昌
希望我可以有健康的身體
陪伴天仔到有自己的家庭
有好妻子　健康快樂的孩子
溫暖的家
那時我才能夠安心離去
但願如此

2023年6月5日　雨

第363天

沒有阿昌的第三百六十三天
肉醬意粉

昌：
今天午餐我煮了肉醬意粉
你病了之後身體虛弱
有時仍會下廚
但很多時換了我煮給你吃
肉醬意粉是其中一款你讚我煮得好
有一次你在醫院跟我說多謝
因為你知道我對烹飪很沒興趣
但為了你去學
而且竟然可以煮得到讓你也覺得好
吃的食物
（你知你對食物要求有幾高啦 ~）
當時我覺得好開心
得戚地跟你說
你老婆咁聰明
要學無嘢學唔識嘅 ~

開心之餘　同時我覺得是應分的
你沒生病時　由於你煮得很好
當然是你煮　我洗碗
但你病了
就當然由我頂上
「一直都係你煮，
都係時候我煮吓啦。」
……
想起這些對話
好像昨天發生一樣
卻又好像已經很遠

1.
Look Left ~ Dark

2.
Look Right ~ Dark

3.
Look Behind~
Dark

4. If every thing around
seems dark, look again,
you may be the light. ~Rumi

2023年6月7日　雨

第365天

沒有阿昌的第三百六十五天
一年

昌：
去年的這天
你永永遠遠地離開了我和天仔
到現在　我還是感覺像一場夢
仍要提醒自己
你不會再回來
我永遠都不能再擁抱你　見到你　跟你聊天
我仍然未能夠接受這個事實
有時我坐在客廳
會看著門口
想像你下班回來的情景
我和天仔上前歡迎你回來
擁抱你
然後我叫你快去洗個澡吃飯
就像以前一樣……
無論付上什麼代價
我都希望可以交換
你能夠回來我的身邊
……
約了寶麒牧師見面
一傾就傾了四小時
一哭就哭了四小時
他鼓勵我要放下你
不要再跌入悲情主角的陷阱裡面
他說不能解釋為何你要早死
但人生總有些苦難是不能逃避的
他了解我現被工作　責任
任務等佔用時間
分散自己掛念你的注意力
他擔心這些工具只是暫時性幫到我
日後失效的話
可能我會需要服食血清素
所以要解決根本
是我需要向前看
重新享受生命
……
其實他的擔心
就是我一直的擔心
但我又做不到
惟有見步行步了
……
之後
我和天仔約了 Gloria 和柏柏
去一個從未去過的遊戲室
天仔很掛念你
在這個日子特別掛念你
所以 Gloria 和柏柏
刻意來陪伴我們
結果再一次很 work
天仔跟朋友一起玩
一起飲飲食食
就開心了
雖然裡面的傷痛是難以磨滅
但最少有朋友的陪伴
有玩有食
稀釋我們的痛苦
……
不想 move on
只想見到你
但我會 move on
嘗試放下你
……
或許
我不會再寫信給你了
……

後記

一年之後

2023 年 6 月 16 日

#The Flash

面對爸爸死了一年的日子
是不容易的
剛巧碰上學校兩星期的生死教育週
令到天仔感覺更難受
今天是學校參觀墳場的考察日
天仔問我可否請假　不想勾起
媽媽說：
「當然可以，媽媽關心你的感受多於一切，多於上學。」
昨天學校假期我們才看過
《變形金鋼》 #Transformer
今天又去看《閃電俠》 #TheFlash
這次是我們第一次去 Suite 影院
成個人瞓低睇戲
再加埋個爆谷熱狗餐
天仔開心到核爆

我跟天仔說：
「這兩天就當我們去了旅行吧！」
因為沒有社工爸爸
暫時都不會考慮旅遊了
在香港為自己製造旅行的感覺吧～
感謝這兩齣電影
帶給天仔和我快樂的時光
暫時忘記一切
當 TheFlash 想回到過去
救番媽媽 Batman 說往日的疤痕
造就了今天的我

2023 年 6 月 28 日

醒來滿臉都是淚

今早醒來
感覺到臉上全是眼淚
慢慢才想起睡醒前的夢
夢裡面下著大雨
我沒有帶雨傘
然後阿昌突然出現
他正拿著雨傘
跟我說：「我知道你一定係忘記帶遮喇。」
我便瘋狂哭起來
跟他說：「你已經死咗，我知道你唔係真……」
然後　我便醒了
所以滿臉都是眼淚
很不想有這種夢
很不想夢到阿昌
因為醒來的時候
很痛苦

2023 年 7 月 8 日

#Move on？

之前有一位記者想訪問我
我習慣先用電話交流
了解對方用什麼角度報導
再作決定是否接受訪問
……
自從社工爸爸死後
有不同的記者想訪問我
關於他的主題
我全部都拒絕了
因為我了解自己未走到去那一步
也不知道會不會能夠走到去那一步
甚至 那一步是什麼
我也不太清楚
……
這次的記者
她想採訪關於寄養家庭的事情
我希望更多香港人
加入成為寄養家庭
所以通常我都會抽時間接受訪問
當我們一直傾關於寄養家庭的事情
記者突然問一個跟寄養家庭完全無關的問題：「如果你遇到一個合適的人，會否再次拍拖結婚？」
這個問題來得很突然
我呆了一呆
腦袋空白了數秒後
說：「如果有這個人，首先他要忍受到，我心裡面永遠愛著阿昌，他必須接納到，我的心不是屬於他一個……」
然後我在街上拿著手機哭
之後 已經不想再談下去
……
過去一年
認識了不少網友都是丈夫離開了
我們互相支持 同行
感恩她們每一位主動私訊我
其中一位網友移居海外過新生活
跟我一樣經歷非常痛苦的時期
但最近告訴我一個很好的消息
就是她 move on 了
開始了一段新的感情
我知道好開心
她的 FB 相片也變得有生氣 有色彩
我也可以少記掛一個網友了
……
能夠這樣 move on 的
對我來說是 mission impossible

#向前看

為了天仔
我終於鼓起勇氣帶他去 staycation
爸爸死了之後
天仔哀求我帶他去 staycation 或旅行的次數
我想最少有 100 次以上
頭半年我很決絕跟他說：「沒有爸爸陪伴，我不能接受去 staycation 或旅行，去到酒店一直哭一直哭，很沒意思，我也會好辛苦，而且一向是爸爸訂酒店我又不懂，加上媽媽又未有穩定收入，不去了。」
天仔與我處理哀傷的方式是相反
對我來說　我需要避開一切跟阿昌有回憶的場景
對天仔來說　他認為重回昔日與爸爸去玩的地方
能夠幫他再一次感受與爸爸相處的時光
這一點一直困擾著我
拒絕他　我很心痛　要我陪他去 我又很痛苦
曾經我向他提議找朋友帶他去
他又覺得有媽媽一起才像樣
所以我一直都在兩難　每次拒絕他
我也感到心痛
……

後半年我開始了保險的工作
感恩有了穩定的收入
但我的心理障礙仍未能破除
甚至 6 月時天仔跟學校到海洋公園活動日
我送他到海洋公園集合見到萬豪酒店也哭起來
……

今個星期　天仔生日了
如果我再繼續拒絕他　覺得他真的太可憐
我終於為了他　勇敢去突破
人生第一次自己訂酒店　訂票
感恩有 Gloria 和孩子的陪伴
給我有更大的勇氣去踏出這一步
大約五年前 Gloria 參加社工爸媽辦的活動
我們因而認識
後來由網友成為好友
孩子們亦啱玩
有他們的陪伴　酒店房顯得不會太孤寂
在海洋公園也有他們代替阿昌陪天天玩滑浪飛船
而我則不用勉強陪玩
……

晚上的時間　天仔說這是他十二年來最快樂的生日
我感到非常驚訝
問：「沒有爸爸也可以快樂？」
天仔說：「可以，因為我是向前看，今次有朋友都很快樂。」
他那從心發出的正面樂觀　那種強而有力的抗逆質素
讓我以他為榮
有時　他會掛念爸爸　出現負面情緒

但每次我都見到　正面的心態總會在他內心得勝
我感謝阿昌
這種向前看和樂觀的特質　是他留給天仔的無形遺產
向前看是阿昌以前常說的話　是他的人生座右銘
但我印象中他從來沒用說話教過天仔
讓我再一次見證身教的力量是多麼的震撼
……
最後
Gloria 和我祝福天仔
以後每一年生日
他都總會說「這是我人生中最快樂的一個生日！」

2023年8月21日

內疚和自責

余德淳說：「最折磨人的是內疚和自責。」
是的
過去一年多我每天活在這個折磨當中
理智上知道不要這樣對待自己 但做不到
阿昌患病時的照顧和醫療安排
生了天仔後對他的疏忽
不懂珍惜他的每一個畫面
待他不夠溫柔的每一個記憶
沒用心去學習烹飪
又或者係一個反應 一個表情
每天我就是控制不到的想著過去十九年的過失
最令我艱難的是
阿昌十九年來從未試過怪責我 批評我 或埋怨我
一次也沒有
想起他對我無條件的愛
令我更不能自拔地自責
縱然阿昌死前對我只有一個託付
不是好好照顧天仔之類的
而是只有一個：「你要好好愛錫自己。」
他唯一一個對我的託付
也是因為愛我
而我亦沒有做好
好好愛錫自己這件事
……

終於
上星期我聽到余德淳的一段影片
「人在一生中做錯的事總比做啱的事多
這是正常不過的情況」
可能連小學生也明白的簡單道理
令我突然有一種頓悟
就像明白了一個從未學習過的道理一樣
忽然幫我減輕了心裡的痛苦
然後
我在心裡嘗試想了幾個我有好好愛阿昌的回憶
暫時
我只能做到這一步

2023 年 9 月 3 日

天仔中一了

轉眼 天仔明日就是一個中學生
時間真的過得很快 非常感觸
中學時代
係我人生其中一個非常快樂的時段
不過所有快樂的回憶跟讀書是完全沒有關係
快樂主要是來自同學 課外活動
當班會主席 比賽 社活動等等
……
暑假時 有一天晚上
我教天仔做數學暑期作業
教得我哭起來
因為以前每當天仔對數學有提問
都是阿昌跟他討論的
我們從來沒有主動教他數學
但每當他主動提問
他們父子都會很專注去研究
阿昌好有心機教
天仔好有心機問和學
那時 我好喜歡看著他們父子二人專注講數的狀態
對我來說是一種享受
數學是阿昌的強項
對我來說則是地獄
我中一至中五都沒有上過數學堂
不是睡覺就是做自己嘢
一來沒興趣
二來五年都是同一位我很討厭的老師教
這天晚上
是我第一次教天仔數學
無力感好重
亦不能避免地想起阿昌教天仔數學
他教得有多好
覺得自己教得好垃圾
我哭著跟天仔說:「對唔住呀寶貝,媽媽教得好差,我好擔心自己會教蠢你,浪費咗你的資質,爸爸教得好好,我完全比唔上……」
天仔很難過地跟我說:「媽媽,你已經做得好好喇,你盡咗力喇,唔緊要㗎。」
然後我說:「還是讓補習老師教你吧。」
……
打十號風球那晚
很努力的克服恐懼
我從小就害怕打風
但自從有阿昌在我身邊 我就不怕了
因為有他在我就感到安全
現在 不論數學 還是打風 一切都變得不一樣了

2023 年 9 月 17 日

當年今日

以前我都幾鍾意睇吓
Facebook 的當年今日
自從阿昌死了
又想看　又難過
想看又不敢看的心情
你試過嗎？
多謝他永遠都是那麼珍惜我
就算未患病之前
我總是他的全部
不懂珍惜的那個人
是我

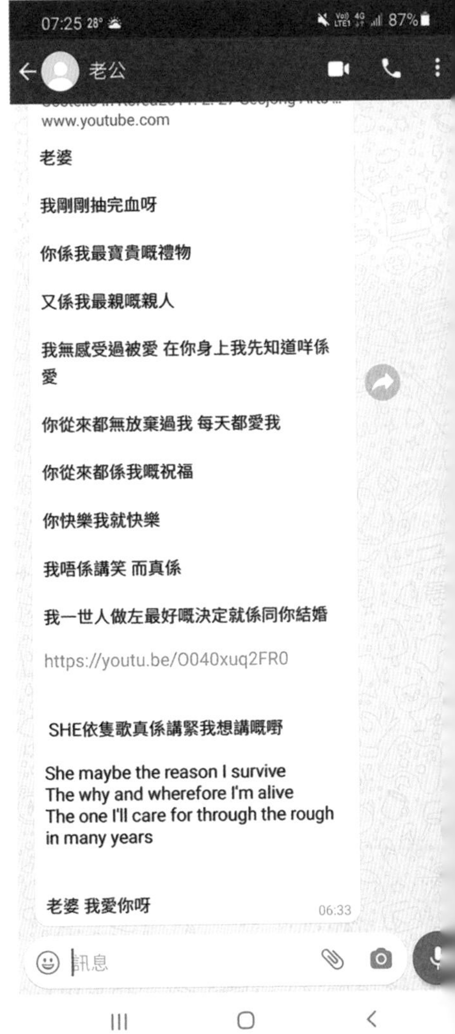

2023年9月21日

#4G 5G

社工爸爸死了之後
我需要重新學習的事情非常多
其中一個項目係電子產品類
以前所有這些事情都是阿昌幫我處理好晒
令我在電子產品方面的知識水平低到一個點
連 iPad 點樣連接 wi-fi 都不懂
之後係天仔教我的……
今日收到電訊公司電話
加少少錢就可以由 4.5G 加到去 5G
講了一大堆我聽不明白的事情
收線後我問天仔：
「4.5G 和 5G 其實有咩分別？」
天仔說：
「1G 係走路
2G 係跑步
3G 係踩單車
4G 係電單車
4.5G 係汽車
5G 係火車
咁樣講你會容易啲明白。」
我覺得天仔真係教得好好：「寶貝，你真係教得好好！我而家完全明白晒喇！多謝你會從我的角度去諗，用我明白的方法解釋畀我知，媽媽有你真係幸福喇！」
佢好滿意地笑一笑
不過
佢表示無興趣做教師或者社工

2023年10月8日

發噩夢

很久沒有發噩夢
尋晚發咗一個噩夢
夢裡面　我在一個古舊的英式教堂
有好幾個神職人員跟我在一起
他們好像是外國人
夢裡　我意識到他們是保護我
夢中我的情緒是害怕　同時又期待
阿昌的靈體將會來找我
似乎會傷害我　但我卻很想見到他
雖然是夢
但那種情緒非常強烈
醒來了也非常深刻
夢裡在教堂內走來走去
神職人員一直陪著我和嘗試保護我
充滿了害怕和期待的矛盾
個夢好長　來來回回　強烈的情緒
然後就醒來了
最終沒有見到阿昌的靈體
醒來累得我……
余德淳說
一般到達十八個月
哀傷便會完結
還有兩個月便夠十八個月
今天想起
阿昌確診淋巴癌的前兩個月
有一天阿昌上班
那天他要返 10am-10pm
阿昌出門前
天仔很難過的抱著爸爸
因為爸爸回來時他已睡覺
所以天仔會一整日見不到爸爸
感到很不捨
……
只是一天而已
天仔也會有情緒
現在
永遠都見不到
我有時真不敢想像
天仔是怎樣熬過每一天
我跟天仔很相似
以前阿昌帶學生去 camp 幾日
我都感到好掛念他
會難適應
如今
我已失去他一年四個月
每天我都掛念他
每天都想見他
我可以做的
就是不斷專心工作
專心照顧天仔
好好幫助有需要的人
總之
搵嘢做
幫自己想其他的事
暫時
這是唯一的方法

2023年10月13日

＃哭少了

網友們可能等咗我講呢句說話好耐喇：
「我發現自己最近喊少咗好多」
過去一年零四個月的眼淚
比我過去一整個人生的眼淚都還要多 多很多……
有時 每日都仍然會喊
有時 隔一兩個星期先會喊
不過 喊的時間縮短咗好多好多
我無刻意忍 而係自然地喊少咗
但我有刻意唔諗起阿昌
一諗起仍然係立即喊
我的眼睛開始喊到有少少問題
個問題係 就算我唔係喊緊
但雙眼都不時會流眼淚
真係正所謂～水汪汪的眼睛喇
遲少少會去見一見眼科醫生 檢查一下眼睛……
少咗喊 代表我慢慢無咁辛苦
雖然每次想起阿昌仍然係好痛苦
好掛念 好想見 好想佢返嚟
好想只係發噩夢 好唔想接受呢個事實
（寫到這裡又喊喇）
但係 我似乎開始 taste 到果種痛症的理念：

// 與痛同行 //
當痛楚不會消失
就只可以去習慣 去適應
每天跟這種痛苦的感覺同行
我估我開始
慢慢起步去學習緊呢件事
……
好多謝每一位
幫我裝起眼淚的朋友 網友
特別想多謝中學老師 Mrs Chan
阿昌死了的頭半年
我變得不想與人接觸
只有 Mrs Chan 是我想見的人
她每次都深度聆聽我 明白我
我記得有幾餐飯
食物都凍晒
我只是一直哭一直哭
一哭就哭好幾個小時
不停的
好多謝 Mrs Chan
你何止是我的老師？
還有很多很多其他的朋友 網友
感謝你們
感謝所有看過我哭
在電話聽過我哭
用 WhatsApp 陪過我哭
把我的眼淚用愛裝起來的每一位
你們每一位都有份參與我的生命
你們療癒了我的悲傷和痛苦
多謝寶麒、阿菁、Gloria、Peggy、豬昕、Alan、何漢聲、嚴生、嚴太、Wing、Milk、Esther、陳珍、Nico、容摩摩、菁姨姨、Manden 叔叔、阿勤、楊主任、Vennus……仲有無數咁多位網友，對不起實在未能盡錄！

我也多謝我自己
因為我接納自己的情緒
接納自己哭
接納自己想哭就哭
無論在甚麼地方　街上　餐廳　開會
走路
總之我想哭就哭……
我不敢答應大家我會越來越好
我只能答應　我每天都會盡力
盡力去過好每一天
好好燃燒自己的生命　不浪費！
……
最後　一定要多謝阿昌
我一生中的最愛～
他在臨死前給我唯一的託付是：
「你要好好愛錫自己。」
這句說話令我不能糟蹋自己
成為了我人生其中一件必須要做的
事情
一個男人愛我愛到這樣
連死前都只關注太太要愛錫自己
我又怎能不聽他的說話？
……
我人生最痛苦的 Chapter
暫時完結
之後的 Chapter 會更痛苦
還是怎樣
之後才會知道……

希望大家不要跟我說
一定會越來越好因為我唔會信的
更千萬不要說我叻
因為我是被迫的

2023 年 10 月 27 日

好好去愛

早幾日看見一對長者夫婦
目測最少 75 歲以上
他們拖著手
彼此用很溫柔的聲音去對待對方
我在後面看著便流下眼淚
想起阿昌以前常跟我說：「我很想跟你一起變老。」
到他病了之後
這句說話他說得更多
當時我每次都回答他：「會的，我們會一起變老的。」
……
我總想跟大家說這句話～
假如你的丈夫或太太仍在你的身邊
請好好珍惜
好好去愛

2023年11月25日

思想的戰場

最近好用力的去控制自己不要想起阿昌
因為日子久了　那種痛苦的思念令我喘不過氣
努力的好好生活　繼續用善良的心去做人
盡力令自己開心一點
當我覺得自己進展很不錯的時候
原來只是天仔輕輕的一句說話
我的心也難受極了……
由於天仔長得很快很大
包括他彈起的頭髮　他已經跟我差不多高了
他的睡衣已穿不下
今晚我給他爸爸的睡衣
洗澡後他跟我說：「睡衣有爸爸嘅味道啊。」
這突如其來的一句說話
令我的心痛起來
我強作鎮定
儘量以平靜的態度回應：
「過嚟畀我聞吓。」
我的心抽著地靠近天仔身上的睡衣
那幾秒是期待　但又害怕
結果　我也分不清
那只是放在衣櫃的一種味道
還是阿昌的味道
我跟天仔說：
「似乎只係衣櫃嘅味道。」
儘管我盡力保持平靜
但高敏的他
可能還是察覺到媽媽的情緒
他過來擁抱我吻了我的頭髮
……
無止境的掛念
令我很痛苦　甚至迷失
差點兒令我一向很重視的價值觀也持守不住
這種掙扎和煎熬
真是沒完沒了
是思想的戰場
每天都要打的仗

2023年12月1日

#轉行一年

不少網友　朋友　舊同事關心我轉行後生活怎樣
好感恩　我做得好開心呀！
我從社福界
轉行加入保險界剛滿一年喇！
過去一年我感到自己的工作
十分有意義和有價值
當他們身體發生病況
需要做手術　入院的時間
又或者旅行打風無機返香港的時間
我能夠在他們感到徬徨時給予支持
和處理 claim
這是我很想做的事情
……
我很喜歡　很感恩這份工作
這工作不只讓我有機會貢獻自己的長處　亦幫了我很多
社工爸爸離開我頭半年
我不想見人
但保險工作推動我重新接觸人
而且這工作非常彈性
讓我能夠好好陪伴天仔
基本上每天都能夠接送上學放學
睡前亦能夠跟他講兒童聖經和聊天
他病的時候我又可以照顧他
對天仔過渡失去爸爸的適應
有很大的幫助
……
感恩在保誠
遇到很多愛錫我的好同事
有一些喜歡運動的同事感染了我做運動
所以我的身體也變得更好
保誠好多嘢學　好精彩
每天我都好努力學習
這工作給我目標
工作目標能夠幫我
減輕掛念阿昌的痛苦
而最重要的事
這份工作可以幫我養媽活兒
代替阿昌擔起這頭家　足夠支撐生活
多謝所有搵我處理保險的網友們
有你們的支持
我不單有足夠收入維持生活
而且過去一年我得到不少保誠的獎
甚至最近得到不是由保誠頒發
而是由「香港保險從業員協會」
頒發的「傑出新星銀獎」
完全超過了我的期望
以前我是社工時曾獲「社會工作人員協會」頒的「新秀社工獎」
想不到二十年之後
由另一個協會　頒另一個新星獎
人生真是預料不到
……
這份工作性質非常適合我
甚至比社工更適合我

我十分享受這份工作
不覺工作是工作
有時情緒很抑鬱
只要工作 就能令我快樂起來
這工作能滿足我喜歡與人
connect 的特質
自由度比社工高
不會被課程內容或課室限制
我想傾幾耐就幾耐
而且我很喜歡教嘢
這工作就是很多機會教學
教理財規劃 教醫療保險知識
我希望能夠做這工作
直到我需要退休

①只要我啪手指
No! ......
功課寶石
全世界學生的功課就會多3倍!!

②
NO~ Please~ No!!
snap

③
今日：30份
功課!!
班主任
Miss Kong

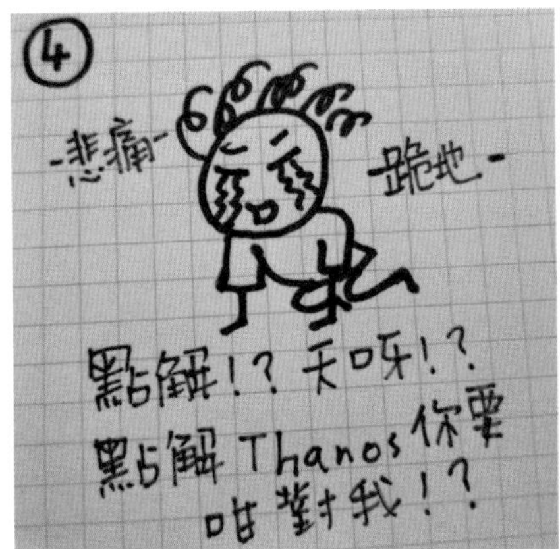
④
-悲痛-
-跪地-
點解!? 天呀!?
點解 Thanos 你要
咁對我!?

〈黑色幽默の搬家〉
①準備搬家了，Pack箱的時期，婆婆說～
婆
我執阿昌嘅嘢就忍唔住……

②
忍唔住笑嗎？

③
哈……哈……哈……
笑死我
laugh Die Me

④
婆

①
婆婆，d水好滿吓！
←魚仔

②
廚房的婆婆
你飲滅啲的水啦！(煩躁)
!

③
但我講緊魚缸嘅水……
???
???
-黑人問號-

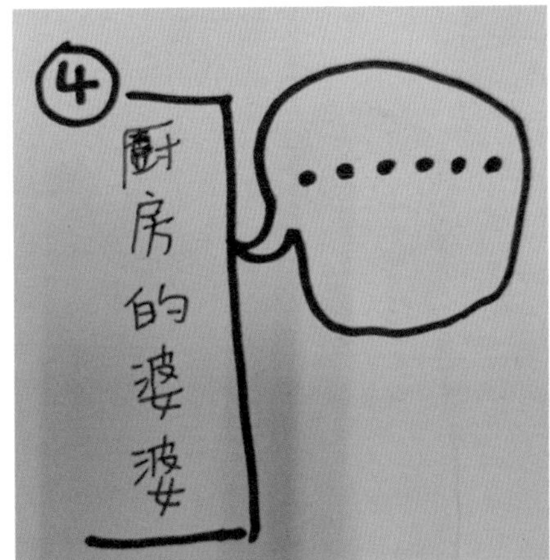
④
廚房的婆婆
……

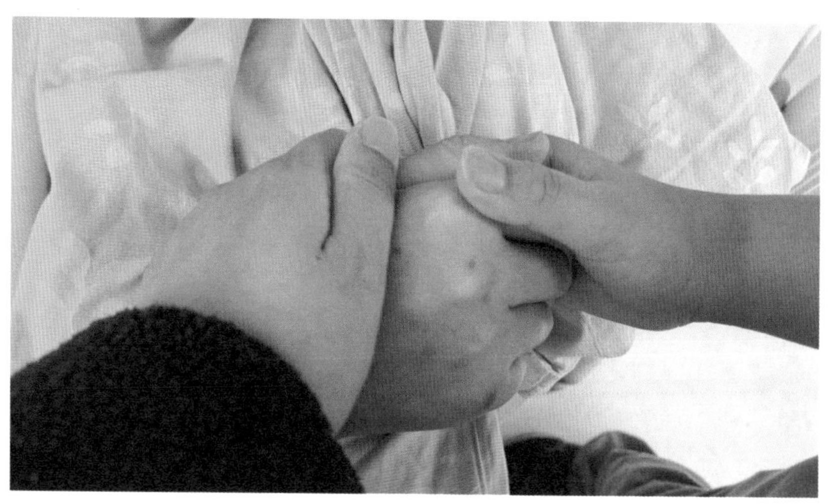

失去社工爸爸的365天

社工媽媽給丈夫的信

作　者　社工媽媽阿敏

社　長　林慶儀

編　輯　亮光文化編輯部

設　計　亮光文化設計部

出　版　亮光文化有限公司
Enlighten & Fish Ltd

地　址　香港新界火炭坳背灣街61-63號盈力工業中心5樓10室

電　話　3621 0077

傳　真　3621 0277

電　郵　info@enlightenfish.com.hk

網　店　www.signer.com.hk

Facebook　www.facebook.com/enlightenfish

法律顧問　鄭德燕律師

出版日期　2024年4月初版

定　價　港幣180元

ISBN 978-988-8820-95-5